LAUINGER VERLAG

Das Buch

Diana Mittermeier lebt seit vielen Jahren im Nordwesten der Ferieninsel Mallorca. Ihr sorgloses Dasein ändert sich schlagartig mit dem Tod von Konstantin Matern. Sie übernimmt die Aufsicht über dessen sechsjährigen Sohn Max und lernt zufällig die Clan-Chefin Pilar Martinez kennen. Ohne es zu ahnen, stolpert sie in kriminelle Machenschaften und wird immer tiefer in den Sumpf der Drogenmafia hineingezogen.
Auch ihre Beziehung zu dem gutaussehenden Mallorquiner Antonio muss sie in Frage stellen. Was hat er mit dem Überfall auf ihren Bruder zu tun? Wie kann sie Max schützen? Und kann sie ihrer neuen Freundin Pilar trauen?
Comisario Casas warnt sie vor der Macht der Drogen-Clans, doch Diana Mittermeier will nicht wahrhaben, was vor ihren Augen an Bösem passiert!

Die Autorin

Heidi Fischer wurde 1954 in Oberfranken geboren, lebte einige Jahre in München, um dann mit ihrem Ehemann und ihren drei Kindern wieder nach Coburg zurückzukehren. Sie arbeitete als Lehrerin, Mutter und Hausfrau und schreibt seit vielen Jahren Gedichte und Kurzgeschichten. Ihre Arbeiten wurden in unterschiedlichen Anthologien und der Literaturzeitschrift *Wortlaut* veröffentlicht.
Seit ihre jüngste Tochter den Wohnsitz nach Mallorca verlegt hat, ist Heidi Fischer ein Fan der Insel und verbringt mehrere Wochen im Jahr auf der Balearen-Insel.
Bisher erschienen beim Lauinger Verlag: *Laufmaschen im Strickstrumpf* (2013), *Wer später stirbt ist länger alt* (2015), *Der verlorene Mann* (2016) und *Tod der Schmetterlingsfrau* (2018).

Heidi Fischer

WEIßER TOD IM PARADIES

Mallorca Krimi

Lauinger Verlag

Die deutsche Nationalbibliothek verzeichnet diese Publikation in der Deutschen Nationalbibliografie; detaillierte bibliografische Daten sind im Internet unter www.dnb.de abrufbar.

Projektmanagement, Umschlaggestaltung, Bildbearbeitung, Satz & Layout:
Sonia Lauinger
Lektorat: Miriam Bengert
Korrektorat: Elisa Klausmann
Druck: AKRA, Polen

Titelfoto: Heidi Fischer
Die Künstlerin der Skulptur ist die dänische Bildhauerin Hanne Varming, *1939.
Blumen im Satz: © iStock, Ganna Aibetova/alamy Vektografik
Karte S. 209: OpenStreetMap Mallorca
Fotos S. 200-201, 214-215: Heidi Fischer

ISBN: 978-3-7650-9146-9

Dieser Titel erscheint auch als E-Book:
ISBN: 978-3-7650-9147-6

http://www.lauinger-verlag.de
http://www.facebook.com/DerKleineBuchVerlag
https://twitter.com/DKBVerlag
https://www.instagram.com/lauingerverlag/

»Es ist nicht deine Schuld, dass die Welt ist, wie sie ist.
Es wär' nur deine Schuld, wenn sie so bleibt.«
Die Ärzte, »Deine Schuld«, 2003

MALLORCA – ANFANG MAI

Die Luft in der Szene-Disco am Ballermann von Mallorca war zum Schneiden. Im »Paradise« herrschte Hochstimmung. Es war Anfang Mai, noch keine Hauptsaison auf der Baleareninsel, doch die Lokale entlang der Partymeile, besser bekannt als Bier- und Schinkenstraße, waren gut besucht. Lautes Pfeifkonzert begleitete den unbeholfenen Strip einer neunzehnjährigen Touristin. Sie tänzelte unprofessionell, aber leidenschaftlich, über die Bühne. Nur mit hochhackigen Schuhen, Spitzen-BH und Minislip bekleidet, erfüllte sie sich und den meisten Besuchern der Disco ihren Traum von sexueller Freizügigkeit, oder was sie dafür hielten. Sie genoss die uneingeschränkte Bewunderung, der zum Großteil sturzbetrunkenen, männlichen Gäste. Die Happy-Hour war soeben unter dem Motto »Drei für Zwei« zu Ende gegangen, viele Urlauber hatten sich noch schnell mit reichlich Getränken eingedeckt. Prosecco, Bier und Schnaps flossen in Strömen, die Bedienungen kamen kaum nach mit dem Servieren.

Daheim in Deutschland arbeitete die Stripperin als brave Schreibkraft in einer Betonplattenfirma, im Urlaub verwirklichte sie sich einmal im Jahr ihren Wunsch nach dem Verbotenen. Vor einer halben Stunde hatte sie das erste Mal in ihrem Leben eine Ecstasy-Pille eingeworfen. Gemeinsam mit einigen Freundinnen, die ihren Auftritt mit Anfeuerungsrufen begleiteten. Der smarte Typ, der sie im Auftrag der Discobetreiber gestern am Strand angesprochen hatte, beobachtete von seinem Platz am Eingang zufrieden die enthemmende Wirkung der Droge und die Reaktionen der Zuschauer. Seine Augen wanderten prüfend über die Menge, er hielt Ausschau nach weiteren potentiellen Opfern.

Johlen und Klatschen, Kreischen und Pfeifen. Die Stimmung versprach gute Umsatzzahlen.
Drei Stockwerke höher, in einem Zimmer, das direkt über der Bühne lag, auf der die junge Frau aus Düsseldorf sich ihres Slips entledigte, ereilte zur gleichen Zeit Konstantin Matern ein jämmerlicher Tod.
Vielleicht hätte er länger gelebt, wenn er das Auto nicht gemietet hätte. Er hatte am Vormittag einen Golf Cabrio auf dem Flughafen Son Sant Joan von Palma de Mallorca abgeholt.
Vom Flughafen aus war es ein kurzer Schlenker auf dem Weg nach Palma, um in Son Banya an richtig guten Stoff zu kommen. Die Tatsache, dass er ein Auto zur Verfügung hatte, nutzte Konstantin für den Abstecher. Er freute sich auf das Eintauchen in die rauschhafte Euphorie des Kokains. Sein Einkommen war in letzter Zeit sehr schmal gewesen, hatte nur für Alkohol und ein paar Pillen gereicht. Am Ballermann wurde meist nur mäßig gutes Kokain vertickt. Der Reinheitsgehalt lag um die fünfunddreißig Prozent und es war im Verhältnis zur erzielten Wirkung viel zu teuer. In Son Banya kannte er einen zuverlässigen Dealer, der ihm bisher stets super Ware zu einem angemessenen Preis angeboten hatte.
Die Elendssiedlung am Rande von Palma stellte viele soziale Brennpunkte Europas in den Schatten. Zwischen Baracken und Müll lag in Son Banya das reinste Drogenparadies, das einschlägige Kunden anzog, um billig und unproblematisch an Rauschgift zu kommen. Schon vor einem Jahr hatte die mallorquinische Regierung den Abriss des Elendsviertels beschlossen, aber sowohl die geplante Umsiedlung der Einwohner, als auch das Einstampfen der Häuser gestaltete sich zögerlich. Kaum hatte das Abrisskommando der Regierung eine Baracke dem Erdboden gleichgemacht wurde sie von einem Bautrupp der Drogenclans wiederaufgebaut. Wäre

die ganze Sache nicht kostspielig und von den Steuergeldern der Einwohner Mallorcas finanziert, hätte man sich darüber ausschütten können vor Lachen.
Konstantin hatte jedenfalls keine Mühe gehabt, sich eine großzügige Menge Koks und eine Handvoll Ecstasy-Pillen zu beschaffen. Der Dealer, er nannte sich augenzwinkernd Charlie, kannte ihn schon von früheren Geschäften. Er bat ihn um einen Gefallen, den er natürlich entsprechend honorierte. Konstantin bekam eine Extra-Portion reines Koks dafür. Mit einem Handschlag hatten sie den Deal besiegelt und ein unscheinbarer Beutel wechselte den Besitzer.
Für Konstantin Matern war die Fahrt nach Son Banya nur ein Umweg von zehn Minuten, aber ein paar Stunden später sollte dieser Umweg ihn das Leben kosten.
Dabei lief erst einmal alles wie am Schnürchen.
Seine Hände zitterten bereits erwartungsvoll, niemals würde er mehr als ein paar Tage auf eine Nase Weißes Gold verzichten können.

Als seine aktuelle Flamme Beatrix sechs Stunden später an seine Zimmertür klopfte, öffnete niemand. Aber es war nicht abgeschlossen und sie ging ganz selbstverständlich hinein. Sie kannten sich erst seit ein paar Tagen, ihr Verhältnis war jedoch bereits so weit gediehen, dass sie nicht auf eine Einladung zum Eintreten warten musste. Wie lange ihre Beziehung bestehen würde, war ungewiss. Als Beatrix das Hotelzimmer betrat, glaubte sie an ein dauerhaftes Band ihrer Freundschaft, so wie sie nie zu Beginn eines Verhältnisses die Ewigkeit anzweifelte. Und sie hatte schon viele Ewigkeiten hinter sich gebracht.
Mit Schwung schleuderte sie ihre Umhängetasche in die Ecke und kickte ihre Sandaletten hinterher. Ihre Füße schmerzten vom stundenlangen Gehen in dem unbequemen Schuhwerk. Sie trug am liebsten flache Sandalen, aber

in ihrem Arbeitsvertrag war ausdrücklich angegeben, dass Absatzschuhe mit einer Mindesthöhe von sieben Zentimetern verpflichtend waren. Genauso wie das Tragen von Minirock und hautengem Top. Beatrix war nicht zimperlich, sie war es gewohnt, von gierigen Männerhänden begrabscht zu werden. Wer auf der Partymeile am Ballermann sein Geld verdiente, wusste, worauf er sich einließ.

»Diese scheißhohen Absätze muss ein Mann erfunden haben. Keine Frau käme auf so eine hirnverbrannte Idee.« Sie schaute sich im Zimmer um und stellte fest, dass Konstantin nicht zu sehen war. Aber sie hörte Geräusche aus dem Bad.

»Mensch, war das heute ein beschissener Tag. Nichts als meckernde Arschgeigen und null Trinkgeld.«

Beatrix war bester Laune. Es sollte ein besonderer Abend werden, mit einer Fahrt im Cabrio. Das hatte ihr Konstantin versprochen. Schon lange träumte sie davon, einmal in einem Cabrio über die Insel zu düsen.

»Ich mach mir schon mal ein Bier auf. Hast du den Wagen abgeholt? Ich freu mich auf eine Spritztour!« Sie lauschte auf eine Antwort. Als keine Reaktion kam, legte sie sich rücklings auf das ungemachte Bett und schloss für einen Moment die Augen. Sie hatte Konstantin vor genau zehn Tagen am Strand getroffen. Er hatte eine Gitarre dabeigehabt und ganz in sich versunken ein Lied gespielt. Die Tattoos auf seinem Rücken waren ihr zuerst aufgefallen: eine Kobra, die sich um eine Rose schlängelte, darüber ein Adler mit ausgebreiteten Schwingen. Seine tiefe Singstimme und die Schlange hatten ihr gefallen, auch wenn sein Gesicht ziemlich verquollen ausgesehen hatte. Aber sein Lächeln hatte etwas Spitzbübisches, als er sie auf einen Drink einlud. Und sie durfte nicht allzu wählerisch sein, denn die Flugzeuge aus Deutschland brachten täglich neue Konkurrentinnen auf die Insel.

»Wir fahren bis nach Andratx rüber, schwimmen im Mondlicht, ich singe ein Lied nur für dich und dann gehen wir richtig schick essen.« Er spielte gerne den Romantiker und Beatrix war, wie die meisten Frauen, voller Hoffnung, dass sie diesmal den Richtigen gefunden hätte.
Konstantin hatte gestern seine erste Gage bekommen und wollte noch einmal so richtig abfeiern, bevor sein sechsjähriger Sohn bei ihm Urlaub machte.
»Was für eine Schnapsidee«, hatte sie geschimpft, als er ihr erzählte, dass er in diesem Hotel am Ballermann sein Kind einquartieren wollte. Aber wenn für sie bei dieser Aktion nächtliche Autofahrten und Einladungen zum Essen heraussprangen, würde sie nicht meckern.

Beinahe wäre sie eingenickt. Lautes Gejohle eines Betrunkenen auf dem Flur riss sie aus dem Halbschlaf.
»Kon, kommst du endlich? Was machst du denn so lange?«
Sie stand vom Bett auf und klopfte an die Badezimmertür.
Von drinnen war nur ein Stöhnen zu hören.
»Kon, mir ist langweilig. Wir wollten doch ans Meer.«
Wieder nur Stöhnen.
»Kon!« Beatrix begann sauer zu werden.
Vorsichtig öffnete sie die Tür einen Spalt. Sie klemmte und ließ sich nicht weiter als ein paar Zentimeter aufschieben. Gestank nach Erbrochenem und Urin schwappte aus dem Raum. So hatte es gerochen, als sie im letzten Jahr einen Magen-Darm-Virus gehabt hatte und nicht mehr rechtzeitig zur Kloschüssel gekommen war.
Angewidert zuckte Beatrix zurück, sie spürte sofort, dass etwas ganz und gar nicht in Ordnung war. Ihr Herz wummerte bis hinauf in den Hals.
Mit schweißfeuchten Händen drückte sie gegen die Tür, stemmte sich mit aller Kraft dagegen. Als es ihr gelang, den Spalt um weitere zehn Zentimeter zu verbreitern, nahm sie

ihren ganzen Mut zusammen und quetschte sich hinein. Drinnen roch es noch schlimmer. Sie versuchte flach zu atmen, um den Gestank besser zu ertragen.
Konstantin lag mit verdrehten Augen auf dem Fußboden. Er musste mit dem Kopf gegen das Waschbecken geknallt sein und blutete aus einer aufgeplatzten Wunde an der Stirn. Ein dünnes Rinnsal lief zwischen den Augenbrauen über den Nasenrücken. Dort teilte es sich und zwei schmale Streifen zogen sich über die Wangen bis zum Hals. Es sah aus wie eine exotische Kriegsbemalung. Mit dem Rücken hatte er die Tür blockiert, seine Arme lagen wie schützend über seinem Bauch. Die Augen sahen nicht mehr aus, als gehörten sie zu ihm. Sie quollen wie bei einem Frosch aus den Höhlen, starrten leer auf einen Punkt an der gegenüberliegenden Wand. Als Beatrix ihnen folgte, um zu sehen, warum sie genau dorthin glotzten, entdeckte sie eine Spinne, die sich an einem hauchdünnen Faden von der Decke herunterseilte. Beatrix hatte schon immer Angst vor Spinnen und dieses Exemplar sollte ihre krankhafte Furcht noch weiter befeuern und sie noch lange verfolgen. In den Albträumen, die sie nach diesem Ereignis fast jede Nacht heimsuchten, spielte das Tier eine tragende Rolle.
Konstantin atmete röchelnd. Erbrochenes quoll aus seinem Mund und aus der Nase, aber auch seine Luftröhre und den Rachenraum hatten Speisereste verstopft. Er war blau angelaufen und bewusstlos.
Beatrix ekelte sich vor dem Anblick.
Vorsichtig, bedacht darauf, nicht in das Erbrochene zu langen und ohne die Spinne dabei aus den Augen zu lassen, rüttelte Beatrix ihn an der Schulter. Es kam ihr so vor, als würde das Röcheln ein bisschen leiser werden.
»Kon, wach auf, da ist eine Spinne!« Tränen liefen ihr aus den Augen und rollten über die vor Aufregung und Angst geröteten Backen, an ihrem Hals entlang in ihr enganliegendes

T-Shirt. Auf dem Weg hinterließen sie eine salzige Spur.
Sie rüttelte ihn erneut.
»Kon, du musst aufstehen!«
Aber er zeigte keine Reaktion. Beatrix setzte sich auf den Rand der Badewanne, möglichst weit entfernt von der Wand, an der sich die Spinne abseilte. In ihrem Hals spürte sie Enge, ihr Herz klopfte heftig.
Ein paar Minuten saß sie dort und dachte fieberhaft nach, was sie tun sollte. Wenn sie den Rettungsdienst anrufen würde, wäre Kon seinen Job los. Sie würden ihn mit dem Notarzt ins Krankenhaus bringen und natürlich auch einen Drogentest machen. Der Bandleader hatte gleich zu Beginn seines Engagements klargestellt, dass er keinen Drogenkonsum duldete. Und dass Kon etwas eingeworfen hatte, war Beatrix sofort klar. Minuten, die ihr wie Stunden vorkamen, vergingen. Die Spinne verharrte ebenfalls an ihrem Faden in der Luft zwischen Decke und Fliesenboden.
Das Röcheln war verstummt. Unheimliche Stille lag in dem Raum. Beatrix unterdrückte ein Schluchzen. Sie musste an das Cabrio denken und spürte eine aufsteigende Wut, dass Kon ihr wieder einmal eine leere Versprechung gemacht hatte. Ganz entfernt konnte man Discomusik hören.
Nach den Klängen dieser Musik bewegte sich die bekiffte Touristin tanzend über die Bühne und warf dabei ihre Unterwäsche ins Publikum. Ein paar Männer rissen Witze über ihren kleinen Busen, einer ging zum Onanieren aufs Klo. Ihre Freundinnen klatschten begeistert.
Beatrix schnäuzte sich in das schmuddelige Handtuch, das an der Badezimmertür hing, quetschte sich wieder durch den Türspalt nach draußen und suchte auf dem Bett nach ihrem Handy, das hinter ein Kissen gerutscht war. Dann wählte sie die 112 und holte Hilfe.

EINS

Als sich um elf Uhr am Vormittag das Gefängnistor öffnete und Pilar Martinez herauskam, regnete es rote Rosen für die Chefin des Sánchez-Clans. Mehr als dreißig Personen standen Spalier und begrüßten sie klatschend und jubelnd. Freundinnen, Nachbarn und Verwandte waren gekommen. Ihre Schwester Luisa hatte die Blumen besorgt und sie unter den Wartenden verteilt. Einige ließen schon die Köpfe hängen. Es war ein heißer Tag, sie hatten seit zwei Stunden kein Wasser mehr gesehen und welkten bereits vor sich hin. Pilar blinzelte ins helle Sonnenlicht. Sie versuchte sich an einem freundlichen Lächeln, das ziemlich misslang. Sie hasste es, im Mittelpunkt zu stehen, wollte aber den Wartenden zeigen, dass sie den Empfang in der Freiheit zu schätzen wusste.

Drei Jahre von einer fünfjährigen Haftstrafe wegen Drogenhandels hatte Pilar Martinez abgesessen. Heute war der Tag ihrer Entlassung. In den vergangenen Monaten hatte sie schon zweimal für drei Tage Freigang erhalten. Bisher war sie nicht auf diese Weise begrüßt worden. Sie wurde von den Mitgliedern des Clans verehrt, auch die in Son Banya ansässigen Sinti und Roma respektierten sie. Das Empfangskomitee, vorbereitet von ihrem Sohn, hatte wohl durchdachte Gründe. Es sollte den anderen Clans klarmachen, dass Pilar Martinez nicht durch die Haft an Ansehen und Einfluss eingebüßt hatte. Im Gegenteil, mit ihrer Entlassung würde die Macht des Sánchez-Clans wieder steigen, seine Stellung wieder unangefochten an der Spitze der Drogenclans von Mallorca stehen.

Wer sie nicht näher kannte, hätte nie vermutet, dass Pilar Martinez die Chefin des Sánchez-Clans war. Sie war vor

einer Woche neunundfünfzig geworden. Ihre von weißen Strähnen durchzogenen, schwarzgelockten Haare hatte sie zu einem lockeren Knoten hochgesteckt. Sie trug einen dezent gemusterten Rock zu weißer Bluse, schlicht und elegant. Von weitem betrachtet, sah man ihr das Alter nicht an, aber aus der Nähe wirkte ihr Gesicht verbraucht und blass. Zwei tiefe Falten, die sich entlang der Mundwinkel bis zum Beginn des Kinns zogen, und unzählige kleine Fältchen um Augen und Stirn verrieten ihr Alter. Ungeschminkt beschönigte nichts den Eindruck der Erschöpfung. Sie war schlank und hatte einen aufrechten Gang. Rote, hochhackige, aus weichem Leder gearbeitete Sandalen waren das Auffälligste an ihrer Kleidung. Die Neigung zu extravaganten Schuhen war, neben dem Rauchen, die einzige Schwäche dieser Frau, die sich ansonsten keine Laster leistete. Sie hatte sich ihr Lieblingspaar für diesen besonderen Tag mitbringen lassen und sie vor dem Verlassen des Gefängnisses mit Vergnügen gegen die ausgetretenen Anstaltsschuhe gewechselt.
»Wir lassen uns auf Dauer nicht aus Son Banya vertreiben. Vertraut mir. Ab sofort bin ich wieder am Ball und werde meinen Sohn Juan nach Kräften unterstützen.« Sie deutete mit der rechten Hand ein Siegeszeichen an, bevor sie sich zu ihrer Enkeltochter María hinunterbeugte, um ihr einen Kuss auf die Stirn zu geben. Die Kleine lächelte sie freudestrahlend an.
»Oma, gibt es im Gefängnis wirklich Klos, die keine Türen haben?«
»Lass Oma in Ruhe! Solche Fragen stellt man nicht.«
Ihr Sohn Juan Sánchez Martinez, der natürlich auch gekommen war, um sie abzuholen, zog seine fünfjährige Tochter unwirsch zur Seite und öffnete respektvoll die Fahrertür.
»Wer hat dir das mit den Klos erzählt?«
»Das habe ich im Fernsehen gesehen. Ein Krimi. Papa hat geschlafen, deshalb weiß er es nicht.«

Pilar musste lachen, aber ihr Sohn verzog keine Miene. Er war, so wie meist, ganz in Schwarz gekleidet. Makellos glatt das Hemd, Bügelfalte in der Hose und Lackschuhe, in denen man sich spiegeln konnte. Sie wusste, dass er zuhause lange das Bad blockiert hatte, um seine schwarzen Locken mit Gel in Form zu bringen. Er rasierte sich dreimal am Tag, weil er es nicht leiden konnte, wenn sich ein bläulicher Schatten auf seinem Kinn zeigte. Seine Eitelkeit war für sie schon immer schwer erträglich gewesen. Sie bemühte sich, ihren Unmut zu unterdrücken und konzentrierte sich darauf, freundlich zu wirken. Sie hatte das Autofahren in der Zeit der Inhaftierung vermisst und freute sich wie ein Kind, endlich wieder hinter dem Steuer sitzen zu dürfen.
Heute würde sie sich noch nicht den Geschäften widmen. Dieser erste Tag in Freiheit war für eine Spritztour über die Insel reserviert: Sie wollte den frischen Fahrtwind spüren, das Gefühl frei zu sein, genießen. Hinauf zum Cap de Formentor, die Küstenstraße entlang, über Kloster Lluc nach Sóller und dann zum Hafen nach Port Sóller. Dort oben, im Nordwesten der Insel, war für Pilar Martinez ihr Sehnsuchtsort. Schon bei ihrem ersten Besuch, es war ein Schulausflug in der Grundschule mit dem Roten Blitz von Palma nach Sóller gewesen, hatte sie sich in diesen Ort verliebt. Ein Städtchen, in dem das Leben ruhiger und langsamer floss, als im Süden der Insel. Durch die Gassen des Städtchens zu schlendern oder auf der Plaza Constitucio zu sitzen und sich die Sonne auf den Rücken scheinen zu lassen, würde ihr vielleicht wieder die Gelassenheit früherer Tage geben. Im Hafen wollte sie eine Pause an der Strandpromenade einlegen und den Sonnenuntergang genießen. Eine Auszeit, die sie brauchte, nach den endlosen Tagen in der Gefängniszelle. Anschließend würde sie bereit sein, im Kreis der Familie zu essen und sich ihr neues Zuhause anzuschauen. Nicht mehr in Son Banya zu wohnen, würde schwer werden, aber es

musste wohl sein. Juan hatte für sich und seine Tochter eine Villa am Rand von Port Sóller angemietet, es gab ein großes Gästezimmer mit Bad und separatem Eingang. Dort würde sie erst einmal einziehen.
Die Probleme von Son Banya würden bis morgen oder vielleicht auch bis nächste Woche warten müssen.
Die Zeitungen auf Mallorca waren schon das ganze Jahr voll davon. Son Banya sollte abgerissen werden. Die Einwohner, meist Roma, die sich Anfang der 60er Jahre dort niedergelassen hatten, würden umgesiedelt und damit ein sozialer Brennpunkt beseitigt werden.
In der Siedlung Son Banya variierte die Anzahl der Drogen-Clans. Zehn oder zwölf, schätzte die Polizei. Die Schwankungen ergaben sich daraus, dass nach der Festnahme von mehreren Mitgliedern eines Clans, ein Neffe, Cousin oder eine Tante den Verkauf der Drogen übernahm und damit wieder einen neuen Clan gründete, während der alte in abgeschwächter Form weiterbestand.
»Warum geht der Abriss der Häuser so schleppend? Will die Verwaltung von Palma wirklich bis 2020 oder noch länger damit warten?«, fragten Journalisten in reißerischen Zeitungsartikeln.
Aufgebrachte Bürger beschwerten sich. Sie wollten den größten Drogenumschlagplatz auf Mallorca endlich beseitigt wissen, schrieben erboste Leserbriefe und demonstrierten vor dem Rathaus.
Als Begründung dieser Verzögerung wurde der Bau von Ersatzwohnungen genannt. Das Schaffen neuen Wohnraums war eine Kostenfrage auf der Baleareninsel.
»Vielleicht ist es sogar einfacher, dass Son Banya weiterexistiert. Dann wissen wir wenigstens, wo wir die Händler und Dealer suchen müssen.« Diese Einstellung einiger Mitarbeiter des Drogendezernates wurde nur hinter vorgehaltener Hand diskutiert, aber sie war sicher nicht ganz unbegründet.

Dabei war die Überlegung Son Banya niederzureißen absolut nicht neu. Als die Siedlung Ende der 60er Jahre für Roma gegründet wurde, war sie nur dazu gedacht, die *gitanos*, wie sie in Spanien hießen, von der Straße zu holen. Es sollte eine Übergangslösung sein, die lediglich für ein paar Jahre angedacht war. Doch Son Banya entwickelte sich zu einer Dauerlösung und einem Dauerproblem.
2011 hatte die Stadt schon einmal fünfzig Häuser abgerissen. So schnell wie sie dem Erdboden gleichgemacht worden waren, genauso schnell waren sie mit Hilfe der Drogenbosse wiederaufgebaut worden.
Angeblich gab es nicht nur heruntergekommene Bauwerke in der Siedlung, sondern hinter den erbärmlichen Fassaden versteckten sich auch Luxuswohnungen, die mit Panzertüren gesichert waren. Edelkarossen parkten neben alten Karren, Junkies vegetierten in Holzverschlägen, Kinder spielten zwischen Müll und weggeworfenen Spritzen.
Ehrenamtliche Ärzte und Sozialarbeiter versuchten das Elend zu verkleinern, indem sie täglich saubere Spritzen an ankommende Drogenabhängige verteilten. Diese gaben ihnen dafür ihre gebrauchten Spritzen ab. Es war ein kläglicher Versuch HIV, Hepatitis und andere Infektionen einzudämmen.

Pilar Martinez war 1969 mit ihrer Familie nach Son Banya gezogen. Sie war sechs Jahre alt gewesen, als ihre Mutter die Wohnung von den Behörden zugewiesen bekommen hatte. Mit fünf Geschwistern hatten sie sich ein Kinderzimmer geteilt, das den Namen nicht verdiente. Es war nicht mehr als eine Abstellkammer gewesen. Zu sechst hatten sie auf zwei Matratzen, die am Boden lagen, geschlafen. Platz zum Spielen oder Hausaufgabenmachen hatte es in dem Raum nicht gegeben. Von der Decke hatte eine Glühbirne gebaumelt und aufgespannte Schnüre führten von einer

Seite des Zimmers zur anderen. Sie waren dazu da gewesen, die Kleidung der Kinder einigermaßen übersichtlich aufzubewahren.
Pilar war die Jüngste in der Familie. Ihr ältester Bruder Fernando hatte mit siebzehn Jahren die Aufgaben des Familienoberhauptes übernommen, nachdem ihr Vater nur kurze Zeit nach ihrer Ankunft in Son Banya wegen Doppelmord zu einer lebenslangen Haftstrafe verurteilt worden war. Er war überfordert gewesen, hatte aber sein Bestes gegeben. Während die Mutter sich mit Putzarbeiten etwas Geld verdiente, hatte er den Traum, Schreiner zu werden. Irgendwann einmal Möbel zu entwerfen und sie in der eigenen Werkstatt zu bauen, war sein Ziel gewesen. Aber er war schon im Ansatz gescheitert, weil kein Betrieb bereit gewesen war, einem Jugendlichen aus Son Banya eine Lehrstelle zu geben. Das Viertel und seine Bewohner waren viel zu verrufen. Schon kurz nach der Gründung der Siedlung wurde über einen Abriss nachgedacht und die Anwohner waren mit dem Stigma der Asozialen behaftet.
Dennoch träumte er seinen Traum weiter, verdiente sich aber in der Zwischenzeit Geld als Drogenbote. Er war kein Dealer gewesen, sondern nur ein junger Mann, der zuerst Haschisch, später Heroin, in handlichen Beuteln auf seinem Motorroller vom Hafen abholte, wo es in Schiffen aus Südamerika oder Afrika nach Mallorca gebracht wurde.
Diese Beutel hatte er stets pflichtbewusst, ohne jemals etwas zu unterschlagen, bei einer vorher festgelegten Adresse abgeliefert, hatte dafür ein paar Geldscheine bekommen und musste sich nicht um den weiteren Verbleib des Rauschgiftes kümmern. Das hatte die Familie über Wasser gehalten.
Für Pilar waren die ersten Jahre in Son Banya die glücklichsten in ihrem Leben gewesen. Obwohl sie bereits sechs Jahre alt gewesen war, als sie dort ansiedelten, ging sie die nächsten drei Jahre nicht zur Schule, sondern hatte die

Hinterhöfe und Straßen als Spielplatz entdeckt, der die tollsten Abenteuer bot, die sich ein phantasiebegabtes Kind nur wünschen konnte. Aus alten Autoreifen hatten sie Schaukeln gebaut, freilaufende Hühner konnten gejagt werden, Müllhalden hatten zur Schatzsuche gedient und hinter den Wellblechhütten spielten sie Verstecken. Sie hatte jede Menge Freundinnen und Freunde im gleichen Alter gehabt, die ebenfalls nicht zur Schule gingen, denn die Behörden hatten zwar die Wohnsiedlung Son Banya errichtet, aber vergessen, für ein soziales Netz zu sorgen. Schulen, Kindergärten, Krankenhäuser oder Pflegeeinrichtungen gab es schlichtweg nicht. Und die Nachbargemeinden weigerten sich, Kinder aus dem Armenviertel in ihren Schulen aufzunehmen. Es entstand ein Ghetto, eine Siedlung der Vergessenen.

Was hätten sie anderes tun sollen, als mit Drogen zu handeln, in der Prostitution zu arbeiten oder Taschendiebe zu werden?

Mallorca war ein idealer Umschlagplatz für Drogen, die mit Schiffen aus Amerika oder Afrika kamen und nach Europa weitertransportiert werden sollten, und die Familien in Son Banya waren geschäftstüchtig. Sie merkten schnell, dass man zwar an einer Überdosis Kokain oder Heroin sterben konnte, aber wer es schlau anstellte, konnte auch sehr reich damit werden.

Als Pilar neun Jahre wurde, hatte es die Stadt doch noch geschafft, eine Schule zu errichten, sie war eingeschult worden und besuchte den Unterricht mit nicht allzu großer Begeisterung. Ihren anderen Geschwistern war es ähnlich ergangen. Zu lange hatten sie das ungebundene und freie Dasein zuhause genossen. Sie hatten zwar alle ein bisschen Lesen, Schreiben und Rechnen gelernt, aber bei keinem der Kinder hatte es ausgereicht, um eine weiterführende Schule zu besuchen oder gar zu studieren.

Pilar Martinez öffnete das Schiebedach des Wagens. Sonnenstrahlen blitzten zwischen Wolken hervor. Sie startete den Motor und suchte auf der Ablage nach ihrer Sonnenbrille. Als ihr einfiel, dass das Cabrio in den vergangenen Monaten nur von ihrem Sohn gefahren worden war, fluchte sie laut.

»Hostia!«

»Nana, wenn du solche Wörter sagst, dann kommst du nicht in den Himmel, wenn du gestorben bist.«

»Wer erzählt dir denn solchen Mist?«

»Darf ich mitfahren?« Die kleine María stand mit schiefgelegtem Kopf neben der Autotür. Der bettelnden Stimme und dem bittenden Blick ihrer Enkeltochter konnte Pilar nicht widerstehen.

»Na los, steig ein. Dann machen wir einen Frauenausflug zu zweit!« Pilars Ton war barsch, sie wollte sich nicht anmerken lassen, dass sie die offen zur Schau gestellte Zuneigung des Kindes rührte. Die Kleine ließ sich nicht davon beeindrucken, schulterte einen rosafarbenen Rucksack und kletterte auf die Rücksitzbank.

»Ich habe meinen Quadrocopter dabei. Möchtest du ihn sehen?« Sie öffnete den Reißverschluss ihres Rucksackes.

»Was ist das denn?«

»Eine Drohne, mit Kamera. Die habe ich von Papa zum Geburtstag bekommen. Total cool!«

Pilar runzelte die Stirn und seufzte. »Wenn das Ding so cool ist, dann musst du mir unbedingt zeigen, wie es funktioniert.«

ZWEI

Als der Anruf von einem Toten im »Paradise« einging, war Comisario José Maria Casas selbst am Telefon, da seine Sekretärin bereits Feierabend gemacht hatte. Auch er wollte sich gerade auf den Weg nachhause begeben. Vor seinem inneren Auge sah er sich bereits mit seiner Katze in der Hängematte auf der Terrasse schaukeln, neben sich ein gekühltes Glas Wein und ein paar Tapas, die zum Feierabend nicht fehlen durften.

»Qué mierda«, zur Hölle brummte er übellaunig, nahm aber dennoch den Hörer ab, weil sein Pflichtbewusstsein siegte.

»Ich habe eine hysterische Frau in der Leitung, die ihren Freund tot aufgefunden hat. Außerdem erzählt sie mir ständig etwas von einer Spinne, die jemand für sie totmachen muss. Kennen Sie das ›Paradise‹? Es ist direkt am Ballermann. Klingt nach Drogen. Schauen Sie sich die Sache an oder soll ich die Policia Local informieren?«

»Stellen Sie durch: Ich bin Spezialist für Spinnen.« Die Beamtin am Telefon hatte keine Ahnung, warum der Comisario sich anscheinend mehr für die Spinne als den Toten interessierte. Aber Comisario Casas Laune besserte sich, als er an den Vorfall auf der Dienststelle dachte. Er hatte vor zwei Tagen eines dieser langbeinigen Tiere aus dem Bürofenster in die Freiheit entlassen, weil einer seiner Beamten einen Schreikrampf bekommen hatte, als er sie auf seinem Schreibtisch entdeckte. Es war dem Kollegen im Nachhinein schrecklich peinlich gewesen. Er war seit zwanzig Jahren im Polizeidienst, ein Bär von einem Mann, aber er litt an einer Spinnenphobie, die er bis dato erfolgreich vor seinen Kollegen verborgen hatte. Der Ärmste wurde seitdem mit Spott überschüttet.

Der Comisario wusste aus Erfahrung, dass bei einem Drogentoten die Guardia Civil sowieso hinzugezogen werden würde, auch wenn es sich meist um eine tödliche Überdosis handelte, die der Betroffene selbst verschuldet hatte. Sollte der Tote auch als Dealer unterwegs gewesen sein, würde mal wieder eine Menge Kleinarbeit auf ihn zukommen. Seit er von der Mordkommission in die Drogenabteilung versetzt worden war, machte ihm die Polizeiarbeit weniger Spaß. Oder lag es vielleicht daran, dass er im kommenden Jahr sechzig wurde und sich Altersmüdigkeit einstellte? José Casas wollte spätestens in zwei Jahren in Rente gehen und mehr Zeit mit seinen beiden Enkelkindern, Wandern und seiner Frau Angela verbringen. Immer öfter saß er an seinem Schreibtisch und verlor sich in Tagträumen. Nur in der Nacht suchten ihn die Toten heim, alle ungeklärten Fälle der vergangenen Jahre schwirrten durch die dunklen Stunden, in denen er nicht schlafen konnte oder schweißgebadet aufwachte, weil ein Albtraum ihn quälte.
Ihm und seinen Kollegen gingen meist nur die kleinen Fische ins Netz. Die wirklichen Drahtzieher des Drogenhandels, die Bosse der Drogen-Clans, arbeiteten im Verborgenen. Und wenn sie doch einmal einem eine Straftat nachweisen konnten und er vor Gericht landete, dann wurden Zeugen erpresst, bestochen oder bedroht und es kam nur selten eine Verurteilung zustande.
Mit Pilar Martinez war vor drei Jahren endlich einmal eine Clan-Chefin in den Knast gewandert. Doch zu welchem Preis? Die Kronzeugin hatte man zwei Monate nach ihrem Haftantritt mit durchgeschnittener Kehle auf einer Mülldeponie gefunden. Der Dealer, der gegen sie ausgesagt hatte und sich in einem Zeugenschutzprogramm sicher gewähnt hatte, war in Barcelona an einer Ampel überfahren worden, als er die Straße überqueren wollte. Der Fahrer war geflüchtet und es gab keine Zeugen des Unfalls.

Comisario Casas kämpfte nicht mehr mit dem gleichen Enthusiasmus gegen das Verbrechen wie noch vor ein paar Jahren. Er war müde geworden.
Obwohl er zutiefst bedauerte, dass seine Vorstellungen von einem gemütlichen Feierabend wieder einmal zunichte gemacht worden waren, setzte er sich nach dem Anruf in seinen Dienstwagen und fuhr ins »Paradise«, um sich den Toten anzusehen. Das Hotelzimmer war vollgestellt mit unterschiedlichsten Musikinstrumenten. Mehrere Gitarren lehnten an der Wand, ein Saxophon hing am Kleiderhaken neben der Tür und unter dem Fenster stand eine Harfe, die zwar klein war, aber trotzdem einen beachtlichen Raum einnahm. Offensichtlich war das Drogenopfer ein vielseitig begabter Musiker, zumindest, wenn er diese Instrumente alle selbst spielen konnte.
Notarzt und Sanitäter waren schon vor Ort. Sie hatten nur noch den Tod des 26-jährigen Mannes feststellen können.
»Wahrscheinlich eine Polyintoxikation. Sieht so aus, als hätte er Kokain, Ecstasy und Alkohol konsumiert. Typischer Risiko-Mix bei vorgeschädigtem Herz-Kreislauf-System.«
»Also keine Fremdeinwirkung?«
»Kann ich noch nicht definitiv sagen. Aber die Wahrscheinlichkeit ist nicht hoch. Er hat es wohl selbst geschafft, sich ins Jenseits zu befördern. In seiner Hosentasche sind noch ein paar von den Wunderpillen gewesen, die er sich eingeworfen haben muss.« Der Gerichtsmediziner deutete auf einige eingetütete Tabletten, die auf dem Rand der Badewanne lagen.
»Meinen Sie, er hat gedealt?«
»Weiß ich auch nicht. Bin ich vielleicht ein Hellseher?«, brummte der Arzt. »Aber die Menge in der Hosentasche hat bestimmt nur ihm selbst für ein paar Tage gereicht. Der war nicht zum ersten Mal auf Sendung.«
»Bis wann wissen Sie Genaueres?«

»Das kann ein paar Tage dauern.«
»Kann ich die Frau vernehmen, oder steht sie unter Schock?«
»Ich habe ihr ein Beruhigungsmittel gegeben. Aber sie weiß so gut wie nichts. Die kennen sich noch nicht lange. Sie erzählt immer wieder, dass sie einen Ausflug an den Strand machen wollten und dass morgen der Sohn des Toten aus Nürnberg kommen soll.«
Comisario Casas ging in das Zimmer nebenan, das man für Beatrix Neumann zur Verfügung gestellt hatte. Sie lag auf dem Bett und weinte leise vor sich hin, als er hereinkam. Eine Angestellte des Hotels, wahrscheinlich ein Zimmermädchen, beugte sich gerade über sie und legte ihr einen feuchten Waschlappen auf die Stirn.
»Señora Neumann, kann ich Sie einen Moment sprechen?«
»Sagen Sie mir, was passiert ist? Er hat ausgesehen wie ein Frosch. Mein Gott, ich habe noch nie eine Leiche gesehen.«
»Es tut mir leid. Ihr Freund ist wahrscheinlich an einer Überdosis gestorben.«
Die Frau schluchzte auf und vergrub ihr Gesicht zwischen den Armen.
»Er hat gar nicht mehr wie er selbst ausgesehen. Und dann war da eine Spinne. Schwarz und riesig. Sie hat sich von der Decke abgeseilt und mich angestarrt.« Sie roch nach Schweiß und Bier. Der schwarze Minirock und das weiße, weit ausgeschnittene T-Shirt sahen nach Arbeitskleidung aus. Beatrix Neumann bediente in einem der Billiglokale am Ballermann, der bekannten Party Location der Playa de Palma, die bei den einen beliebt und den anderen verrufen war. Noch immer war der Strandabschnitt Balneario No. 6 die Nummer Eins für den Sauftourismus auf Mallorca, obwohl die Stadtverwaltung intensiv daran arbeitete, dieses Image loszuwerden. Es gab kein Sangria-Trinken aus Eimern mehr und Saufexzesse waren verpönt.

»Max wird doch kommen. Was soll ich bloß machen? Er darf ihn auf keinen Fall so sehen. Die Augen ...« Beatrix hob ihr Gesicht, schüttelte sich und streckte beide Hände in Richtung des Comisario. Es war eine hilfesuchende Geste, die ihn rührte. Aber ihr saurer Atem stieß ihn ab.
»Wer ist Max?«
»Sein Sohn. Er ist krank und braucht einen Klimawechsel, hat Kon gesagt.«
»Haben Sie eine Adresse, wo er in Deutschland zu erreichen ist?«
»Keine Ahnung. Kon hat sie bestimmt in seinem Handy eingespeichert.« Sie begann wieder zu weinen. Der Comisario hatte nicht den Eindruck, dass er noch etwas Wesentliches von ihr erfahren würde.
Morgen früh musste er versuchen, mit den Angehörigen in Deutschland Kontakt aufzunehmen. Für diesen Abend hatte er die Nase voll. Er ging wieder hinüber, schaute noch einmal kurz ins Badezimmer, wo die Sanitäter gerade dabei waren den Toten auf eine Bahre zu legen, um ihn abzutransportieren. Es war wirklich kein schöner Anblick! Mitleid mit der Frau, die ihren Geliebten in diesem schrecklichen Zustand gefunden hatte, drohte ihn zu übermannen. Für einen kurzen Moment überlegte er, zu Beatrix Neumann zurückzugehen und ihr seine Hilfe anzubieten. Schließlich ermahnte er sich selbst zu mehr Professionalität. Die Frau hatte gewusst, dass Konstantin Matern illegale Drogen nahm und sehr wahrscheinlich konsumierte sie selbst auch Rauschmittel.
Drogenabhängigkeit war eine Krankheit. Die Kranken brauchten Hilfe. Menschen mussten vor Drogen geschützt und nicht wegen ihres Konsums stigmatisiert werden. Diese Sätze versuchte er sich selbst wie ein Mantra zu verinnerlichen. Es gelang ihm nicht immer. Viel öfter spürte er Wut über die sinnlose Vergeudung von Leben, wenn er wieder

vor einem Drogentoten stand. Warum achteten die Menschen so wenig auf sich?
Seine Augen suchten Decke und Wände nach der Spinne ab. Er konnte sie nicht entdecken.

Als er nach Hause kam, war die Sonne längst hinter dem Nachbarhaus untergegangen und sein Platz in der Hängematte viel zu kühl, um darin zu entspannen. Seine Frau Angela war sauer. Sie hatte zwei Stunden gewartet und dann allein den durchweichten Auberginenauflauf gegessen, den sie gekocht hatte. Nur mit viel Entschuldigungen und dem Versprechen, sie am nächsten Abend zu einem Klavierkonzert in der Altstadt zu begleiten, hatte er seine Frau friedlich stimmen können. Er war kein Musikfan, wenn überhaupt, dann stand er auf laute, ehrliche Rockmusik. Er war mit den Rolling Stones groß geworden. *Satisfaction* und *Let's spend the night together*. Mick Jagger und Keith Richards waren noch heute seine großen Idole. Beides Kerle, die sich nicht vom Alter unterkriegen ließen. Leider musste er seine Musik im Auto auf dem Weg zur Arbeit hören. Angela duldete keine E-Gitarrenmusik zuhause. Sie behauptete, Kopfschmerzen davon zu bekommen. Ihm dagegen ging Klavier-Geklimper auf die Nerven. Die Harfe im Hotelzimmer des Toten kam ihm in den Sinn. Bestimmt keine Musikrichtung, die am Ballermann erwünscht war. Welche Stücke hatte wohl der Tote darauf gespielt? Er selbst kannte Harfenmusik nur von Weihnachtsfeiern in der Kirche. Es gelang ihm nicht wirklich, von seiner Arbeit abzuschalten.
Die Katze Rosana ließ sich an diesem Abend überhaupt nicht mehr bei ihm blicken. Er hing an dem Tier. Rosana hatte in ihrem Katzenleben schon viel Schweres erlebt. Als Junges war sie in einer Mülltonne ausgesetzt worden. Ihr Retter war ein geistig verwirrter Typ gewesen, der sie erst seiner Freundin schenkte und dann aus Eifersucht

beinahe umgebracht hätte. Ein komplizierter Fall, der drei Tote gefordert und dem Comisario viele schlaflose Nächte eingebracht hatte. Auch heute fragte er sich manchmal, ob das letzte Opfer noch hätte leben können, wenn er sorgfältiger gearbeitet hätte.
Sich um die verwaiste Katze zu kümmern, war eine Art Wiedergutmachung für seine Nachlässigkeit gewesen. Rosana verschwand, wenn sie sich vernachlässigt fühlte, oft für ein paar Tage. Er legte ihr eine Scheibe seiner Lieblings-Sobrasada in den Futternapf, um sie versöhnlich zu stimmen.

Erst um zehn Uhr am nächsten Tag fiel ihm wieder ein, dass er die Verwandten des Drogentoten informieren musste. Er durchforstete die Telefonnummern in der Adressenliste des Handys von Konstantin Matern und fand darin die Nummer von Christin und Max Lämmermann.
Sein Anruf kam leider zu spät. Der Junge saß schon im Flugzeug von Nürnberg nach Palma de Mallorca.

DREI

Eine kleine Drohne, die das Format eines Spielzeugs hatte, flog dicht über Kopf und Arme hinweg, die Diana Mittermeier möglichst graziös in Richtung Himmel zu strecken versuchte. Wie ein wütendes Insekt, das zum Angriff überging, kam die Drohne erneut zurück, flog einen Bogen und surrte in Richtung Strandpromenade.

Diana versuchte sich vergeblich auf ihre Atmung zu konzentrieren und standhaft in der Yoga-Übung des Baumes zu verharren. Der Baum strauchelte, sie verlor das Gleichgewicht, schwankte bedrohlich nach links und kippte mit einem unterdrückten Fluchen in den sonnenwarmen Sand. Der mit mohnroten Blumen bedruckte Kimono rutschte dabei nach oben in Richtung ihres ausladenden Busens und bot einen Blick auf ihr froschgrünes Bikinioberteil und viel weiches Fleisch.

Der Badestrand im Hafen von Sóller war an diesem Tag im Mai wenig besucht, aber das Mädchen mit seinem Flugobjekt verdarb allen Ruhe Suchenden, und besonders ihr, den idyllischen Sonnentag in der beschaulichen Bucht. Über Mittag hielten sich die meisten Touristen in ihren Hotels auf. Entweder mussten sie ihre All-inclusive-Pakete in Form von riesigen Essensbuffets abarbeiten oder sie entspannten sich bei einer Siesta in ihren Zimmern. Normalerweise eine gute Zeit, um nicht gestört zu werden. Natürlich kam es vor, dass ballspielende Kinder oder ein vorüberlaufender Jogger ihre Ruhe bei den Yoga-Übungen behinderten. Aber dieses neumodische Spielzeug des Mädchens war wirklich eine Zumutung.

Diana hatte die Nase voll. Für ihre Körperfülle stand sie beachtlich schnell wieder auf den Beinen, lief schnaufend zu der Sandsteinmauer, die den Strand von der Hafenpromenade abgrenzte und baute sich schwer atmend vor dem Mädchen auf, das so tat, als ginge sie die vor Wut rot angelaufene Frau nichts an. Sie hielt die Drohne in den Händen und hantierte daran herum. Diana ignorierte sie ganz bewusst.

»Kannst du mal aufhören, mit diesem albernen Ding über meinem Kopf Landeanflug zu spielen.«

Erst als sie die Kleine ansprach, schaute diese auf. Ihre dunkelbraunen, fast schwarzen Augen musterten Diana interessiert. Sie schüttelte energisch mit dem Kopf, wobei ihre schulterlangen Locken durch die Luft flogen, als wollten sie es dem Spielzeug gleichtun.

Diana sprach Deutsch. Sie merkte, dass die Kleine sie verstand, obwohl sie eine Einheimische sein musste. Trotzdem wiederholte sie ihren Satz noch einmal auf Spanisch und merkte, wie die Haltung des Kindes sich veränderte.

»Ich will gar nicht auf dir landen. Ich fotografiere nur, wie dein Bauch wackelt.«

»Was machst du?« Sie starrte das Mädchen fassungslos an.

»Dein Bauch ist superlustig. Du siehst von oben aus wie ein roter Wackelpudding.«

»... wie ein roter Wackelpudding?« Diana sprach nicht perfekt spanisch, aber sie verstand und musste laut losprusten, verschluckte sich, hustete und ihr Gesicht lief noch eine Nuance röter an als vorher.

Dann wurde sie wieder ernst.

»Pass mal auf, du kleine Kröte. Du hörst jetzt sofort auf mich als Fotomodell zu benutzen, sonst ziehe ich dir die Ohrwascheln lang oder mache aus deinem fliegenden Fotoapparat einen Schrotthaufen.«

»Das darfst du gar nicht.« Das Mädchen machte einen Schritt rückwärts und versuchte die Drohne hinter ihrem Rücken zu verstecken.

»Du bist ja eine ganz Schlaue! Wenn du dich so gut auskennst, weißt du sicher auch, dass es hier im Hafen nicht

erlaubt ist, Luftbildaufnahmen ohne Genehmigung zu machen.«
»Meine Oma hat es mir aber erlaubt.«
»So, deine Oma hat es dir erlaubt. Na, dann ist deine Oma wahrscheinlich auch nicht die Größte aller Oberschlaumeierinnen.«
»Sie ist jedenfalls schlauer als du.« Die Schlagfertigkeit der Kleinen gefiel Diana.
»Was du nicht alles weißt. Sie sollte vielleicht lieber mit dir Muscheln sammeln oder schwimmen gehen, anstatt dir diese dämliche Drohne als Spielzeug zu kaufen. Wo ist denn deine Oma?«
»Das geht dich nichts an. Du bist eine fette alte Kuh.« Die Miene der Kleinen verfinsterte sich. Mit einem entschlossenen Ruck drehte sie sich um die eigene Achse und rannte in Richtung der Tische, die gleich neben der Strandpromenade platziert waren und zum Vier-Sterne-Hotel Marinara gehörten. Dort saßen vereinzelte Gäste bei einem Drink oder einer Tasse Kaffee. An einem weiß eingedeckten Tisch, an dem eine einzelne ältere Dame Platz genommen hatte, die gerade einen Schluck aus ihrer Kaffeetasse nahm, machte sie Halt, redete auf sie ein und zeigte mehrmals in Dianas Richtung.
»Na warte, du kleine Rotznase, dir werde ich schon Manieren beibringen.«
Diana stieg in eine grasgrüne weite Hose, schlüpfte mit sandigen Füßen in ihre buntgemusterten Flipflops und ging ihr hinterher. Im Laufen fuhr sie sich mit beiden Händen durch die wild geringelten weißen Locken.
Die Frau war nicht die typisch spanische »nana«, die sie erwartet hatte. Wobei sie ehrlich gesagt nicht genau wusste, wie eine mallorquinische Großmutter auszusehen hatte. Ihre Begegnungen mit der einheimischen Bevölkerung beschränkten sich auf kurze Gespräche beim Einkaufen und belanglose Äußerungen, meist mit wenig Tiefgang. Der

einzige echte Mallorquiner, mit dem sie mehr verband und den sie etwas besser kannte, war Antonio.
Elegant und selbstsicher schaute die Frau Diana entgegen. In der einen Hand hielt sie ihre Tasse Kaffee, in der anderen eine brennende Zigarette, die sie auf dem Rand ihres Untertellers ablegte, als Diana näherkam.
Sie machte einen angespannten Eindruck, als Diana sich unaufgefordert auf den freien Stuhl an ihrem Tisch setzte. Die deutliche Missbilligung in ihrem Blick brachte Diana noch mehr in Rage.
»Sie sollten Ihrer Enkelin mal ein paar grundlegende Höflichkeitsbegriffe beibringen.« Die Frau zog an der Zigarette, inhalierte tief und blies den Rauch durch die Nase wieder aus. Durch die Rauchwolke sah sie Diana an.
»Wieso? Hat sie sich schlecht benommen?« Ihre tiefe, raue Stimme, hatte einen spöttischen Unterton. Die Frage klang arrogant, als könnte ihre Enkeltochter kein Wässerchen trüben.
»Das kann man wohl sagen, dass sie sich schlecht benommen hat. Sie hat mich eine fette alte Kuh genannt. Aber noch ungezogener finde ich, dass sie mich bei meinen Yoga-Übungen gestört hat. Sagen Sie ihr bitte, dass sie damit meinen Seelenfrieden empfindlich durcheinanderbringt.«
»Bullshit. Warum sagen Sie es ihr nicht selbst?«
Die Frau hielt offensichtlich nicht viel von Förmlichkeiten, musste aber gegen ihren Willen lachen. Ihre Augen verschwanden für einen kurzen Augenblick hinter unzähligen Fältchen. Sie zog erneut an ihrer Zigarette und schnippte die Asche auf den Boden. Dann wurde sie wieder ernst.
»Beruhigen Sie sich. Das mit der Kuh …«, sie räusperte sich und hustete, »äh, das kann sie unmöglich so gemeint haben. Sicher haben Sie sie falsch verstanden. Mein Name ist übrigens Pilar Martinez. Buenos días, guten Tag.« Sie hatte während des Redens vom Spanischen ins Deutsche gewechselt, als sie merkte, dass Diana ihr nicht ganz folgen konnte. Ihre

Aussprache klang wie aus dem Lehrbuch, nicht so, als würde sie oft deutsch sprechen, aber die Grammatik passte.
»Diana Mittermeier.« Sie pflegte gewöhnlich allen Leuten, die sie traf, sofort das Du anzubieten, aber diese Frau machte nicht den Eindruck, als würde sie mit Diana nähere Bekanntschaft schließen wollen. Diana nickte ihr deshalb nur freundlich zu.
Der nächste Satz überraschte sie.
»Bleiben Sie für eine halbe Stunde mein Gast. Ich lade Sie zur Entschädigung auf einen Kaffee ein.«
Pilar Martinez deutete auf das Mädchen, das abwartend danebengestanden hatte. »María, du entschuldigst dich gefälligst bei Señora Mittermeier.«
»Tue ich nicht. Die Frau kann mich nicht leiden.« Die Stimme war trotzig und kein bisschen schuldbewusst.
»Eigentlich müssten Sie sich entschuldigen, wenn Sie Ihrer Enkeltochter erlauben, am Strand die Leute von oben zu fotografieren. Wissen Sie nicht, dass es verboten ist, Luftaufnahmen im Hafen zu machen?«
»Ehrlich gesagt, nein. Das Ding hat mein Sohn gekauft und María hat es in ihrem Rucksack mitgenommen. Ich habe von technischen Geräten keine Ahnung. Die letzten drei Jahre scheint einiges auf den Markt gekommen zu sein, was ich verpasst habe.«
»Dann nehmen Sie es ihr ab.« Diana Mittermeiers direkte Art kam nicht immer bei ihren Mitmenschen gut an. Pilar Martinez gehörte offensichtlich zu der Sorte, die pikiert reagierte. Sie sah aus, als hätte sie auf eine Zitrone gebissen. Ihre Stimme war eisig, als sie antwortete.
»Die Aufnahmen sind bestimmt unscharf. Es ist nur ein Kinderspielzeug.« Sie drückte die bis zum Filter aufgerauchte Zigarette im Aschenbecher aus und zündete sich sofort eine neue an.
»Gar nicht wahr«, mischte sich das Mädchen auf Spanisch ein.
»Man sieht sogar den dicken Busen und ihren knubbeligen

Bauchnabel.« Triumphierend hielt sie die Drohne nach oben. Als sie das grimmige Gesicht ihrer Großmutter sah, machte sie eine Kehrtwendung und rannte ins Hotel. In Sekundenschnelle war sie verschwunden und mit ihr die Kamera.
»Was für ein ungezogenes Kind!« Pilar Martinez starrte ihrer Enkelin hinterher, bevor sie sich wieder Diana zuwandte. »Nehmen Sie ihr das schlechte Benehmen nicht übel. Ihr fehlt einfach eine feste Hand. Mein Sohn verwöhnt sie nach Strich und Faden. Es wird Zeit, dass ich mich wieder mehr um sie kümmern kann.« Pilar Martinez strich sich mit beiden Händen vom Nasenrücken über die Augenbrauen in Richtung Schläfen. Eine Geste, die nach Kopfweh und Leidensdruck aussah. Diana fiel die ungewöhnliche Blässe auf. Entweder war die Frau lange krank gewesen oder sie ging viel zu selten in die Sonne.
»Themawechsel«, entschied sie. »Bestellen wir uns einen Cocktail. Ich brauche jetzt eine kleine Aufmunterung.«
Sie strich sich über die ausladenden Rundungen ihres Bauches.
»Hat schon lange niemand mehr über meinen Bauchnabel gesagt, dass er knubbelig ist ...«
Pilar Martinez musterte die Frau ungeniert, die so plötzlich vor ihr aufgetaucht war. Sie war rund wie ein wohlgenährter Buddha, dazu ein wuschelig weißer Lockenkopf, der ihr ein bizarres Aussehen verlieh und ein grell rotgrüner Farbmix an Kleidung. Ihr Mund war knallrot geschminkt und um die Augen hatte sie dick Kajal aufgetragen. Ihre Kleidung hätte bei jeder anderen Frau grässlich gewirkt, bei ihr sah es extravagant und hip aus, was an ihrem Selbstbewusstsein liegen musste, das sie offensichtlich in hohem Maße besaß. Ihr ungewöhnliches Aussehen war auch an den umliegenden Tischen bemerkt worden und ihre laute Stimme zog neugierige Blicke auf sie, was Diana Mittermeier in keiner Weise zu stören schien. Sie winkte den Kellner herbei und begann

sich lebhaft mit ihm auf Spanisch zu unterhalten. Die beiden mussten sich kennen, denn es sah sehr vertraulich aus, wie sie miteinander umgingen.
»Antonio, wir brauchen auf der Stelle zwei ›Sun-Rise-Spezial‹. Bitte beeil dich, ich verdurste gleich.«
Der Kellner lächelte, zwinkerte ihr zu und ging. Diana wandte sich wieder Pilar zu.
»Spielen Sie öfter Babysitter für Ihre Enkelin?«
»Nein, ich war die letzten Jahre verhindert.« Diana spürte, dass die Frau nicht weitererzählen wollte, aber die Neugier ließ ihr keine Ruhe.
»Leben Sie in Port Sóller? Ich habe Sie noch nie hier gesehen.«
»Nicht direkt im Ort. Ich wohne mit der Familie meines Sohnes zusammen in einem Haus etwas außerhalb. Ich bin gerade erst dort eingezogen.«
Ganz offensichtlich wollte Pilar Martinez nichts von sich preisgeben.
Antonio brachte zwei riesengroße Fruchtcocktails und blieb abwartend an ihrem Tisch stehen.
»Salud.« Mit einem Zug leerte Diana das halbe Glas.
Pilar Martinez roch an dem Getränk und schob das Glas angewidert von sich. Diana warf dem Kellner einen Blick zu, der deutlich zeigte, was sie von dem zickigen Benehmen hielt.
»Ich trinke keinen Alkohol! Bringen Sie mir einen Cappuccino.«
»Warum haben Sie es nicht gleich gesagt? Heute ist World-Cocktail-Day. Das muss gewürdigt werden. Ich konnte ja nicht ahnen, dass Sie keinen mögen. Dann muss ich mich wohl opfern und beide trinken.« Sie leerte das vor ihr stehende Glas und griff nach dem nächsten.
»World-Cocktail-Day?«
»Ja. Ich liebe Gedenktage. Und wenn ich nichts anderes zu tun habe, dann begehe ich diese Tage ihrem Anlass entsprechend. Manchmal denke ich mir auch selbst neue

Gedenktage aus. Ein Hobby von mir, wenn Sie so wollen.« Diana grinste. Sie provozierte gerne und spürte instinktiv, dass die Spanierin ihre Lieblingsbeschäftigung nicht mögen würde.
»Meine Güte.« Mehr sagte Pilar nicht, aber Diana spürte deutlich die Missbilligung ihres Gegenübers.
»Kommen Sie, was ist dabei, ein bisschen Spaß zu haben? Das Leben ist ernst genug.«
»Vielleicht haben Sie recht. Leben Sie auf Mallorca oder machen Sie Urlaub auf der Insel?«
»Ich lebe schon seit zehn Jahren in Port Sóller. Nach dem Tod meines Mannes habe ich mich entschieden, das Leben zu genießen. Ich wollte nicht in München bleiben, wo wir während unserer Ehe gelebt hatten. Meine fränkische Heimatstadt Coburg oder Mallorca standen zur Wahl. Und ich habe mich für den sonnigen Süden entschieden, genau der richtige Platz für mich.«
»Was tun Sie den ganzen Tag, wenn Sie nichts anderes machen, als das Leben zu genießen?« In Pilars Stimme lag eine Spur Neugier.
»Oh, zu tun gibt es immer etwas. Heute will ich eine Bekannte in Valldemossa besuchen und später werde ich Apfelkuchen backen, denn heute ist nicht nur Welt-Cocktail-Tag, sondern auch der Tag des Apfelkuchens.« Sie machte eine kleine Pause. »Und Sie? Arbeiten Sie noch?«
»Ich habe eine große Familie. Und eine Firma, die Waren aus Übersee verkauft. Für mich wäre es undenkbar, aus Mallorca, geschweige denn aus Spanien, wegzuziehen. Ich habe meine Wurzeln hier, auch wenn es dieses Land nicht immer gut mit mir gemeint hat.«
»Manchmal habe ich auch Sehnsucht nach zuhause. Nach den kalten Wintern in Bayern, dem Geruch von Bratwürsten auf Kiefernzapfen gebraten oder dem alten Gartenhäuschen meiner Eltern, in dem wir als Kinder Verstecken gespielt

haben.« Dianas Gesicht bekam einen wehmütigen Ausdruck, beinahe hätte sie auch noch vom Duft des Schokoladenkuchens ihrer Mutter erzählt, den diese immer am Wochenende gebacken hatte. Aber sie ahnte die kommende Frage bereits und behielt ihre Gedanken für sich.

»Was hält sie davon ab, zurückzuziehen?«

»Mittlerweile liebe ich den Sommer auf Mallorca mehr als die Winter in Deutschland. Und ich habe mehr Freundschaften auf der Insel geschlossen, als ich in Deutschland je hatte. Ich habe viele Freundinnen hier, bin unglaublich gerne am Strand, liebe die Weltoffenheit und die unterschiedlichen Nationen, die man den ganzen Sommer über antreffen kann. Wahrscheinlich hätte ich genauso viel Sehnsucht nach Mallorca, wenn ich wieder am Ort meiner Kindheit leben würde. Sóller ist ein wunderbares Städtchen, in dem man es gut aushalten kann. Auch wenn man allein ist.«

»Und Ihre Familie?«

»Die vermisst mich nicht allzu sehr. Einzig mein kleiner Bruder hat mich schon zweimal besucht, seit ich mir hier eine Wohnung gekauft habe.« Sie lachte. »Mein kleiner Bruder ist auch schon in die Jahre gekommen. Aber sogar mit über fünfzig ist er immer noch der Knirps für mich.«

»Sie haben keine Kinder?«

»Doch. Einen erwachsenen Sohn. Er besucht mich nicht. Mallorca bietet ihm nicht das Ambiente, das er und seine Frau gewohnt sind. Sie finden, dass hier nur Proleten und Spießer Urlaub machen.«

Pilar stieß einen empörten Ton aus, der sich wie das Fauchen einer Katze anhörte, der jemand auf den Schwanz getreten hatte, was Diana kurz aus dem Konzept brachte.

»Das ist nicht meine Einstellung, sondern die meines Sohnes!«, stellte sie klar. »Er fliegt lieber in die Karibik oder fährt zum Skifahren nach St. Moriz. Er protzt gerne mit dem Reichtum, den er sich nicht mal selbst erarbeitet hat. Er hat

unsere Firma übernommen.« Sie schwieg einen kurzen Moment, bevor sie ergänzte: »Nein, das mit dem Protzen ist ungerecht, aber ich bin ihm ziemlich lästig. Wenn er nichts von mir hört, liebt er mich am meisten.«
»Für mich unvorstellbar. Die Familie steht immer an allererster Stelle. Keiner kann ohne den anderen auskommen. Für meinen Sohn bin ich eine Respektsperson.«
»Vielleicht ist das in Spanien noch anders als in Deutschland. Bei uns ist der Zusammenhalt nicht mehr so groß.«
»War das früher anders?«
»Ganz sicher. Zumindest in meiner Familie. Sehnsucht nach dieser Familie meiner Kindheit bekomme ich in letzter Zeit immer öfter.« Für einen Moment schwieg sie, dann hellte sich ihr Gesicht wieder auf. »Morgen wird der Enkel meines Bruders für mindestens zwei Wochen nach Palma kommen. Ich habe versprochen, mich etwas um ihn zu kümmern.«
»Dann sind Sie doch mehr in die Familie eingebunden, als sie zugeben!«
»Wenn er wieder abreist, habe ich sicher für einige Zeit die Nase voll von Verwandtschaft. Er ist erst sechs Jahre alt und wird von allen möglichen Allergien geplagt. Seine Mutter hat keine Zeit mitzufliegen. Sie hat sich erst vor zwei Jahren selbstständig gemacht und muss sehen, dass ihr Geschäft läuft.« Diana unterbrach ihren Redefluss. Sie hatte das Gefühl viel zu viel Privates auszuplaudern, dafür kannte sie die Frau zu wenig.
Eine Weile saßen sie schweigend, bis es Diana langweilig wurde: »Haben Sie die Schuhe hier auf der Insel gekauft?« Sie deutete auf Pilars rote Sandalen und ergänzte: »Tolle Absätze und knallige Farbe. Könnte mir auch gefallen!«
»Ich habe sie in Palma gekauft. Sie sind schon ein paar Jahre alt. Das Modell gibt es sicher nicht mehr.«
»Schade, aber sie wären sowieso nichts für mich. Es ist schon eine Weile her, dass ich so hohe Schuhe tragen

konnte. Dafür bin ich leider zwanzig Kilogramm zu schwer. Ich würde Ihnen mit dem gleichen Modell ganz sicher nicht die Schau stehlen.« Sie seufzte theatralisch, sah aber keineswegs betrübt aus. »Ich habe in diesen Jahren auf Mallorca unglaublich zugenommen. Meine gesamte Garderobe aus Deutschland passt längst nicht mehr. Vielleicht sollten wir mal zusammen zum Bummeln gehen?« Die Frage von Diana war mehr der Höflichkeit geschuldet, als wirklich ernst gemeint, aber Pilars Gesicht verschloss sich sofort. Sie hasste Smalltalk schon immer, aber in den vergangenen drei Jahren hatte sie es vollkommen verlernt, über Belanglosigkeiten zu plaudern. Es entstand eine unangenehme Pause.
Diana trank den Rest des zweiten Cocktails aus und winkte Antonio zum Bezahlen.
»Nein, lassen Sie, das geht auf meine Rechnung. Als kleine Entschädigung für das Benehmen von María.«
»Vielen Dank. Es war nett, Sie kennenzulernen!«
»Ja, das finde ich auch.« Pilar war bei Dianas Worten rot geworden und wirkte verlegen. Fast hatte Diana den Eindruck, als wäre es ihr unangenehm, freundlich behandelt zu werden.
Als sie schon ein paar Meter von ihrem Tisch entfernt war, drehte sie sich noch einmal um. Pilar war dabei, sich eine neue Zigarette anzustecken.
»Sagen Sie dem kleinen Ekelpaket, ich bin ihr nicht mehr böse. Wenn Sie Lust hat, kann sie gerne wieder meinen Wackelpuddingbauch fotografieren!«
Dann ging sie beschwingt in Richtung Parkplatz, wo sie ihren Motorroller abgestellt hatte. Ihr roter Kracher, wie sie ihn liebevoll nannte, war schon ziemlich lädiert, viele Kratzer vom Einparken in zu engen Parklücken, dem Kollidieren mit Häuserwänden in schmalen Gassen und einigen kleinen Auffahrunfällen. Auf Mallorca dominierten kleine, wendige Autos den Straßenverkehr, neben Caddys und Lieferwagen.

Sie liebte ihren alten Roller, der durch alle engen Gassen passte und bei dem es auf eine Beule mehr oder weniger nicht ankam. Vor ein paar Jahren hatte sie ihr Auto einer Freundin aus Palma geschenkt. Die engen Straßen in Sóller waren bei jeder Einkaufsfahrt eine Herausforderung für sie gewesen. Unzählige Beulen und Schrammen an Türen und Kotflügeln hatten ihren Nerven zugesetzt. Antonio hatte ihr den roten Kracher über einen Bekannten vermittelt. Er war fest angestellt im Marinara, aber handelte auch mit gebrauchten Autos, wusste, wo es preiswerte Immobilien zu mieten gab und kam oft mit ein paar Kisten Wein, frisch gepresstem Olivenöl oder Orangen bei Diana vorbei, die er ihr zu einem Sonderpreis verkaufte. Als sie ihn einmal gefragt hatte, woher er seine Waren bezog, hatte er nur gelacht und gemeint, die seien direkt vor seiner Wohnung von einem Lastwagen gefallen. Diana mochte seine unbekümmerte Art. Sie trafen sich manchmal am Abend, wenn er Dienstschluss im Hotel hatte, plauderten bei einem Glas Wein auf Dianas Balkon miteinander und schliefen dann meist zusammen. Ihr Verhältnis war sehr entspannt. Keiner hatte bisher an diesen Abenden von einer festen Beziehung gesprochen, aber sie fühlten sich wohl miteinander.
Einer von Antonios Bekannten arbeitete als Automechaniker in einer Werkstatt in Esporles und war immer gerne bereit, ihr zu helfen, wenn sie mal wieder zu unsanft mit ihrem Roller umgegangen war.
Nur ein paar Superreiche oder ganz versnobte Zeitgenossen legten sich Luxusschlitten auf Mallorca zu, obwohl mit ihnen Dellen und Kratzer vorprogrammiert waren, zumindest, wenn man seinen Wohnsitz in den verwinkelten Dörfchen des Tramuntana-Gebirges hatte.
Der Fahrer oder die Fahrerin des Mercedes, der neben ihrem Motorroller geparkt hatte, musste einer von denen sein, die eine Menge Geld hatten. Zwei Typen, die aussahen wie

Profiboxer, lungerten neben dem Wagen herum, als wären sie beauftragt, auf das Auto aufzupassen.
Der Mercedes war eng neben ihrem Roller geparkt. Diana, die nicht eben schlank war, musste sich plagen, um auf den Fahrersitz zu kommen.
»Mist. Einen dicken Schlitten fahren, aber nicht einparken können«, schimpfte sie schnaufend vor sich hin, als sie den Helm aufsetzte. Der Lenker streifte leicht an den Mercedes. Glücklicherweise waren die Männer in eine Unterhaltung vertieft und schienen das Geräusch nicht gehört zu haben.
Sie konnte sich ein Grinsen nicht verkneifen und fuhr in rasantem Tempo aus der Parklücke. Die Plauderei auf der Strandpromenade hatte die Zeit verfliegen lassen, sie musste sich beeilen, um rechtzeitig in Valldemossa bei Margarete zu sein. Ihre Freundin legte Wert auf Pünktlichkeit. Obwohl die Fahrstrecke nach Valldemossa durch den Tunnel auf der MA 11 schneller gewesen wäre, bog sie beim Wegweiser Richtung Deiá und Valldemossa nach rechts ab. Sie liebte die kurvenreiche Straße, die sich in unzähligen Serpentinen hinaufschlängelte. Oben angekommen, überlegte sie kurz, einen Abstecher hinauf nach Son Mico zu nehmen, um bei den Schwestern Ines und Isabell ein Stück Kuchen zu essen, aber nach einem Blick auf die Uhr verkniff sie sich den Halt und brauste weiter. Die Straße war stark befahren. Viele Touristen in Mietautos, aber auch Rennradfahrer genossen wie Diana die unglaubliche Aussicht auf das azurblaue Meer, die unendliche Weite und die unberührte Natur. Hier oben führte auch ein reizvoller Küstenwanderweg durch das Tramuntana-Gebirge, den sie schon in Teilstücken gelaufen war.
Auf der Höhe des Landgutes Son Marroig konnte sie nicht widerstehen, fuhr auf den Parkplatz und stellte ihren Roller im Schatten ab. Sie kletterte über eine Leiter neben einem Eisentor. Für ihre Körperfülle bewegte sie sich behände. Schon oft hatte sie diesen Übergang passiert, der viele

Touristen vom Weitergehen abhielt, weil sie meinten, dahinter begänne Privatbesitz. Dann wanderte sie durch einen Olivenhain bis zu dem Aussichtsplatz, von dem aus sie einen herrlichen Ausblick auf die tief unten liegende Halbinsel hatte. Sie konnte Sa Foradada, den durchlöcherten Felsen, sehen und mehrere kleine Boote, die im Wasser schaukelten. Für ein paar Minuten genoss sie den Ausblick, dachte dann an die leckere Paella, die in dem Lokal Sa Foradada vom Holzkohlengrill frisch zubereitet und serviert wurde und verspürte sofort Appetit. Ihr Magen gab ein knurrendes Geräusch von sich, als würde er ihren Gedanken folgen. Sie war schon einige Male mit Antonio auf dem Wanderweg hinunter spaziert und hatte sich mit ihm Tapas, Paella und köstlichen mallorquinischen Wein mit Blick auf das raue Meer schmecken lassen.
Das Gespräch mit Pilar über ihre Familie hatte sie mehr durcheinandergebracht, als sie sich eingestehen wollte. Wenn sie ehrlich mit sich selbst war, musste sie zugeben, dass sie ihren Sohn schmerzlich vermisste. Besonders kränkte es sie, dass er sich nie bei ihr meldete. Keine WhatsApp, wie es ihr ging, kein Anruf, ob sie etwas brauchte. Nach dem Tod ihres Mannes hatte sie sich förmlich aufgedrängt, aber er war ihr immer ausgewichen und hatte ihr vorgeworfen, dass sie nicht mehr in der Firma mitarbeiten wollte.
»Wir könnten uns arrangieren. Warum glaubst du, dass ich nicht mit dir auskommen könnte?«, hatte er ihr vorgehalten. Die Gedanken an die Wochen nach dem Tod ihres Mannes, an diese einsamste Zeit ihres Lebens, ließen ihren Magen erneut knurren. Sie wusste, dass es nicht gut für sie war, ihren Frust mit Essen zu bekämpfen. Aber zumindest half es. Sie kramte in ihrer Umhängetasche und fand nach kurzer Suche einen Marzipanriegel, den sie auswickelte und mit zwei Bissen verschlang.

Essen und Yoga. Das waren die beiden Dinge, die ihr Halt gaben. Und Antonio. Sie musste lächeln. Als sie ihn kennenlernte, hatte sie sich gerade eine komplette Glatze rasiert. Sie hatte damals spontan beschlossen sich die Haare nicht länger zu blondieren und mit einem Kurzhaarschnitt zu tragen, sondern wollte zu ihren mittlerweile weiß gewordenen Haaren stehen. Es war ihr am einfachsten erschienen sich von dem Blond zu trennen, indem sie sich kahl rasierte. Wahrscheinlich hätte Antonio sie niemals angesprochen, wenn er nicht so schockiert von ihrem Anblick gewesen wäre. Vorher hatten sie sich schon oft auf der Strandpromenade gesehen, aber immer nur freundlich zugenickt. »Was ist Ihnen denn zugestoßen?«, hatte er gefragt. Teilnahmsvoll und ehrlich besorgt.
»Nichts. Mir ist nur bewusst geworden, dass ich langsam zu alt für die Farbe Blond bin.« Sie hatte über seinen ungläubigen Gesichtsausdruck lachen müssen. Er hatte eingestimmt und geantwortet: »Sie gefallen mir auch ohne Haare. Aber es wird sicher spannend, welcher Frauentyp Sie sein werden, wenn die Natur zum Vorschein kommt. Ich glaube übrigens nicht, dass Sie zu alt für irgendeine Haarfarbe sind.«
Damit hatte er ihr Herz erobert. Diesem Mann zu begegnen, war ein echter Glücksfall gewesen.
Ihre Stimmung hellte sich wieder auf, sie schloss für ein paar Minuten die Augen, genoss den leichten Wind und die wärmende Sonne auf der Haut, bevor sie den Weg zurückwanderte und sich wieder auf ihren Roller schwang. Das kurze Innehalten hatte ihr gut getan, sie hatte ihre Ausgeglichenheit wiedergefunden. Margarete musste ein paar Minuten länger mit dem Kaffee auf sie warten, doch die Freundin wusste, dass Diana nie pünktlich war. Diese Eigenschaft teilte sie mit vielen Spaniern. Sie zählte mit zu den Gründen, warum sie so schnell auf der Insel heimisch geworden war und sich auf Mallorca so wohl fühlte.

VIER

Sonnenlicht strömte durch das in der Maisonne schmutzig wirkende Fenster. Christin Lämmermann bekam große Lust, Eimer und Lappen aus dem Putzschrank zu holen und sich an das Reinigen der Scheiben zu machen. Es war ein heller, ruhiger Tag, ideal, um bei dieser Hausarbeit zu entspannen. Ihr war klar, dass ihr Faible fürs Putzen teilweise schon krankhafte Züge angenommen hatte, aber sie liebte es, ihr Häuschen ordentlich und sauber zu halten. Christin seufzte enttäuscht, weil sie absolut keine Zeit dafür hatte und wandte sich widerstrebend wieder ihren Aufgaben am Computer zu, die dringend erledigt werden mussten. Christin war Fotografin. Sie hatte an diesem Wochentag keinen Termin, musste aber zügig die Bilder ihres letzten Auftrags bearbeiten. Die Brauteltern der Hochzeit, die am Vortag in einem Gasthaussaal stattgefunden hatte, wollten so schnell wie möglich Aufnahmen der Trauungszeremonie, um sie den Verwandten zu zeigen, die nicht hatten dabei sein können. Die Bilder zeigten einen lächelnden Standesbeamten, die lächelnden Brauteltern, lächelnde Trauzeugen und ein lächelndes Brautpaar. Die aufgesetzte gute Laune auf den Gesichtern der Hochzeitsgesellschaft widerte Christin an. Schon beim Rehbraten mit Klößen nach dem Festakt hatte sich das Brautpaar gestritten, weil er angeblich absichtlich Wein über ihren Ärmel gegossen hatte. Danach hatten sie wieder herzzerreißend liebevoll geschaut, als sie merkten, dass Christin eine Aufnahme machen wollte. Am meisten hatte sie geärgert, dass die gesamte Hochzeit mit Wegwerfgeschirr aus Plastik und einer beispiellosen Menge an Luftballons gefeiert worden war. In allen Farben waren die Ballons durch den Raum geschwebt, zum Teil vor den Gesichtern der Gäste. Es würde Stunden dauern, bis sie die Bilder bearbeitet hatte. Einige waren völlig unbrauchbar, weil die

Feiernden von der Dekoration verdeckt wurden. Nach dem Kaffee waren dann fünfhundert rote, Gas befüllte Herzen mit Karten bestückt worden, die das Brautpaar unter dem Jubel der Familie in den Himmel hatte fliegen lassen. Keiner hatte sich Gedanken darüber gemacht, wie schädlich diese Ballons für die Tierwelt waren. Rehe, Hasen oder Vögel würden die zusammengeschrumpften Überbleibsel finden, fressen und elend zugrunde gehen. Christin hatte an sich halten müssen, um freundlich lächelnd Bilder dieses Events zu knipsen.
»Reiß dich zusammen, Christin«, hatte sie sich selbst ermahnt. Aber ihr hatte beim Fotografieren die Konzentration gefehlt und das machte sich am Ergebnis der Bilder bemerkbar.
Ihre Gedanken schweiften ab, kreisten um Max und um die nächsten Wochen, die er auf Mallorca verbringen sollte. Sein Koffer stand schon gepackt im Flur, vor einer Stunde hatte ihn sein Großvater abgeholt, um mit ihm ein Eis essen zu gehen.
»Einstimmung auf die Sonneninsel. Ich bin gespannt, ob du einen großen Eisbecher schaffst«, hatte er fröhlich gerufen, als er Max vor einer Stunde abgeholt hatte.
Christin wusste, dass auch ihm diese Fröhlichkeit schwerfiel. Er hing sehr an seinem einzigen Enkel und war voller Sorge, ihn morgen allein, nur unter der Obhut von Flugbegleiterinnen, in einem Flugzeug zu wissen. Am liebsten wäre er mitgeflogen, aber, wie so oft, war er mal wieder pleite. Er hatte ihr von einem Auftrag für Handpflegecreme erzählt. Eine Kosmetikfirma wollte ihn für einen Videofilm, speziell für die ältere Generation, engagieren. Es war ihrem Vater schrecklich peinlich, dass er Werbung und, wie er es ausdrückte, diese »albernen Seifenopern« spielen musste, aber andere Engagements hatte er schon länger nicht mehr angeboten bekommen. Ihr Vater war Künstler, ebenso wie ihre Mutter. Auch Konstantin, der Vater von Max, gehörte zu dieser Spezies, die ständig unter Geldmangel litt, aber der festen Überzeugung war, dass für sie keine andere Lebensweise in Frage kam. Ihr

Vater nahm dafür in Kauf, in der Einliegerwohnung des Hauses von Christin zu wohnen, verzichtete auf Auto und Urlaub, aber nannte sich Schauspieler und Model.
Stirnrunzelnd wandte Christin sich wieder ihrer eigenen Arbeit zu. Sie selbst brauchte Sicherheit und strebte nach finanziellem Erfolg. Deshalb saß sie hier vor ihrem Computer und bearbeitete mit einem Bildprogramm die Fotos lächelnder Menschen, während sich ihr einziges Kind allein auf einer weit entfernten Ferieninsel von seinen Allergien erholen sollte.
Konstantin wird auf ihn aufpassen, beruhigte sie sich selbst. Er hatte es versprochen. Trotzdem hegte sie insgeheim starke Zweifel, dass er der Richtige für diese Aufgabe war. Ihr Sohn war so ein zartes und ständig krankes Kind, und jetzt schickte sie Max zu seinem Vater, der eigentlich gar nichts mit Kindern anfangen konnte, sondern schon die gesamte Zeit seines Lebens mit sich selbst beschäftigt war. Der Alltag von Konstantin war mit Musik und der Pflege seines Egos ausreichend gefüllt, für die Sorgen und Nöte eines Sechsjährigen hatte er selten ein Ohr gehabt. Christin haderte mit ihrer getroffenen Entscheidung.
In was für eine vertrackte Situation hatte sie sich und Max da hineinmanövriert, weil sie meinte, keinen einzigen Auftrag verpassen zu dürfen? Dabei ging es ihr finanziell gar nicht übel. Flug und Aufenthalt auf Mallorca für ihren Sohn konnte sie aus den laufenden Einnahmen bezahlen.
»Ach, Mist!«, murmelte sie wütend vor sich hin und klickte sich aus dem Bearbeitungsprogramm. Der Kunde musste warten. Sie öffnete das Fenster, dann kramte sie in ihrer Jackentasche nach dem angebrochenen Päckchen Zigaretten, zündete sich eine an und inhalierte tief. Wie immer musste sie husten, aber allein das Halten der Zigarette zwischen den Fingern gab ihr ein Gefühl von Sicherheit. Sie atmete den Rauch aus, darauf bedacht, möglichst viel davon nach draußen zu pusten. Dann

nahm sie einen weiteren Zug und drückte die Zigarette im Aschenbecher aus, der auf der Fensterbank stand. Es lagen schon jede Menge halb gerauchte Zigaretten darin. Wenn Max daheim war, unterdrückte sie ihr Verlangen. Sie wollte ihn nicht auch noch mit Zigarettenrauch belasten. Seine Allergien machten ihm schon genug zu schaffen.
Das Rauchen hatte sie in der Zeit mit Konstantin angefangen. Bei dem Gedanken an ihn spürte sie einen leichten Stich in der Herzgegend. Von ihm hatte sie einige Angewohnheiten übernommen, auf die sie nicht stolz war. Rauchen, das Trinken von Rotwein aus der Flasche, die Nacht zum Tag machen und tagsüber die Vorhänge zuziehen, um kein Sonnenlicht hereinzulassen. Diese letzte Unart hatte sie sehr schnell ablegen müssen, als Max auf die Welt gekommen war.
Harte Drogen hatte sie nie genommen. Aber Konstantin hatte damals, als sie sich kennenlernten, nur Rotwein getrunken.
Konstantin war Straßenmusikant gewesen, als sie ihm mit neunzehn Jahren das erste Mal begegnet war.
Fotografieren war auch damals schon ihre Leidenschaft gewesen. Sie hatte gerade eine Ausbildung als Fotografin begonnen und war immer auf der Suche nach Motiven gewesen. Oft hatte sie in Cafés herumgesessen oder war durch die Gassen der Altstadt von Coburg geschlendert und hatte ihre Mitmenschen durch den Sucher der Kamera beobachtet.
An dem Tag ihres Kennenlernens war sie allein unterwegs gewesen. Das 21. Sambafest hatte Coburg in ein Rhythmus- und Farbenmeer verwandelt, das sie wie eine Besessene fotografieren ließ. Einmal im Jahr überfluteten mehr als 3.000 aktive Musiker und Tänzer die 41.000 Einwohnerstadt. Das Festival hatte sich zu einem Besuchermagneten entwickelt. Einwohner, Gäste und Künstler feierten ein lebensfrohes Fest der Musikalität, der Rhythmen und des Tanzes.
Auf der Hauptbühne am Schlossplatz hatte eine kubanische Gruppe sie mit ihren heißen Samba-Songs in den

Bann gezogen. Fasziniert und immer mit dem Finger am Auslöser der Kamera hatte sie etwas abseits der tanzenden Zuschauermenge gestanden. Die schwüle Luft hatte von den Schwingungen der Trommler vibriert. Sie hatte kurzzeitig das Fotografieren vergessen, sich anstecken lassen von der allgemeinen Lebensfreude und ausgelassen getanzt. »Gehen wir einen Caipirinha trinken?«, hatte er sie gefragt, als die Gruppe eine Pause einlegte. Das intensive Blau seiner Augen hatte sie gefangen genommen. Sie wäre überall mit ihm hingegangen. Wenn es Liebe auf den ersten Blick gab, dann war ihr genau das bei Konstantin passiert.

Als sie wenig später an einem der Bistrotische standen und an ihren Cocktails schlürften, hatte er sich ihre Aufnahmen angesehen, die sie im Laufe des Tages geschossen hatte und war begeistert gewesen, wie gekonnt sie die Atmosphäre des Festes in ihren Bildern eingefangen hatte. Als er ihr erzählte, dass er Musiker war, hatte sie ihm angeboten, Aufnahmen von ihm zu machen, die er für Werbezwecke nutzen könnte. Dieser Vorschlag war der Versuch gewesen, ihn wieder zu sehen. Und er hatte ihn gerne angenommen.

Am nächsten Tag hatte das Fest mit einem gigantischen Umzug der Künstler durch die gesamte Innenstadt geendet. Sie hatten sich wieder auf dem Schlossplatz verabredet. Als die meisten Besucher sich auf den Heimweg begeben hatten, waren sie gemeinsam in den Hofgarten gegangen, um Aufnahmen von ihm zu machen. Er hatte eine Harfe dabeigehabt und traumhafte irische Melodien darauf gespielt. »Es ist eine Reiseharfe. Ich habe sie von meinem Großvater geerbt. Sie ist das Kostbarste, was ich besitze.« Stolz hatte er ihr davon erzählt, wie sein Großvater ihm als Kind das Spielen beigebracht hatte. Ahornbäume, Kastanien, Linden und im Hintergrund die Festung, das Wahrzeichen der kleinen Stadt, hatten das perfekte Motiv zu seinen Liedern abgegeben. Ein paar Musikbegeisterte waren stehengeblieben und hatten

ihm zugehört. Seine Melodien waren als Kontrastprogramm zu Salsa und Samba freundlich aufgenommen und beklatscht worden. Eine Gruppe junger Italienerinnen, die noch eine weitere Nacht in Coburg bleiben wollten, hatten sie eingeladen, mit ihnen im Wohnmobil weiter zu feiern. Konstantin hatte abgelehnt. Und Christin war glücklich gewesen, dass er allein mit ihr Zeit verbringen wollte.
Sie hatten zusammen auf einer schmuddeligen Picknickdecke geschlafen, die Konstantin normalerweise als Unterlage zum Sitzen in der Fußgängerzone nutzte. Inmitten einer Blumenwiese hatten sie im Park gelegen, über sich den Sternenhimmel und neben sich eine Flasche billigen Rotwein, von dem sie abwechselnd tranken. Er hatte ihr von seinen Reisen durch Europa erzählt, von Städten, in denen er Musik machte und von Abenteuern, die sie in Staunen versetzten. Die Harfe war sein Lieblingsinstrument, aber er spielte auch Saxophon und Gitarre.
Sie hatte wenig Alkohol vertragen und wusste am nächsten Morgen nicht mehr, wie sie nach Hause gekommen war.
Es war ein sonniger Montag, an dem Christin das erste Mal in ihrem Leben blaugemacht hatte. Sie hatte im Fotostudio angerufen und sich krankgemeldet, um den Tag mit Konstantin zu verbummeln.
Von da an hatten sie sich regelmäßig getroffen. Für acht Wochen waren sie ein unzertrennliches Paar gewesen. Er hatte sie am Abend von der Arbeit abgeholt und sie hatten die Nachtstunden entweder im Park oder zuhause bei Christin verbracht. Ihr Vater war meist unterwegs gewesen, sodass sie völlig ungestört ihre Zeit miteinander verbringen konnten. Es waren Wochen der Ausschließlichkeit, nur der Liebe gewidmet und fern jeglicher Realität. Dass Konstantin immer wieder betonte, dass er sich niemals in einer Kleinstadt wie Coburg niederlassen würde und dass er feste Bindungen spießig und überholt fände, hatte sie ignoriert.

Dann war der Abend gekommen, an dem er nicht vor dem Fotostudio gestanden hatte.
Als sie Konstantin in der Fußgängerzone gesucht hatte, war er nicht zu finden gewesen. Und auch in den folgenden Tagen war er nicht aufgetaucht. Er war weitergezogen Richtung Bamberg, ohne einen weiteren Gedanken an sie zu verschwenden. Er hatte keinen festen Wohnsitz und sein Handy benutzte er so gut wie nie. Zumindest hatte er diese Erklärung als Entschuldigung gebraucht, als sie ihm vorwarf, dass er auf keinen ihrer Anrufe geantwortet hatte.
Vier Monate später hatte es ihn wieder nach Coburg verschlagen. Zu dieser Zeit hatte sich Christins Bauch bereits gerundet.
Konstantin hatte die Vaterschaft nie in Zweifel gezogen. Es war auch nicht zu übersehen, dass er der Erzeuger war, als das Baby geboren wurde. Max war ihm wie aus dem Gesicht geschnitten. Die strahlend blauen Augen, seine blonden Locken und die schmale Gestalt erinnerten Christin von Beginn an immer an Konstantin. Er hatte pünktlich seine Alimente gezahlt, als er ein Jahr später eine erste Festanstellung in einer Band bekommen hatte, aber Konstantin war kein Mann, der auch nur in Betracht zog, sie wegen des Kindes zu heiraten, genauso wenig wie er ein Vater zum Vorzeigen war. Seine Besuche waren sporadisch, Max hatte ihn bisher mehr als großen Bruder, denn als Vaterfigur erlebt.
Wie würde er mit Konstantin allein in einem fremden Land klarkommen?
Christin liebte ihren Max über alles, diesen kleinen Straßenräuber, der sich in ihr Leben geschlichen hatte und sie manchmal zur Weißglut trieb.
Im Gegensatz zu Konstantin, der ein Nomadenleben führte, wohnte Christin noch immer in der Kleinstadt ihrer Kindheit. Sie dachte oft an Konstantin, besonders im Juli, wenn die Vorbereitungen für das Sambafest wieder auf Hochtouren liefen.

In diesem Jahr würde es zum 28. Mal stattfinden. Sie war immer dabei. Ihre Leidenschaft für das Fest war gepaart mit sentimentaler Erinnerung, während Max beim Kinder-Samba im Hofgarten Spaß hatte und mit seinem gekonnten Hüftschwung im Samba-Rhythmus die Herzen der kleinen Mädchen im Sturm erobert hatte. Allerdings hatte sein Interesse am nächsten Tag sofort wieder dem Fußballspielen gegolten. Tanzen ist Mädchenkram, hatte er Christin erklärt, als sie ihn fragte, ob er nicht an einem Workshop für lateinamerikanische Tänze mitmachen wolle, der von der örtlichen Sambaschule für Kinder angeboten wurde.

Christin hatte Coburg nie verlassen.
Vor ein paar Jahren hatte sie ein kleines Reihenhaus entdeckt, das erschwinglich war und genau ihren Vorstellungen entsprach. Es stand in der Straße, in der sie fünfzehn Jahre lang aufgewachsen war. Sie hatte dort eine glückliche Kindheit verbracht, bis ihre Mutter Hals über Kopf mit dem Bruder ihres Mannes nach Amerika gereist war.
Christin war gerade vierzehn geworden, hatte voll in der Pubertät gesteckt und sich selbst einen Teil der Schuld an der Trennung der Eltern gegeben.
Christin dachte nicht gerne an diese Zeit, als sie mit ihrem Vater allein klarkommen musste. Lieber waren ihr die Erinnerungen, als die Familie noch heil war und sie nicht für möglich gehalten hatte, dass die Ehe der Eltern zerbrechen könnte.
Das Haus, in dem sie mit ihrem Sohn Max wohnte, hatte genau den gleichen Grundriss wie das Reihenhaus ihrer Kindheit.
Spontan hatte sie an der Haustür geklingelt, als sie damals das »Zu Verkaufen«-Schild am Gartenzaun entdeckt hatte. Und genauso spontan hatte sie es erworben. Sie würde noch viele Jahre den aufgenommenen Kredit abbezahlen

müssen, aber dieses Haus war genau richtig gewesen, weil sie und ihr Sohn in dieser unbeständigen und sich ständig verändernden Welt etwas brauchten, was solide war und eine feste Größe darstellte.
Für Max hatte sie sich immer eine intakte Familie gewünscht, nicht dieses wackelige Gebilde mit vielen Rissen und Unebenheiten, das Konstantin und sie ihm boten.
Deshalb versuchte sie ihre Gefühle immer in Schach zu halten, ausgeglichen und kontrolliert ihre Entscheidungen zu treffen und Max klare Regeln zu vermitteln. Ihr war klar, dass viele sie für engstirnig hielten. Menschen, die sie nicht näher kannten, fanden sie langweilig.
Glücklicherweise gab es zumindest ihren Vater, der sie und seinen Enkel uneingeschränkt liebte. Seine Liebe war verlässlich, seine Lebensgewohnheiten eher nicht.

Christin horchte in sich hinein, lauschte auf die nagende Unruhe, die sich kontinuierlich in ihr ausbreitete, eine drohende Gefahr, nicht realistisch, aber als Klumpen in ihrer Herzgegend zu spüren.
Sie schüttelte verstimmt den Kopf. Warum hatte sie nicht ihre Termine abgesagt? Sie hatte noch nie gemeinsam mit ihrem Sohn Urlaub im Ausland gemacht. Oder tat sie Konstantin unrecht?
»Du wirst verbittert und wunderlich«, schimpfte sie mit sich selbst. Etwas mehr Vertrauen in den Vater ihres Sohnes sollte sie schon haben. Sie musste sich nicht aufführen wie eine Glucke, die eifersüchtig über ihre Brut wachte. Max hatte noch nie ein inniges Verhältnis zu seinem Vater gehabt, aber seine Allergie war eine schwerwiegende Erkrankung und in Konstantins Stimme hatte keinerlei Unsicherheit oder Zögern gelegen, als sie ihn gefragt hatte, ob Max ein paar Wochen bei ihm wohnen könnte. Im Herbst würde Max

in die Schule kommen, dann wäre es nicht mehr möglich, außerhalb der Hochsaison ans Meer zu fahren.
Gedankenverloren tippte Christin auf ihrem Handy herum. Von ihrem Vater gab es eine aktuelle Bildnachricht per WhatsApp. Max vor einem riesigen Spaghetti-Eis mit Erdbeersoße, dazu Smileys und Herzchen, kombiniert mit der Frage, ob sie nicht am Abend zusammen Essengehen wollten.
»Wie wär's mal wieder mit Coburger Klößen und einem leckeren Sauerbraten?« Dann hatte er sich wohl daran erinnert, dass Christin Vegetarierin war und hatte ergänzt: »Beim Grosch gibt es auch Kürbis-Curry oder Kloß mit Soße für dich!« Die Nachricht entlockte Christin ein Schmunzeln. Der »Grosch«, ein Traditionsgasthaus im Landkreis, war das erklärte Lieblingslokal ihres Vaters. Ab und an leistete er sich dort Braten und Klöße, auch wenn es sein niedriges Einkommen eigentlich nicht erlaubte. Sie wusste auch, dass er sie mit dieser Einladung von der bevorstehenden Trennung ablenken wollte.
Außerdem war eine kurze Meldung von Konstantin gekommen, dass er das Mietauto am Flughafen abgeholt hatte.
Sie wählte seine Nummer und ließ es ein paarmal klingeln. Nach dem fünften Freizeichen meldete sich nur die Mailbox. Ohne eine Mitteilung zu hinterlassen legte sie auf und beschloss, für Konstantin eine Liste zu erstellen, was er alles im Umgang mit seinem Sohn beachten sollte. Es dauerte eine geraume Zeit, bis sie alle wichtigen Punkte, von der morgendlichen Medikamenteneinnahme bis zum abendlichen Zähneputzen, aufgelistet hatte.
Die Zusammenstellung faltete sie, steckte das Papier in einen Umschlag und legte sie ganz oben in den Koffer ihres Sohnes, der fertig gepackt im Flur stand. Als sie das Gepäckstück geschlossen hatte, setzte sie sich wieder an ihren Arbeitsplatz, rief sich selbst zur Ordnung und bearbeitete die Hochzeitsbilder ihres letzten Auftrages.

FÜNF

Am Abend lief Diana noch einmal hinunter an den Strand. Die Sonne färbte sich gerade von Goldgelb in ein fast schon kitschig anmutendes Orangerot, ein einfahrendes Fischerboot wurde von einem kreischenden Möwenschwarm in den Hafen begleitet und ein leichter Wind zauste in den Blättern der Palmen. Es war Essenszeit in den Hotels und nur vereinzelte Gäste bummelten an der Strandseite der Bucht auf der Promenade.

Antonio stand vor dem Hotel Marinara und versuchte ein paar Touristen für ein Essen im Restaurant anzuwerben. Diana ging direkt auf ihn zu. Sie trug einen offenen Kaftan, der bedruckt war mit dichten, sich überlagernden Blättern, darunter lugten grüne Leggins und ein mohnrotes T-Shirt hervor. Um ihre graue Lockenmähne hatte sie ein Lederband geschlungen, in das kleine Muscheln und Seesterne geflochten waren. Ihr Lippenstift hatte den gleichen Farbton wie ihr Oberteil.

»Du siehst aus wie ein Gemälde von Miró!« Sein bewundernder Blick tat ihr gut.

»Wieso Miró? Nicht eher Rubens?«

»So farbenfroh malt nur ein Spanier. Ich liebe Miró!«

Diana lachte laut los. »Und ich liebe dich!« Sie gab ihm einen Kuss auf den Mund. Antonio schaute verlegen, blickte in Richtung des Hoteleinganges und wurde rot.

»Keine Angst! Den Kuss hat niemand bemerkt.« Sie ging wieder auf Distanz, weil sie wusste, dass sein Chef es nicht gern sah, wenn Angestellte mit Touristen flirteten. Das Personal wurde dazu angehalten immer Distanz zu wahren.

»Schade, dass du arbeiten musst. Ich hätte ein paar ziemlich unanständige Ideen, was ich jetzt gerne mit dir tun würde.« Bevor er antworten konnte, lief sie lachend weiter, zog im

Gehen ihre Schuhe aus und sprang durch den noch warmen Sand bis ans Ufer. Dort legte sie sich ausgestreckt auf den Boden und schaute in den dunkel werdenden Himmel. Ihre Gedanken wanderten von Antonio zu ihrem Mann, dessen Bild sie manchmal gar nicht mehr vor Augen hatte. Immer öfter musste sie ein Foto zur Hand nehmen, um sich seine Züge wieder neu einzuprägen und die Erinnerungen an ihn nicht zu verlieren. Hermann Mittermeier, die große Liebe ihres Lebens. Sie war schon mit siebzehn Jahren schwanger geworden und hatte ihn geheiratet. Er war immer viel zu ernst, schwer und verantwortungsbewusst, hatte nur seine Arbeit im Kopf gehabt. Bis zu dem Tag, als er umfiel und von einer Minute zur anderen tot war. Es war der klassische Fall eines Sekundentodes gewesen. Am Morgen um acht Uhr hatten sie noch gemeinsam überlegt, wo sie zu Mittag essen gehen wollten und um zehn Uhr hatte das Städtische Krankenhaus angerufen, um sie über seinen Tod zu informieren. Die Getränkehandlung in München hatte er von seinem Vater übernommen, nach der Grenzöffnung im Osten Filialen gegründet und die Firma zu einem florierenden Unternehmen ausgebaut. Sie waren dreiundzwanzig Jahre verheiratet gewesen. Oftmals war sie einsam in dieser Zeit, sie hatten wenig gelacht, auch sie hatte viel gearbeitet und sie hatten kaum miteinander über private Dinge geredet. Immer ging es nur um Abrechnungen, Steuerersparnisse und Filialerweiterungen. Zumindest in den letzten zehn Jahren ihrer Ehe, waren sie mehr Geschäftspartner als Eheleute gewesen. Sie war in dieser Zeit ein Mensch, der sich selten richtig glücklich gefühlt hatte.
Die erfreulichen Momente mit ihm, versuchte sie seit seinem Tod wiederzufinden. Sie wollte zumindest dieses Wenige erhalten, um es an den Tagen hervorzuholen, an denen sie sich einsam fühlte. Auch wenn Hermann und sie viel zu wenig gemeinsame Zeit miteinander verbracht hatten, fehlte

er ihr oft. Es war die Selbstverständlichkeit, mit der sie sich verständigt hatten, die Fehler, die einer vom anderen wusste, die Schwächen, die sie nicht vor ihm verbergen musste, weil er sie kannte und sie dennoch liebte. Die glücklichsten Momente ihrer Ehe waren die Geburt ihres Sohnes, ein Wochenende im Zillertal, das sie auf einer winzigen Berghütte verbracht hatten, ihr zwanzigster Hochzeitstag, den sie ganz allein im Bett gefeiert hatten und am allerschönsten, der Tag, an dem er ihr freudestrahlend erzählt hatte, dass er eine Reise für Zwei nach Sansibar gebucht hätte. Er hatte ihr das Ticket zum Geburtstag geschenkt, zusammen mit einer Sonnenbrille und einem Strohhut in eine Badetasche gepackt. Sie hatten an diesem Tag ausgelassen geplant, gelacht und Aperol Spritz getrunken, einer der seltenen Abende, der sich nicht um die Arbeit, sondern nur um sie beide gedreht hatte. Zu dem gemeinsamen Urlaub war es nicht mehr gekommen. Sie hatten im Juli fliegen wollen. Am 23. Juni war er gestorben. Zufällig hatte sie an diesem Morgen in der Zeitung gelesen, dass die UNO ihn zum internationalen Tag der Witwen ausgerufen hatte. War es ein Zeichen gewesen? Sie hatte tagelang darüber gegrübelt und seitdem eine bizarre Neigung entwickelt, sich täglich über anstehende Gedenk- und Feiertage zu informieren. Egal, ob Bärengedenktag, Tag der Hot Dogs, Tag der Hängematte oder des Friedhofs – sie informierte sich gewissenhaft darüber und feierte sie dem Anlass entsprechend.

Diana seufzte tief. Sie hatte die Reise nach Sansibar damals ihrem Sohn geschenkt und nie in Erwägung gezogen, allein auf die Insel zu reisen.

Ihre Gedanken wanderten von Hermann zu Antonio. Wie verschieden sie waren!

Würde Hermann Antonio mögen? Wohl kaum. Hermann war durch und durch ein untadeliger Geschäftsmann gewesen, der sein Leben fest im Griff hatte. Er arbeitete hart, um sich und seiner Familie ein Leben in Wohlstand zu ermöglichen, aber er hatte nicht wirklich ein Talent zum Glücklichsein gehabt, während Antonio den Moment genießen konnte. Ihn dabei zu beobachten, wenn er genüsslich einen Kuchen verspeiste oder in Vorfreude einen guten Wein öffnete, war ihr ein Vergnügen. Allein für seinen Gesichtsausdruck, wenn er beim Betreten der Küche versuchte, anhand des Geruchs zu erkennen, was sie gekocht hatte, war die Arbeit am Herd wert. Früher war Essen für sie nie wichtig gewesen, auch wenn sie schon immer gerne große Portionen verspeist hatte. Die Sinnesfreuden dabei hatte sie erst durch Antonio gelernt, dem es auch nie einfallen würde, sich an einen Tisch zu setzten, auf dem nicht Besteck und Serviette neben dem Teller lagen und ein Blumenstrauß oder eine Kerze das Bild vervollständigten.

»Essen ist meine zweite Leidenschaft. Meine erste bist natürlich du«, hatte er gleich zu Beginn ihrer Beziehung einmal gesagt. Über ihre Fressattacken, wenn sie von Traurigkeit überfallen wurde, wusste er nichts. Sie hatte ihm auch verheimlicht, dass sie vor zehn Jahren in Kleidergröße 38 gepasst hatte. Doch er verschwieg ihr auch vieles. Wenn er mehrere Tage nicht bei ihr auftauchte, erzählte er nie, wo er gewesen war. Aber er brachte ihr immer ein Geschenk mit, manchmal Blumen, die er am Wegrand gepflückt hatte und manchmal ein Schmuckstück, das von einem der Stände an den Wochenmärkten stammte. Keine wertvollen Dinge, aber Kleinigkeiten, die zu ihr passten.

Antonio war sehr sportlich. Er liebte es im Meer zu schwimmen, allerdings hatten sie nicht oft Zeit für gemeinsame Unternehmungen, denn im Hotel wurde es als selbstverständlich angesehen, dass er viele Überstunden arbeitete. Und wenn er freie Tage hatte, verbrachte er diese oft ohne sie. Dann verschwand er, war wie vom Erdboden verschluckt und tauchte genauso selbstverständlich wieder auf. Diana fragte nicht nach. Sie wollte ihn nicht verlieren und akzeptierte ihn, wie er war. Ihm zuliebe hatte sie angefangen, morgens eine halbe Stunde Yoga zu machen, um nicht ganz ungelenkig zu werden. Sie hatte ihre Kenntnisse aus einem Kurs, den sie zu Beginn ihrer Ehe einmal besucht hatte, wieder aufgefrischt und mittlerweile fand sie Vergnügen daran, am Strand ihre Asanas zu üben. Auch wenn Antonio betonte, dass er ihre Figur genauso liebte, wie sie war, vermied Diana es, einen Bikini zu tragen, wenn sie gemeinsam schwimmen gingen. Lieber waren ihr die Stunden, wenn sie eine Flasche Wein in den Picknickkorb packten, auf einer Decke am Strand saßen und bei einem Glas Wein Unterhaltungen führten. Oder, wenn sie etwas kochte und Antonio nach der Arbeit mit ihr auf dem Balkon saß und sich das Essen schmecken ließ.

Nie war sie mit Hermann ans Meer gefahren. Immer nur für ein verlängertes Wochenende in die Berge. Sie hatte keine Sommererinnerungen, in denen sie mit ihm wild durch die Wellen gesprungen war. Es fehlten auch lange, helle Tage und Nächte, die mit Liebe angefüllt waren. Fast immer hatte es nur Gespräche über die Arbeit gegeben. Sie bedauerte es zutiefst, dass sie nie aus diesem Teufelskreis ausgebrochen waren.

»Vielleicht muss ich dem Schicksal dankbar sein, dass es mich aus diesem Leben hinauskatapultiert hat.«

Diana lag lange im warmen Sand. Ich habe ein zweites Leben geschenkt bekommen, dachte sie und schwor sich, es besser zu nutzen, als die Jahre in Deutschland.

SECHS

Als Christin den Anruf erhielt, dass Konstantin tot war, saß Max schon im Flugzeug nach Mallorca und sollte in zwanzig Minuten landen. Die Flugbegleiterinnen waren informiert, sie hatten versprochen, sich um den kleinen Jungen zu kümmern und ihn wohlbehalten an Gate A der Ankunftshalle des Flughafens an seinen Vater Konstantin Matern zu übergeben.

Christin hatte am Vortag noch ein Dutzend Zigaretten geraucht, um ihre sich steigernde Hysterie zu unterdrücken. Ihr Vater hatte versucht, sie zu beruhigen.

»Wenn du merkst, dass es Max nicht gut geht, kannst du sofort einen Flug buchen. Von Nürnberg nach Palma fliegt man nicht einmal zwei Stunden. Wenn Max dich früh anruft, kannst du mittags schon auf Mallorca sein. Außerdem lebt meine Schwester Diana seit vielen Jahren im Norden der Insel. Sie hat mir letzte Woche am Telefon angeboten, dass sie Max mal auf einen Ausflug mitnehmen könnte, wenn er Lust dazu hat.«

Dieses Argument hatte Christin schließlich überzeugt.

Doch nicht einmal vierundzwanzig Stunden später wurde ihr ärgster Albtraum Gewissheit. Konstantin würde nicht da sein, wenn Max ankam. Vor ihren Augen tauchte das Bild eines verstörten Kindes auf, das weinend und allein gelassen inmitten einer Menschenmenge ausharrte. Niemand würde sich um Max kümmern, keiner ihn abholen, niemand ihn beruhigen, wenn er vor lauter Einsamkeit und Angst einen allergischen Schub bekommen sollte. Als einziger Ausweg fiel ihr Diana Mittermeier ein.

Mit fliegenden Händen wählte sie die Nummer ihrer Tante, die sich in Port Sóller eine Wohnung gekauft hatte.

Eine aufgekratzte Stimme meldete sich laut und fröhlich auf dem Anrufbeantworter:
»Hola! Du bist mit der Nummer von Diana Mittermeier verbunden. Im Moment bin ich wahrscheinlich am Strand, in einer Kneipe am Hafen oder bei einem anderen Späßchen und habe Null Zeit oder Bock auf ein Telefongespräch. Wenn dein Anliegen wichtig ist und nicht dazu führt, dass ich schlechte Laune bekomme, dann kannst du mir auf den Anrufbeantworter sprechen. Wenn du bad news hast, dann wünsche ich dir einen wunderschönen Tag und hoffe, nie mehr etwas von dir zu hören!«
Christin wollte gerade auflegen, als doch abgehoben wurde.
»Diana hier. Hallo, was gibt's?« Unternehmungslustig und laut klang ihre Stimme nicht nur auf dem Anrufbeantworter.
»Hier spricht Christin Lämmermann, ich bin die Tochter deines Bruders Udo. Du musst mir helfen.«
Christin fing an zu weinen. Sie hatte keine Ahnung, ob sich Diana überhaupt an sie erinnern konnte. Sie hatten keinen Kontakt gepflegt. Es musste mindestens fünfzehn Jahre her sein, dass sie die Schwester ihres Vaters bei einer Familienfeier gesehen hatte. Sie wusste nur von dem Tod ihres Mannes und, dass sie Hals über Kopf nach der Beerdigung verschwunden war. Ohne sich zu verabschieden, war sie praktisch über Nacht auf die Baleareninsel ausgewandert.
Seitdem war sie nicht mehr in Deutschland gewesen.
Sie lebte, laut Aussage ihrer Schwiegertochter, mit der Christin ab und zu telefonierte, in einer Welt der Aussteiger und Hippies und wurde immer wirrer im Kopf. Christins Vater dagegen schätzte seine Schwester sehr und schwärmte von ihrer neu gewonnenen lockeren Lebensart.
»Ganz mediterran. Sie ist kaum wieder zu erkennen, schwebt förmlich durch den Tag und schert sich um nichts.«
»Wenn ich nicht arbeiten müsste und nur sorglos in den Tag hineinleben würde, könnte ich auch schweben«, pflegte

Christin darauf zu antworten. Udo Lämmermann war schon mehrmals ein paar Tage auf Mallorca gewesen und hatte seine Schwester im Nordwesten der Insel besucht.
»Ich weiß, wer du bist!«, tönte die Stimme von Diana Mittermeier aus dem Handy. »Aber ich habe keine Ahnung, wie ich dir helfen soll?«
»Konstantin ist tot.«
Sie schluchzte laut in den Hörer. »Ich kann es mir gar nicht vorstellen, dass er nicht mehr am Leben sein soll. Gestern haben wir noch miteinander telefoniert.«
Diana konnte kaum die Sätze verstehen, so verweint klang Christins Stimme.
»Max landet gerade jetzt in Palma und Konstantin kann ihn nicht abholen.« Christins Hände zitterten so schlimm, dass sie kaum ihr Handy halten konnte, ihre Worte wurden immer wieder von Schluchzen unterbrochen.
»Max ist dein Sohn, das hat mir Udo erzählt, aber wer ist Konstantin?«
Diana klang verwirrt.
Es dauerte eine Weile, bis Christin ihr die Situation erklärt hatte.
»Mein Beileid, ich hole ihn natürlich am Flughafen ab. Aber ich muss mit dem Taxi hinfahren, ich habe kein eigenes Auto mehr, nur einen Roller.«
»Das ist kein Problem. Wenn du möchtest, kannst du in Konstantins Hotel vorbeifahren und den Mietwagen übernehmen, solange Max bei dir ist. Das Auto ist auf meinen Namen gebucht. Oder hast du keinen Autoführerschein?«
Christin wurde schlagartig klar, dass sie so gut wie nichts von dieser Tante wusste, der sie gerade ihr Kind anvertrauen wollte. Deshalb fügte sie hastig hinzu:
»Ich komme mit dem nächstmöglichen Flugzeug. Vielleicht kann ich schon morgen bei euch sein.«

»Schon gut, Kindchen. Heute ist der Tag der glücklichen Fügung und des Eierlikörs. Gieß dir mal ein Gläschen ein und entspanne dich. Bestimmt wird alles gut!«

»Wie bitte?«

»Mach dir nicht so viele Sorgen. Ich leg jetzt auf, damit ich Max unter meine Fittiche nehmen kann. Schick mir doch mal per WhatsApp ein Bild von ihm, damit ich ihn überhaupt erkenne.«

»Mach ich sofort.«

»Und du könntest deinen Vater mitbringen. Wir haben uns schon viel zu lange nicht mehr gesehen. Ich habe heute festgestellt, dass ich meine Wurzeln ein bisschen mehr pflegen sollte. Sag ihm, dass ich Hotel und Flug spendiere, falls er mal wieder pleite sein sollte.« Sie lachte und bevor Christin fragen konnte, ob sie das ernst gemeint hatte, war die Verbindung unterbrochen.

Sie legte ihr Handy kurz aus der Hand, um sich eine Zigarette anzuzünden. Nach den ersten beiden Zügen, nahm sie es wieder auf und wählte die Nummer ihres Vaters.

»Ist Max gut angekommen?« Die Atemlosigkeit in seiner Stimme verriet, dass auch er sich Sorgen gemacht hatte.

»Papa, stell dir vor, Konstantin ist tot und Max wird ganz allein in Palma am Flughafen stehen.«

»Was? Das kann doch gar nicht sein. Ich denke, er hat dir gestern noch eine Nachricht geschickt, dass er den Mietwagen abgeholt hat.«

»Jaja, aber die Polizei hat vorhin angerufen, dass er tot aufgefunden wurde. Ich muss sofort hinfliegen. Bis jemand kommt, kümmert sich deine Schwester um Max. Ich habe sie gerade eben erreicht. Sie ist auf dem Weg zum Flughafen.« Udo kannte seine Tochter gut. Ihm war klar, dass sie nicht allein fliegen wollte.

»Du weißt, ja, dass ich gerade keine Aufträge habe. Ich kann mitkommen.«

SIEBEN

Pilar Martinez hörte von dem Drogentoten beim Abendessen. Ihr Sohn regte sich schrecklich auf, weil einer ihrer Kuriere dem Junkie einen Beutel Kokain mitgegeben hatte und sie nun sehen mussten, wie sie unauffällig wieder an das Zeug rankommen konnten.

»Dieser Idiot hat gedacht, er macht es besonders schlau.«

»Dann soll er es auch wieder geradebiegen. Schick ihn ins »Paradise«, er soll es selbst zurückholen. Wenn er sich erwischen lässt, ist er fällig.«

Auge um Auge, Zahn um Zahn. In Pilar Martinez Leben war es nie anders gelaufen. Und mit Leuten wie diesem Charlie konnte sie kein Mitgefühl empfinden. Er war genauso süchtig wie seine Kunden, streckte die Ware und kassierte mehr, als er an den Clan abgab. Betrug war ein Vergehen, dass sie niemandem vergab. Vergeben und vergessen, dafür war Pilars Gemüt nicht geschaffen. Juan hatte ihn viel zu nachsichtig behandelt. Dass sie sich einmischte, missfiel ihrem Sohn ganz offensichtlich. Seine Stimme war einen Ton schärfer geworden.

»Ich habe schon mit ihm gesprochen. Er wird seinen Fehler ausbügeln. Überlass das mir!«

Sie hatte geschwiegen. Doch sie würde sich nicht von ihrem Sohn auf der Nase herumtanzen lassen.

Der Sánchez-Clan verdiente sein Vermögen nicht nur mit Rauschgifthandel. Aber es war seine Haupteinnahmequelle. Obwohl alle, ihre Brüder, Onkel und Neffen, wussten, wie teuflisch es war davon abhängig zu werden, hatte Pilar fast alle männlichen Verwandten durch deren Drogenkonsum verloren. Nur ihr Vater war im Gefängnis von einem Mitgefangenen erstochen worden. Es wurde viel spekuliert über seinen Tod. Ihr Bruder Fernando glaubte an einen Auftragsmord des Mandera-Clans, ihrem größten Konkurrenten auf der Insel. Es war ein blutiger Krieg entbrannt, bei dem es auf beiden Seiten viel zu viele Tote gegeben hatte, bis sie sich auf einen Waffenstillstand geeinigt hatten und die Gebiete neu aufteilten.

Ihre Mutter hatte immer allein für ihre sechs Kinder sorgen müssen. Sie war eine starke Frau, auch wenn sie viele Jahre täglich Drogen konsumiert hatte. Es war ihre Art, mit der Einsamkeit klarzukommen und ihre Ängste in Schach zu halten. Jetzt lebte sie in einem privaten Pflegeheim. Schon bevor Pilar ihre Haftstrafe angetreten hatte, war sie in ein Einzelzimmer der betreuten Einrichtung umgezogen. Zu dem Zeitpunkt war sie siebenundachtzig Jahre alt gewesen, körperlich noch fit, aber verwirrt im Geist. An manchen Tagen wusste sie nicht mehr wie sie hieß, fürchtete sich sogar vor ihrer Katze und versteckte sich im Schrank, wenn es an der Tür klingelte. Dann wieder war sie vollkommen klar im Kopf gewesen. Die guten und schlechten Phasen ihrer Angstzustände wechselten launisch, wie das Winterwetter in der Tramuntana. An dem Morgen, als sie aus dem Fenster im zweiten Stock ihres Hauses gesprungen war, hatte Schnee auf den Gipfeln der Berge gelegen, die man von Palma aus sehen konnte. Sie war in panischer Angst gesprungen, ausgelöst durch die Putzfrau, die mit einem Staubwedel hantiert hatte. Die alte Frau war schon seit Jahren bei ihr angestellt, aber Dolores hatte den Wedel mit einem Raubtier verwechselt, gefangen in schaurigen Welten, die nur sie kannte und von denen sie auch im Nachhinein niemandem erzählen konnte. Als Dolores Martinez auf das Fensterbrett geklettert war, hatte sie geheult wie ein Wolf, der die Einsamkeit der Winterkälte nicht mehr ertrug, dann war sie ohne zu zögern gesprungen. Sie war mit den Beinen zuerst in einem Blumenbeet gelandet. Außer einem gebrochenen Oberschenkel geschah ihr nichts, aber Pilar hatte sich noch am gleichen Tag nach einem Heimplatz für ihre Mutter umgesehen.

Pilar hatte den Rauschgifthandel der Familie organisiert, aber sie selbst nahm keine Drogen. Sie trank nicht einmal Alkohol. Ein einziges Mal hatte sie sich von einem Freund dazu überreden lassen, LSD auszuprobieren. Weil sie gezögert hatte, hatte er ihr das Fläschchen, in dem die Pillen lagen, gezeigt. Es trug ein Etikett, das wie eine Medikamentenverpackung aus der Apotheke ausgesehen hatte. »Garantiert beste Qualität«, hatte er ihr versichert und weil sie in ihn verliebt war und mit sechzehn noch zu naiv, um zu glauben, dass er sie reinlegen wollte, hatte sie das Zeug geschluckt. Die erste halbe Stunde war gar nichts passiert, sie hatten sich gemütlich in die Sofaecke seines Zimmers gekuschelt und Musik gehört. Als sie schon glaubte, die Droge würde keine Wirkung bei ihr zeigen, war sie in eine Welt eingetaucht, die sie nie wieder betreten wollte. Alles um sie herum hatte begonnen, sich zu bewegen, es war, als würden alle Gegenstände des Zimmers auf sie einstürzen. Dann fiel sie ins Bodenlose, in eine nicht enden wollende Tiefe. Sie glaubte verrückt zu werden, vollständig den Verstand zu verlieren und hatte eine nie gekannte Angst empfunden. Mehr wusste sie nicht mehr. Ungefähr zwölf Stunden später, als sie frierend und elend wieder zuhause in ihrem Bett lag, hatte sie am ganzen Körper blaue Flecken, Kratzer an den Beinen und an der Hüfte entdeckt, die tief waren und aussahen, als hätte ein wildes Tier sie mit seinen Krallen bearbeitet.
»Das war nur ganz einfach ein schlechter Trip«, hatte ihr Freund behauptet. »Es gibt keine Garantie, manchmal ist es die Hölle und manchmal das Paradies. Du hast Pech gehabt. Beim nächsten Mal wird es bestimmt phantastisch.«
»Ein nächstes Mal wird es nicht geben.«
Ihr hatte diese Erfahrung schreckliche Angst eingejagt, sodass sie nie mehr in Versuchung gekommen war, dieses Teufelszeug zu nehmen. Auch mit dem Freund, der ihr zu dieser ersten und einzigen Bekanntschaft mit den Drogen verholfen

hatte, wollte sie nie wieder etwas zu tun haben. Pilar war konsequent in ihrem Tun. Dem jungen Mann verabreichte ihr Bruder, nachdem Pilar ihm von dem Horrortrip erzählt hatte, eine Spezialbehandlung. Er hatte danach drei Wochen im Krankenhaus gelegen, seine Kieferknochen waren so oft gebrochen, dass er auch nach zahlreichen Operationen nur noch mit Strohhalm trinken konnte.

Seit Pilar aus dem Gefängnis entlassen worden war, lag eine lauernde Spannung in der Luft. Ihr Sohn Juan strich um sie herum, fragte ständig, ob ihr das angemietete Haus gefiele, wie sie mit dem Personal und dem Inventar zurechtkäme und, dass sie sich alle Zeit der Welt nehmen könne, bevor sie wieder mit ins Geschäft einstieg. Sie hatte zwar am Abend erklärt, dass sie nicht gleich voll belastbar sei und sich erst wieder im normalen Leben zurechtfinden müsse, aber sie hatte nicht erwartet, dass ihr Sohn anscheinend damit rechnete, seine Stellung als Familienoberhaupt, die er während ihrer Haft eingenommen hatte, zu verteidigen.
Er wollte sie in die Rolle der gebrechlichen älteren Dame drängen. Ein Part, der ihr absolut nicht gefiel und den sie auf Dauer nicht übernehmen würde. Merkte man ihr an, dass sie angeschlagen war? War ihre zur Schau gestellte Ausgeglichenheit so leicht zu durchschauen? Sahen die anderen, dass ihre Härte Risse bekommen hatte? Natürlich konnte sie nicht sofort die Zügel der Familie in die Hand nehmen, aber bestimmt würde sie bald wieder die alte sein.
Sie entschied, dass sie sich noch ein paar Tage in die Rolle der Erholungsbedürftigen fügen würde. Sonnenschirm, Sonnencreme, Strandlaken, ein Gummikrokodil, Knabbereien und eine Sonnenbrille wanderten in die Strandtasche, die sie für sich und María packte. Sie würde wieder ein paar Stunden mit Buddeln im Sand, Eincremen, Eis essen und dem kindlichen Geplauder ihrer Enkeltochter verbringen. Ihre

Gedanken schweiften weit zurück in die eigene Kindheit. Damals wäre es undenkbar gewesen, einen normalen Wochentag am Meer zu verbummeln. Ihre Mutter hatte niemals einen einzigen Tag in den Touristenhochburgen am Meer mit den Kindern verbracht. Pilar erinnerte sich nur einmal an den Besuch eines neu erbauten Hotels, das zu einem Tag der offenen Pools für Einheimische und Touristen eingeladen hatte. Sie war mit anderen Kindern aus der Siedlung mit dem Stadtbus hingefahren. Beschämt hatte sie dort festgestellt, dass der Badeanzug, den sie sich von ihrer Freundin ausgeliehen hatte, nicht richtig passte und ihr fast bis zu den Knien rutschte, wenn er nass wurde. Sie hatte in einer Nische, hinter zwei künstlichen Plastikpalmen gesessen und gehofft, dass niemand sie beachtete. Nach einem Arschbomben-Wettbewerb, an dem auch ihr Bruder beteiligt war und bei dem eine Schwimmerin leicht verletzt wurde, weil sie sich nicht rechtzeitig in Sicherheit bringen konnte, waren sie hochkantig aus dem Hotel geflogen. Weitere Ausflüge in Schwimmbäder hatte es nicht gegeben. Sie war schon vierzehn, als sie das erste Mal im Meer badete. Ein Junge aus der Klasse ihres Bruders hatte sie auf dem Motorroller mit an den Strand genommen. Sie war hingerissen vom Gefühl der unendlichen Weite und dem glasklaren Wasser, als sie dieses erste Mal knietief in den Wellen stand und auf das Wasser hinausgeschaut hatte. Von da an liebte sie das Meer und sehnte sich nach diesen Momenten, wenn das Rauschen der Wellen und das Azurblau des Wassers ihr die Flucht aus dem Alltag ermöglichten.

Für eine Weile wollte sie das Geschäftsleben und die Alltäglichkeiten noch aus ihrem Leben verbannen. Sollte ihr Sohn sich darüber freuen, dass er das Oberhaupt der Familie weiterspielen durfte. Sie gönnte es ihm und sich selbst die damit verbundene Auszeit.

ACHT

Diana kaufte, nach der Fahrt mit dem Taxi zum Flughafen, in der Ankunftshalle an einem Kiosk noch schnell eine Tüte mit Schokoladenkeksen. Fünf Stück verdrückte sie hastig selbst, um ihre Nervosität in den Griff zu bekommen. Es war schon lange her, dass sie Umgang mit kleinen Kindern hatte. War sie überhaupt in der Lage einen sechsjährigen Jungen zu betreuen, dessen Vater gerade gestorben war? Würde sie die richtigen Worte finden, um ihm zu erklären, warum sie als Ersatz gekommen war?

Sie nahm Max bei zwei freundlichen Flugbegleiterinnen in Empfang, die schon ungeduldig am Gate auf sie warteten. Die Süßigkeiten halfen die ersten Minuten zu entspannen. Begeistert stürzte der Junge sich sofort darüber und vergaß im ersten Moment, dass eigentlich sein Vater ihn abholen sollte. Erst als Max bereits die Hälfte der Kekse gegessen hatte, erinnerte sich Diana daran, dass ihr Bruder erzählt hatte, dass sein Enkel unter Allergien litt. Allergien konnten natürlich viele Ursachen haben, oft waren sie allerdings ernährungsbedingt. Diana hoffte, dass Schokolade nicht zu den Lebensmitteln gehörte, die er nicht vertrug, sonst würde sie ziemlich schnell ein Problem bekommen. Auf dem Weg zur Bushaltestelle fing er an, zu fragen. »Wo ist Konstantin? Warum ist mein Papa nicht gekommen? Wer bist du?« Er blieb stur wie ein Esel stehen und weigerte sich, weiterzulaufen.

»Deinem Papa ist leider etwas Schlimmes passiert. Deine Mama hat mich angerufen. Er ist tot, weißt du, was das bedeutet?« Diana entschied sich, gleich die Wahrheit zu sagen und nicht, um den heißen Brei herumzureden.

Max wurde leichenblass, nickte und sah aus, als würde er gleich die gegessenen Kekse erbrechen. Vor Schreck stand ihm der Mund offen. Er wischte sich mit der schokoladeverschmierten

Hand über das Gesicht und hinterließ eine braune Spur auf seiner Backe.
»Er ist tot?« Sein Atem ging rasselnd.
»Ja, er ist ganz überraschend gestorben.« Diana legte ihm eine Hand auf die Schulter und versuchte, damit ihren Worten die Schärfe zu nehmen. Tränen traten in seine Augen und kullerten über seine Wangen.
»Kann er nie mehr laufen und springen?«
Diana war den Umgang mit Kindern nicht gewohnt. Sie war wirklich nicht auf den Mund gefallen, aber wie sollte sie einem sechsjährigen Jungen erklären, dass sein Vater an einer Überdosis Rauschmittel gestorben war? Dass er für immer aus seinem Leben verschwunden sein würde. Sie wischte ihm die Tränenspuren aus dem Gesicht und ging vor ihm in die Hocke.
»Hör mal, du musst jetzt ein ganz tapferer Junge sein. Dein Papa wird nie wieder laufen und springen. Wenn jemand tot ist, dann ist das wie schlafen. Er hat die Augen für immer geschlossen und kann nicht mehr atmen oder sich bewegen.«
»Dann hätte ich meinen Fußball gar nicht mitbringen brauchen. Konstantin kann gar nicht mehr mit mir Fußballspielen.« Max schniefte und zog Rotz hoch, der ihm aus der Nase lief.
»Ich kann auch mit dir Fußballspielen.« Sie strich ihm behutsam über den Kopf.
»Aber bestimmt nicht so gut wie Papa. Warum ist er denn gestorben?«
»Er war ganz schlimm krank. Er hat etwas gegessen, das er nicht vertragen hat.« Schon als sie es aussprach, wusste Diana, dass sie sich ungeschickt ausgedrückt hatte, aber über Drogen wollte sie dem kleinen Jungen nichts erzählen.
Max fragte nicht weiter. Sie schwiegen beide, jeder in seine Gedanken vertieft. Dann stand Diana wieder auf. Er ließ sich von ihr an die Hand nehmen und sie liefen zur Bushaltestelle.

Während der Fahrt nach Palma überlegte sie fieberhaft, wie sie ein Gespräch mit dem Jungen beginnen sollte. Er saß schweigend im Bus neben ihr, rutschte unruhig hin- und her, seine kleinen Hände waren zu Fäusten geballt und sein Gesicht von einem dünnen Schweißfilm überzogen. Er tat ihr schrecklich leid. Einmal versuchte sie ihm über die blonden, lockigen Haare zu streicheln, aber er wich ihr erschrocken aus und wäre beinahe von seinem Sitz gefallen. Daraufhin unterließ sie jeden weiteren Versuch, ihn zu trösten.
Der Bus hielt ganz in der Nähe des Hotels. Ein schmieriger Typ, der als Türsteher fungierte, drückte ihr den Autoschlüssel des Mietwagens in die Hand und beschrieb ihr, wo sie ihn in der Tiefgarage finden konnte. Nicht einmal ihren Ausweis ließ er sich zeigen.
»Das andere Zeug von Kon muss auch jemand abholen. Aber vorerst will die Polizei noch ermitteln«, brummte er missmutig.
»Wieso? Ist es nicht eindeutig eine Überdosis gewesen?«
»Doch, schon. Aber Sie wissen ja, bei Koks nehmen die Bullen es immer sehr genau.«
Diana wusste zwar nichts darüber, aber sie nickte und stieg in das Auto ein, froh, so schnell wie möglich aus der Ballermann-Ecke zu entkommen. Sie lebte gerne auf der Insel, aber blendete genauso gerne aus, dass es nicht nur den idyllischen Nordwesten von Mallorca gab, sondern auch die Partymeile S'Arenal und den Ballermann. Beim Herausfahren aus der Garage streifte sie einen Betonpfeiler. Sie war noch nie eine gute Autofahrerin gewesen und das Fahren nicht mehr gewohnt.
Vor dem Hotel standen mehrere betrunkene, junge Männer mit bedruckten T-Shirts, auf denen stand, dass sie saufen bis zum Umfallen trainierten. Sie erweckten den Eindruck, als wären sie gerade kurz vor dem Erfolg ihrer zur Schau gestellten Botschaft.

Einer von ihnen übergab sich neben einem Blumenkübel, der mit rosaroten Oleanderbüschen bepflanzt war, ein anderer schwankte mit glasigem Blick in Richtung der nächsten Tapas-Bar. Diana hoffte, dass Max nichts davon bemerkte. Seine Miene war ausdruckslos und seine geröteten Augen starrten in eine weite Ferne.

Der Junge saß kauend hinten im Auto und lauschte seiner Dinosaurier-CD: »Die Rache des Tyrannosaurus«. Sie waren noch keine fünf Minuten gefahren, als er gefragt hatte, ob er eine Geschichte hören dürfte. Er hatte einen CD-Player aus dem Rucksack geholt und seitdem sagte er keinen Ton mehr. Sie konnte seinem Gesicht ansehen, dass er geistig absolut nicht bei den Abenteuern des kleinen Dinosauriers war, der es gegen seinen riesigen und bösartigen Verwandten aufnehmen musste. Verstohlen beobachtete sie ihn im Rückspiegel. Seine Augen tränten und er schniefte ständig. Auf seiner Stirn prangten ein paar riesige rote Pusteln, die Diana an ihre eigene Pubertät erinnerten, während der sie sehr unter einer scheußlichen Akne gelitten hatte. Aber Max war erst sechs Jahre alt. Diese Pusteln konnte nicht hormonbedingt sein, sie mussten eine andere Ursache haben.

»Wollen wir morgen mit der Holzeisenbahn nach Sóller fahren und Eisessen gehen? Du isst bestimmt genauso gerne Eis wie ich, oder?« Max reagierte nicht. Er tat, als wäre er vollkommen vertieft in seine Hörbuchgeschichte und brauchte keine Unterhaltung.

Als sie bei ihrer Wohnung ankamen, wurde es bereits dunkel. »Kann Papa noch sehen, wenn er tot ist?« Die Frage erschreckte Diana, aber sie hatte sich während der Fahrt fest vorgenommen, weiterhin ehrliche Antworten zu geben.

»Nein. Wenn jemand gestorben ist, dann kann er nicht mehr sehen, nicht mehr laufen, sprechen oder essen. Alles hört auf. Es ist wie schlafen ohne aufwachen.«

»Aber träumen kann er, oder?«
»Vielleicht. Ich weiß es nicht genau. Aber seine Seele fliegt bestimmt geradewegs in den Himmel.«
Max schien Dianas Antwort zufrieden zu stellen.
»Fliegen ist super. Ich hatte überhaupt keine Angst, allein ins Flugzeug zu steigen.«
»Ich sehe schon, du bist ein ganz tapferer, kleiner Junge.«
»Klein bin ich gar nicht. Der Paul und die Jenny im Kindergarten sind viel kleiner als ich. Ich bin ein Vorschulkind und im Herbst komme ich in die erste Klasse.«
»Entschuldige. Natürlich bist du schon ein Großer.« Diana verbiss sich das Lachen, sie war froh, dass er für den Moment den Tod vergessen hatte.
»Große Jungs haben bestimmt einen riesigen Hunger auf Pommes frites mit Ketchup, oder?«
»Klar. Immer. Aber Mama will nicht, dass ich welche esse. Sie sagt, die sind nicht gesund.«
»Ja, da hat sie natürlich recht. Aber heute ist eine Ausnahme, weil ich selbst auch am allerliebsten ungesunde Pommes frites esse.«

NEUN

Immer wieder die Spinne. Beatrix Albträume begannen stets damit, dass sich eine dicke Spinne vor ihrem Gesicht abseilte. Sie war schwarz und haarig. Mit kalten Augen starrte sie reglos auf Beatrix und begann präzise mit ihrer Arbeit. Sie webte ein Netz, dass sich über Beatrix Gesicht legte und ihr den Atem nahm. Es dauerte Ewigkeiten, bis Stirn, Augen, Mund und Nase bedeckt waren. Eine tickende Uhr im Hintergrund signalisierte Beatrix währenddessen, dass ihre Zeit bald abgelaufen sein würde. In der glasklaren Gewissheit ihres nahenden Todes konnte sie sich nicht von der Stelle rühren, wartete willenlos und ergeben auf ihr Ende. Wenn sie dann spürte, dass sie keine Luft mehr bekommen konnte, wachte sie vom japsenden Geräusch ihres eigenen Atems auf.

Der Traum wiederholte sich.

Seit sie Konstantin leblos im Badezimmer gefunden hatte, fühlte sie sich müde und schwer. Das lag sicher auch zum Teil an den Beruhigungstabletten, die der Arzt ihr verschrieben hatte. Seit die Polizisten und Sanitäter wieder verschwunden waren, lag sie teilnahmslos unter dem weißen Laken. Sie war in Konstantins Zimmer zurückgegangen, hatte sich in sein ungemachtes, zerwühltes Bett gelegt und an die Decke gestarrt, nicht begreifend, was geschehen war. Manchmal fielen ihr die Augen zu, sie schlief für kurze Momente ein und erwachte schweißgebadet aus ihrem Spinnentraum.

An der Decke bildeten feine Risse im Putz ein bizarres Muster, das sie entfernt an das Tattoo auf Konstantins Rücken erinnerte.

Als sie am Abend nach Konstantins Tod gegen Mitternacht erneut aus ihrem Spinnentraum erwachte, war es anders als die Male vorher. Sie bekam zwar genau wie in den Träumen zuvor keine Luft, aber diesmal war die Atemnot nicht

beendet, als sie die Augen aufschlug. Eine Hand presste sich fest auf ihren Mund, als sie keuchend versuchte, Luft in ihre Lungen zu bekommen.
»Ganz ruhig, sonst bist du schneller tot, als du um Hilfe schreien kannst!« Die Stimme an ihrem Ohr war leise und heiser, aber deutlich zu verstehen.
Beatrix gab einen gurgelnden Laut von sich, den Charlie als Zustimmung deutete.
»Wo ist der Stoff?« Um seiner Frage Nachdruck zu verleihen, schlug er ihr mit dem Handrücken ins Gesicht. Er trug einen Ring mit Löwenkopf am Mittelfinger, der eine blutige Spur von ihrem Ohr bis zur Nase zog.
»Nicht …«, sie wimmerte kläglich.
»Wo ist es?« Er schlug noch einmal zu.
»Ich weiß es nicht.«
Charlie war einfach gestrickt und genau so waren seine Methoden, um an Informationen zu kommen. Gezielt und emotionslos begann er, auf Beatrix einzuprügeln. Seine brutalen Schläge unterbrach er nur, um zu fragen, wo der Stoff sei.
Immer wieder flehte sie ihn an, aufzuhören. Dann wimmerte sie nur noch vor sich hin. Als sie bewusstlos wurde, begann er das Zimmer zu durchsuchen. Er ging systematisch vor, untersuchte den Schrank, das Bett, zerschlitzte die Matratze und schaute unter den Teppichboden. Dann wandte er sich dem Badezimmer zu und inspizierte jeden Winkel des Raumes mit der gleichen Gründlichkeit.
Ohne Erfolg!
Nach einer halben Stunde gab er auf, zog die noch immer ohnmächtige Frau ins Bad, legte sie in die gefüllte Wanne und hielt ihren Kopf so lange unter Wasser, bis sie wieder zu sich kam.
»Ist dir wieder eingefallen, wo das Zeug ist?«
Sie gab keinen Ton von sich, japste nur nach Luft und kotzte ihm vor die Füße. Er hätte sie liebend gerne ertränkt,

aber sein Auftrag war klar definiert. Er sollte nur den Stoff zurückbringen.

»Hinterlasse keine Fingerabdrücke und keine Toten«, hatte Juan Sánchez gesagt. Und Charlie konnte nicht noch mehr Ärger brauchen.

»Wenn du auch nur ein Wort den Bullen erzählst, bist du geliefert. Verstanden?«

Zur Verstärkung seiner Worte haute er ihr die Faust in den Magen. Sie stöhnte und nickte.

Bevor er ging, warf er ihr Handy in die Wanne, vor die Badezimmertür schob er einen Sessel, damit sie es nicht zu leicht haben würde, um Hilfe zu holen.

Niemand bemerkte sein Gehen. Unten, in der Disco des »Paradise«, spielte eine Band Peter Wackels *Scheiß drauf, Mallorca ist nur einmal im Jahr,* das Bier floss in Strömen und keiner beachtete den Mann in Jeans und schwarzem Poloshirt, der den Hinterausgang benutzte, um den Überwachungskameras am Haupteingang aus dem Weg zu gehen.

ZEHN

Am nächsten Morgen stellte Diana fest, dass Max ihr am Vortag doch zugehört hatte, denn er sprach sie schon vor dem Frühstück auf ihren Ausflug nach Sóller an.

»Am liebsten esse ich Erdbeer- und Schokoladeneis«, erklärte er mit wichtiger Miene. Seine Augen leuchteten zum ersten Mal freudig auf, als Diana ihm gestand, dass diese Sorten auch ihr die liebsten waren.

Als sie gerade die Wohnung verlassen wollten, klingelte das Telefon.

Diana war erstaunt, dass Comisario Casas sie anrief.

»Was für eine Überraschung. Wir haben schon lange nichts mehr voneinander gehört.« Genau genommen waren es vier Wochen, seit sie den Kommissar aus Palma nicht mehr gesehen hatte.

Sie hatte ihn bei Ermittlungen wegen des Mordes an einer jungen Frau zum ersten Mal getroffen. Diana hatte die Tote gekannt und war von ihm befragt worden. Einige Monate später hatte sie ihn dann privat wiedergesehen. Sie hatte ihre Eigentumswohnung von ihm gekauft. Seine Mutter hatte darin gewohnt, bis sie in ein Pflegeheim umziehen musste. Diana hatte einige Möbel der alten Frau übernommen und ihr Sohn war richtig glücklich darüber gewesen.

»Die Kommode, der Tisch und die Stühle sind ein Stück meiner Kindheit. Schön, wenn Sie sie genauso stehenlassen und benutzen.«

»Warum nehmen Sie sie nicht mit?«, hatte Diana gefragt.

»Nein, sie gehören genau hierher. Behalten Sie sie bitte.«

Diana war nur zu gern dazu bereit gewesen. Es waren schwere Olivenholzmöbel. Dunkel und grau geworden in den Jahren, erzählten sie von geselligen Stunden einer großen Familie. Diana liebte es, Freunde um sich zu haben und für

sie zu kochen. Der ausladende Tisch war hervorragend für reichhaltige Menüs und viele Gäste geeignet.
Ein paarmal waren der Comisario und seine Frau schon zu Besuch gekommen. Sie kochte gerne phantasievolle Gerichte aus den Zutaten, die sie in Sóller in der Markthalle frisch von den Bauern der Region kaufte. Comisario Casas und seine Frau Angela hatten wenig Zeit zum Kochen, aber sie aßen gerne und steuerten zu den Menüs immer ein paar Flaschen köstlichen mallorquinischen Weins bei. Zweimal hatten sie im Anschluss an diese Festgelage schon bei ihr im Gästezimmer übernachtet. Diana mochte Comisario Casas und plauderte gerne mit ihm. Aber diesmal war sein Anruf dienstlich.
»Diana, pass auf dich auf. Ich habe gehört, du hast den Jungen von Konstantin Matern bei dir aufgenommen.«
»Ja, das stimmt. Aber warum soll ich deshalb auf mich aufpassen?«
»Heute Nacht hat jemand das Hotelzimmer verwüstet, in dem Konstantin Matern gewohnt hat. Seine Freundin ist übel zusammengeschlagen worden. Wir vermuten, dass die Täter nach Drogen gesucht haben. Sie ist noch nicht vernehmungsfähig und steht total unter Schock. Wahrscheinlich wollten sie aus ihr herausprügeln, wo zu finden ist, was sie suchten. Hast du etwas von ihm mitgenommen? Weißt du etwas von Drogengeschäften, in die er verwickelt war?«
»Keine Ahnung, José. Ich kenne ihn überhaupt nicht. Max hat ihn doch auch gar nicht mehr getroffen. Ich habe ihn gestern am Flughafen abgeholt und mit zu mir genommen. Seine Mutter will bald nachkommen. Sie wird sich dann sicher um die Sachen von Konstantin kümmern und sich bei dir melden.«
»Dann ist es gut. Bitte sei vorsichtig. Mit den Drogen-Clans ist nicht zu scherzen. Es wird Zeit, dass Son Banya endlich ausgeräuchert wird.« In seiner Stimme lag Müdigkeit und Besorgnis.

»Nie davon gehört. Wo liegt das?« Diana war in Gedanken bereits bei ihrem geplanten Ausflug mit Max. Sie hörte nur mit halbem Ohr auf das, was der Comisario berichtete.
»Ein Vorort von Palma. Es ist auch besser, wenn du es nie kennenlernst. Dort sind meine Stammkunden zuhause. Keine angenehme Klientel.«
»Keine Angst. Ich bleibe hier oben im Norden und ich kann auf mich aufpassen.«
»Du solltest diese Leute nicht unterschätzen.«
Diana lachte. »Unkraut vergeht nicht.«
»Nimm nicht immer alles auf die leichte Schulter. Es gibt auch Menschen, die nicht nur Gutes im Sinn haben. Triffst du dich eigentlich noch mit Antonio Ramirez?«
Die Frage überraschte Diana. Der Comisario und Antonio waren sich einmal bei einem gemeinsamen Essen begegnet. Sie waren beide schlecht gelaunt an diesem Abend, der Kommissar hatte wenig geredet und Antonio war frühzeitig aufgebrochen. Danach hatte er sich zwei Wochen nicht mehr bei ihr sehen lassen. Diana hatte den Eindruck gehabt die beiden Männer konnten sich nicht besonders leiden.
»Wieso fragst du ausgerechnet jetzt nach Antonio?«
»Es geht mich nichts an. Aber dieser Antonio Ramirez ist auch kein unbeschriebenes Blatt. Lass dich nicht von ihm ausnehmen!«
Diana war unangenehm berührt.
»Ich kann auf mich aufpassen!« Sie merkte selbst, dass ihre Stimme einen scharfen Unterton bekommen hatte, deshalb lenkte sie ab. »Du arbeitest zu viel, José, und siehst schon Gespenster. Wir müssen mal wieder miteinander kochen, damit du auf andere Gedanken kommst. Ich habe ein superklasse Kaninchenbraten-Rezept. Mir läuft schon das Wasser im Mund zusammen, wenn ich nur daran denke. Es ist mit ganz viel frischen Kräutern, Zucchini, Oliven und natürlich Zitronen aus unserem herrlichen Tal.«

Ein Lachen tönte durch die Leitung. Der Comisario amüsierte sich über den Eifer in Dianas Stimme.
»Ich kann den Braten förmlich riechen. Wenn du dann noch deine geniale Orangencreme mit Cava dazu fabrizierst, bleiben wir über Nacht. Du musst Angela unbedingt das Rezept geben, damit wir es unseren Gästen auch anbieten können.«
»Kommt nicht in Frage. Wenn ihr meine Orangencreme essen wollt, müsst ihr mich besuchen!«
»Auch gut. Ich besorge Wein und Sekt. Angela wird sich melden, wenn wir einen gemeinsamen Termin gefunden haben. Im Moment ist sie ständig mit Babysitten der Enkelkinder beschäftigt. Du weißt ja, unsere Tochter arbeitet wieder Vollzeit in einem Maklerbüro.«
Diana erinnerte sich, dass die beiden ganz vernarrt in die zweijährigen Zwillinge Romeo und Angelo waren. Angela hatte bei ihrem letzten gemeinsamen Essen Bilder von den Jungen dabeigehabt und in den höchsten Tönen von ihnen geschwärmt.
»Ruft an, wenn es bei euch passt. Ich brauche nur ein paar Tage Vorlaufzeit, damit mein Metzger mir ein schönes Kaninchen besorgt.«
»Wird gemacht. Und sei vorsichtig!«
»Hasta luego, bis später.« Als sie auflegte, war Diana ein bisschen mulmig zumute. Hatte Konstantin Matern sich in dubiose Geschäfte mit den Drogenbossen eingemischt und war er Dealer am Ballermann gewesen? Besonders die Erwähnung von Antonio und die Möglichkeit einer kriminellen Vergangenheit, gaben ihr zu denken.
Nachdem sie sich eine Weile den Kopf darüber zerbrochen hatte, beschloss sie das Ganze möglichst schnell zu vergessen. Sie hatte Konstantin Matern nicht einmal gekannt. Was sollte ihr also passieren?

Der Marktplatz von Sóller lag zwischen Kirche, Restaurants und Cafés. Im Hintergrund blickte man auf die Bergspitzen des Tramuntana-Gebirges. Auf dem Platz tobte eine Gruppe einheimischer Kinder einem Fußball hinterher. Zwei dunkelgelockte Jungen jagten eine Taube laut juchzend vom Springbrunnen zu den Treppen und bewarfen sie mit Brotkrümeln. Der Vogel ließ sich nicht wirklich aus der Ruhe bringen. Bauarbeiter waren damit beschäftigt, das Gerüst für zwei Bühnen aufzustellen. In ein paar Tagen sollte, wie jedes Jahr im Mai, Es Firó gefeiert werden, ein Fest, das die Mallorquiner aus Anlass eines Sieges über die nordafrikanischen Korsaren im Jahr 1561 begingen. Das eigentliche Großereignis, das an dieses historische Geschehen erinnern sollte und bei dem die Seeschlacht mit großem Aufwand und Getöse nachgespielt wurde, würde erst am Montag stattfinden, aber in der Woche davor sollte es bereits ein stattliches Festprogramm mit Livemusik und Tanz geben. In dem beschaulichen Ort hielten dann Trommler, Dudelsackspieler und Folkloretänzer Einzug. Die Vorbereitungen dazu waren gerade in vollem Gange.

Diana und Max saßen jeder mit eine Riesentüte Eis, vier Kugeln Erdbeere und Schokolade, auf der Steinmauer, die den Platz eingrenzte. Sie schleckten hingebungsvoll und beobachteten das Geschehen. Die beiden waren mit der Bahn vom Hafen in die Stadt gefahren. Autofahren bereitete Diana kein Vergnügen, deshalb hatten sie das öffentliche Verkehrsmittel gewählt und den Mietwagen nicht genutzt.

»Isst man im Himmel auch Erdbeereis?«, fragte Max plötzlich.

»Ich hoffe sehr. Jedenfalls würde ich mir den Himmel so vorstellen. Aber wahrscheinlich braucht eine Seele kein Eis, um glücklich zu sein.« Dianas Antwort war spontan und ohne darüber nachzudenken.

»Mein Papa isst sicher auch Eis im Himmel.« Max Stimme schwankte bedenklich, es klang, als würde er gleich zu weinen anfangen.

»Bestimmt geht es ihm gut, dort wo er jetzt ist.« Diana legte ihm einen Arm um die Schultern und zog ihn an sich. Er ließ es geschehen, schmiegte sich an sie und schleckte weiter an seinem Eis.
Diana glaubte nicht an einen Himmel, in dem sich die Seelen tummelten, aber sie war froh, dass Max sich in seiner kindlichen Phantasie damit ein Bild schuf, das ihm seinen Kummer über den Verlust erträglich machte. Sie selbst hoffte, dass Konstantin dort, wo auch immer er sein mochte, seinen Frieden gefunden hatte.

Eine Stunde später stiegen Diana und Max wieder in die Holzeisenbahn, die vom Bahnhof in Sóller hinunter in den Hafen fuhr. Vorher waren sie noch in der Markthalle zum Einkaufen gewesen. Max war ein bisschen übel von den vier Kugeln Eis, die er verdrückt hatte.
Rechts und links der Bahnschienen blühten die Zitronen- und Apfelsinenbäume und bildeten mit ihren orangen und gelben Früchten einen exotischen Kontrast zu dem schroffen Bergmassiv des Tramuntana-Gebirges, das die Insel zweiteilte.
Für den Moment schien Max den Tod seines Vaters vergessen zu haben. Er streckte den Kopf durch das geöffnete Fenster der Bahn, seine blonden Haare wehten im Wind und er versuchte, während der Fahrt eine Orange zu ergattern.
Die Bahn galt als eine der größten Touristenattraktionen der Baleareninsel. Die Fahrzeit hinunter nach Port Sóller betrug zwanzig Minuten. Das Aroma, das Dianas Einkaufstasche entströmte, war unglaublich. Es war allerdings nicht so lieblich wie der Orangen- und Zitronenduft in den Obstplantagen entlang der Fahrstrecke. Sie hatte bei ihrem Bummel über den Wochenmarkt Käse eingekauft: einen vollreifen Queso Mahon aus frischer Kuhmilch und einen mallorquinischen Burguera mit Rosmarin und Knoblauch.

In dem warmen Abteil entfaltete der Käse ungebremst sein kräftiges Aroma und das mediterrane Klima verstärkte den Prozess. Es muffelte.

»Hier stinkt's«, beschwerte sich eine Urlauberin beim Schaffner. Sie sagte es auf Deutsch. Der freundliche Mann verstand nicht, was sie von ihm wollte und zuckte nur stirnrunzelnd mit den Schultern.

Diana grinste die Frau an.

»Sie hätten mal an meinen Socken nach einer Woche Wandern auf dem Jakobsweg riechen sollen. Dagegen verströmt dieser mallorquinische Käse einen lieblichen Duft.«

»In einer Plastiktüte würde man es nicht riechen«, war die giftige Antwort.

»Was macht schon ein bisschen Käsegeruch aus?« Diana versuchte die Frau mit einem freundlichen Lächeln zu besänftigen. Sie hatte bewusst auf dem Wochenmarkt auf die ihr angebotene Plastiktüte verzichtet.

»Man kann alles übertreiben«, war die bissige Antwort.

»Wussten Sie, dass heute der Tag der freundlichen Mitmenschen und der Toleranz ist?«

»Nein.« Diana lachte der Frau ins Gesicht.

»Stimmt auch gar nicht. Das habe ich gerade erfunden. Heute ist der Tag der Nylonstrümpfe und der Schokoladentropfen.« Sie hielt ihr eine geöffnete Packung mit Schokoladenstücken hin. »Mit Strümpfen kann ich leider nicht dienen.«

Gegen ihren Willen musste die verdutzte Frau lachen. »Danke. Ich habe es auch nicht böse gemeint.«

»Weiß ich doch!«, behauptete Diana und schaufelte ein paar der Schokoladenstücke in ihren Mund, dann hielt sie Max die Tüte unter die Nase, der mit dem Kopf schüttelte.

Sie schaute sich nach einem freien Platz in dem reichlich gefüllten Zug um.

»Schönen Tag noch«, wünschte sie der Touristin, nahm Max an der Hand und hangelte sich mit ihm von Reihe zu Reihe, um zu einer unbesetzten Bank zu gelangen.
Erst beim Hinsetzen erkannte sie Pilar Martinez mit ihrer Enkeltochter auf dem Schoß, die auf dem Nebenplatz saß. Offensichtlich überrascht schaute sie Diana an, als diese ihr sofort die Schokolade hinhielt. »Ach, Sie ...«, sie lächelte und nahm sich ein Stück aus der Tüte. »Wir haben uns vor zwei Tagen auf der Strandpromenade getroffen, oder?«
»Das ist die Frau mit dem Wackelpudding-Bauch.«
María lachte, langte in die Tüte und angelte sich gleich mehrere Stücke Schokolade.
»María, immer nur eines.« Als das Mädchen die Stücke zurücklegen wollte, winkte Diana ab.
»Das passt schon! Was du isst, bleibt nicht als Hüftgold an mir hängen. Ich habe schon vier Kugeln Eis gegessen. Das reicht für heute.«
»Ich freue mich, Sie zu sehen! Fahren Sie mit Ihrem Enkel an den Strand?«
»Wir haben noch keinen Plan für den Nachmittag. Aber die Idee ist gut. Was meinst du, Max?« Diana hielt María noch einmal die Packung mit den Schokoladenstücken hin.
»Sie hatte genug«, protestierte Pilar Martinez. Aber María war schneller und nahm sich eine Handvoll. »Haben Sie Zeit und kommen mit zur Strandpromenade? Wir könnten einen Kaffee trinken, solange unsere Enkelkinder am Wasser spielen. Ich habe dafür gesorgt, dass María diese Drohne nicht mehr mit an den Strand nimmt. Dafür habe ich mich überreden lassen mit der Holzeisenbahn nach Sóller und zurück zu fahren.«
»Kaffee und Strand sind eine gute Idee. Ich muss nur den Käse solange im Hotelkühlschrank des Marinara deponieren, sonst glaubt noch jemand, ich will eine Stinkbombe zünden.«

Als sie am Hafen ankamen, suchten sie sich einen Platz in einem der Cafés an der Strandpromenade. Max holte sofort seinen Fußball aus dem Rucksack, den er seit seiner Ankunft mit Argusaugen bewacht hatte und schon den ganzen Tag mit herumschleppte.
»Kannst du überhaupt Fußballspielen?« Er schaute María skeptisch an. Die Kleine verstand etwas Deutsch. Obwohl Max kein Wort Spanisch konnte, klappte die Verständigung auch ohne langes Reden.
»Claro«, antwortete sie kurz und knapp. Dann hüpfte sie die Steintreppen hinunter zum Strand. Max rannte hinterher und kickte den Ball in Richtung des steinigen Ufers, wo kaum Leute lagen. María rannte ihm nach und schoss den Ball zurück. Sie spielten sich ein paarmal zu, dann fiel der Ball ins Wasser und sie platschten lachend und kreischend gemeinsam hinterher. Die beiden Frauen beobachteten die Szene.
»Sie wird mich auch bald nicht mehr brauchen, dabei ist sie gerade mal fünf Jahre alt. Wie schnell wird die Zeit vergehen und sie hat mich vergessen.« Pilar schaute wehmütig aufs Meer. Dann fragte sie:
»Kann Ihr Enkel schwimmen?«
»Keine Ahnung. Ich kenne ihn praktisch erst seit gestern. Er ist nicht mein Enkel, sondern der Sohn meiner Nichte. Aber dort vorn ist das Wasser flach und ich lasse ihn nicht aus den Augen.« Diana setzte ihre Sonnenbrille auf, um besser im Gegenlicht sehen zu können, wie weit die Kinder ins Wasser gingen. Das Meer war an diesem Teil des Badestrandes nur kniehoch
»Wie ist es mit Ihrer Enkelin? Wahrscheinlich ist sie quasi mit dem Wasser aufgewachsen und hat Schwimmen gelernt, bevor sie laufen konnte, oder?«
Pilar Martinez lachte verlegen. »Ehrlich gesagt, weiß ich es nicht. Die letzten drei Jahre habe ich die Kleine kaum gesehen. Ich war beruflich verhindert.«

Sie schauten hinunter zu den beiden Kindern.
»Wieso versteht María deutsch?«
»Ihre Mutter war Deutsche. Sie hat in den ersten Jahren nur Deutsch mit María gesprochen, mein Sohn immer nur Spanisch. Deshalb kann sie ziemlich problemlos von einer Sprache in die andere wechseln.«
»Beneidenswert. Spricht ihre Mutter jetzt nicht mehr mit ihr Deutsch?«
»Sie ist zurück in ihre Heimat gezogen. Die Ehe hat nicht lange gehalten, zu viele Gegensätze.« Diana hatte den Eindruck, als wäre Pilar Martinez nicht traurig darüber, ihre Schwiegertochter verloren zu haben.
»Ich plage mich nach vielen Jahren auf der Insel immer noch damit herum, die richtigen Wörter zu finden. Besonders zu schaffen machen mir die Unterschiede zwischen Spanisch und Mallorquin.«
»Sie sprechen sehr gut Spanisch. Ich kenne einige deutsche Auswanderer, die sich überhaupt nicht die Mühe machen, Spanisch zu lernen.«
»Ja, die gibt es. Leider. Ich denke, wenn man sich entschließt, in einem fremden Land zu leben, dann sollte man auch die Sprache lernen.«
Die beiden Frauen nickten sich einvernehmlich zu, dann beobachteten sie wieder eine Weile schweigend die Kinder.
Pilar Martinez winkte dem Kellner und bestellte Kaffee für sie beide. Antonio hatte anscheinend seinen freien Tag. Sie wurden von einem jungen Mann mit schulterlangen Rasta Locken bedient.
»Sind die Eltern von Max auch hier?«
»Nein.« Diana stockte. Kurz überlegte sie, ob sie der Frau, die sie erst zum zweiten Mal getroffen hatte, wirklich die ganze Geschichte über Konstantins Tod anvertrauen sollte. Doch dann entschied sie sich, offen zu sein.

»Der Vater von Max ist vor zwei Tagen gestorben. Er war drogensüchtig und hat wahrscheinlich eine Überdosis erwischt. Max sollte zu ihm kommen, um nicht den ganzen Frühjahrspollen in Deutschland ausgesetzt zu sein. Er reagiert sehr allergisch und der Arzt hat zu einem Urlaub am Meer geraten.«
Diana hatte am Vorabend genau die schriftlichen Anweisungen studiert, die Christin in den Koffer gelegt hatte, um Konstantin über die Krankheit seines Sohnes zu instruieren.
Pilar Martinez Gesichtsausdruck war finster.
»Wie leichtfertig und dumm. Ich verstehe nicht, warum Menschen Drogen nehmen. Sein Leben zu riskieren für ein paar Stunden Rausch ist für mich unbegreiflich, noch dazu, wenn man für ein Kind verantwortlich ist.«
»Ich kenne die näheren Umstände nicht. Konstantin Matern, also den Vater von Max, habe ich nie getroffen.«
»Gut, dass Sie sich um den Jungen kümmern.«
»Was bleibt mir anderes übrig? Habe ich Sie erschreckt? Wahrscheinlich denken Sie jetzt wir sind völlig asozial?«
»Nein, nein.« Pilar Martinez legte mitfühlend eine Hand auf Dianas Arm. »Es muss schrecklich für Sie und den Jungen sein.«
»Für Max ist es viel schlimmer, als für mich. Ich muss nicht um einen geliebten Toten trauern. Für mich ist es ein Unbekannter. Aber für Max ist es der Vater, auch, wenn die Bindung nicht eng war. Konstantin war als Musiker unterwegs und sein Sohn war das Produkt einer kurzen Beziehung, die nicht lange gehalten hat. Er hat Alimente bezahlt und sich ansonsten kaum gekümmert.«
»Dann ist es ein unglücklicher Zufall, dass Max jetzt bei Ihnen ist.« Pilar Martinez biss sich auf die Oberlippe. Es sah aus, als würde sie am liebsten ihre Worte ungesagt machen. »Nein, entschuldigen Sie. Natürlich ist es ein glücklicher Zufall, dass Sie hier in Puerto Sóller wohnen und den Jungen übernehmen konnten.«

»So kann man es sehen. Ich habe ihn gestern am Flughafen abgeholt und werde mich um ihn kümmern, bis seine Mutter und mein Bruder kommen. Sie haben erst für morgen früh einen Flug bekommen. Ich will nachher noch im Hotel fragen, ob ein Zimmer für sie frei ist. Für vier Personen ist meine Wohnung zu klein.«

»Dann war Max gar nicht bei seinem Vater, als er gestorben ist?«

»Nein. Wie ich schon gesagt habe, er saß gerade im Flugzeug, als Christin die Nachricht von seinem Tod bekommen hat. Eine Frau, ich nehme an, es war die Freundin von Konstantin Matern, hat ihn tot im Badezimmer gefunden. Ich darf mir gar nicht vorstellen, wie grausam es gewesen wäre, wenn Max es miterlebt hätte.«

»Was hat er denn für Drogen genommen?«

»Keine Ahnung. Mit Rauschgift kenne ich mich nicht aus. Aber wahrscheinlich hat er nicht nur Drogen eingenommen, sondern auch gedealt. Heute Nacht hat jemand seine Freundin überfallen und das Hotelzimmer durchsucht. Eine schreckliche Geschichte! Die Polizei hat gesagt, dass er in einem inselbekannten Drogenort war, um sich einzudecken. Ich wusste gar nicht, dass es so etwas auf Mallorca gibt!«

»Ich habe davon gehört.« Señora Martinez winkte hinunter zum Strand und María winkte fröhlich zurück. »Ein Drogenparadies! Haben die Einbrecher etwas gefunden?«

»Keine Ahnung. Die Polizei hat nur heute Morgen bei mir angerufen und gesagt, dass wir vorsichtig sein sollen. Ich bitte Sie, wieso sollen wir vorsichtig sein? Max ist gestern erst angekommen und ich hatte überhaupt keinen Kontakt zu Konstantin Matern.«

»Passen Sie trotzdem auf sich auf.« In Pilar Martinez Stimme lag ein warnender Unterton, in dem Sorge mitschwang. Diana musste an die Warnung des Comisario denken, ließ sich aber nicht anmerken, dass sie ebenfalls unruhig war.

»Schauen Sie nicht so bedrückt. Ich bin unverwüstlich. Auf keinen Fall wollte ich Ihnen mit dem Erzählen von Konstantins Tod Angst einflößen. Es kann nur sein, dass Max sich mit María über das Sterben unterhält. Es beschäftigt ihn gerade sehr, was mit uns allen passiert, wenn wir tot sind.«
»Das kann ich verstehen. Sicher ist es das erste Mal, dass er damit konfrontiert wird.«
»Genau. Ich fühle mich etwas überfordert. Mit Kindern habe ich nicht mehr viel Erfahrung. Ich bin froh, wenn seine Mutter morgen wieder die Erzieherrolle übernimmt.«
»Werden Sie Ihre Verwandten mit dem Auto abholen?«
»Natürlich. Dafür haben wir ja den Mietwagen. Ich fahre nur einen Motorroller, damit komme ich viel einfacher durch die engen Gassen. Aber für vier Personen ist er natürlich ungeeignet.«
María und Max kamen angerannt. »Wir haben einen Fischreiher unten bei den Steintreppen gesehen. Ihr müsst mitkommen und ihn euch ansehen.« Sie waren ganz aufgeregt und rannten sofort wieder hinunter an den Strand.
»Wartet einen Moment, wir müssen erst bezahlen«, rief Diana ihnen hinterher.
Die beiden Frauen winkten dem Kellner, zahlten und schlenderten dann hinunter an den Strand. Von dem Reiher war keine Spur mehr zu entdecken, aber sie saßen noch eine Zeitlang an einer der Steinmauern, während die Kinder Ball spielten. Diana erzählte, dass sie täglich hier herunterkomme, um Yoga zu machen oder einfach morgens die Sonne zu begrüßen.
»Ich sollte auch langsam etwas kürzertreten. Mein Sohn kann die Geschäfte übernehmen.«
»Ist Ihr Mann auch schon gestorben?«
»Er ist auf jeden Fall für mich gestorben.« An Pilar Martinez Stimme war deutlich zu hören, wann ein Thema für sie tabu war.

»Ich kann Ihnen nur raten, möglichst bald weniger zu arbeiten. Sie wirken ziemlich angespannt. Mein Mann und ich haben den Zeitpunkt verpasst. Geld war wichtiger als gemeinsame Freizeit. Dann ist er gestorben und es war zu spät.«
Pilar Martinez schwieg dazu. Sie wirkte wieder sehr unnahbar. Diana, die mit allen Menschen schnell warm wurde, hatte eine merkwürdige Scheu, ihr mehr zu erzählen, obwohl sie sonst freimütig über den plötzlichen Tod ihres Mannes und die Entscheidung ihr Leben radikal zu ändern, berichtete.
Zweimal kamen Bekannte von Diana vorbei, mit denen sie ein Schwätzchen hielt. Die Frauen grüßten Pilar höflich, aber ihr verschlossenes Gesicht hielt sie davon ab, die Spanierin mit in die Gespräche einzubeziehen. Sie wirkte zufrieden, aber in sich gekehrt, schaute verträumt hinaus aufs Meer, ohne Interesse an den Unterhaltungen zu zeigen.
Gegen Abend wurde es kühler. Um die in den Hafen einfahrenden Fischerboote kreisten Schwärme von Möwen auf der Suche nach Essbarem. Ihr Schreien klang bedrohlich, verstummte aber, als die Boote angelegt hatten. Die Vögel formierten sich und flogen wieder aufs offene Meer hinaus. Die Sonne färbte den Himmel rot, als sie langsam hinter der Bergkette verschwand. Etwas später tauchte sie wieder über der Meeresöffnung auf, die das Hafenbecken von Puerto Sóller mit der offenen See verband und ging leuchtend am Horizont unter. Sie riefen die Kinder. Die beiden waren nass und sandig, ihre Haare klebten strähnig am Kopf und Max war übersät mit roten Pusteln.
»Um Himmels Willen. Jetzt aber schnell nach Hause und in die Badewanne.« Diana bekam ein schlechtes Gewissen, als sie sah, dass Max sich am ganzen Körper kratzte.
»Können wir morgen wieder zusammenspielen?«, fragte María.
»Vielleicht. Wir müssen morgen zuerst Max' Mama am Flughafen abholen.« Diana hatte es eilig heimzukommen. Der

Ausschlag des Jungen gefiel ihr gar nicht. Sie machte sich Vorwürfe, nicht auf ihn geachtet zu haben. Aber die Zeit mit Pilar war wie im Flug vergangen.
Max packte seinen Ball wieder sorgfältig in den Rucksack, dann verabschiedeten sie sich kurz voneinander. Sie liefen auf die nördliche Seite des Hafens, wo der Weg hinauf zu Dianas Wohnung führte.
Nachdem Max zwanzig Minuten in einem Olivenölbad gesessen hatte, war seine Haut wieder einigermaßen ansehnlich. Diana hatte in der Zeit Pimientos gebraten, den Käse angerichtet und Nudeln gekocht, die sie mit Tomatensoße aßen. Der Löwenanteil des Essens ging an Diana, der Junge hatte kaum Appetit und stocherte nur lustlos mit der Gabel auf seinem Teller herum.
»Was ist los, schmeckt es dir nicht?«
»Doch.« Seine Stimme klang tonlos.
»Na dann, hau rein. Du hast seit dem Eis heute Mittag nichts mehr gegessen.«
»Holt der Teufel alle Menschen?« Er schaute Diana fragend an.
»Wie kommst du denn auf den Teufel?« Sie sah Angst in seinem Blick. Deshalb sagte sie bestimmt:
»Den Teufel gibt es nicht. Wir Menschen sterben einfach, wenn wir alt oder krank sind. Es gibt keinen Teufel, der uns holt.«
»Aber María hat es gesagt. Sie hat mir erzählt, dass der Teufel unsere Seelen frisst, wenn wir gesündigt haben.«
»Das glaube ich nicht. Da hat sie sicher etwas ganz falsch verstanden. Wenn wir gestorben sind, dann kommt unsere Seele in den Himmel.«
»Und wie schwer ist so eine Seele?«
»Keine Ahnung! Warum willst du das denn jetzt wieder wissen?«
»Na, wenn sie schwer wiegt, dann muss doch der Himmel irgendwann runterbrechen, bei den vielen Toten.«

»Nein. Wenn ich es mir recht überlege, dann wiegt eine Seele gar nichts. Sie ist so dünn wie Luft und unsichtbar.«
»Wenn sie unsichtbar ist, erkenne ich meinen Papa aber gar nicht, wenn ich selbst tot bin.«
»Du wirst ihn auf jeden Fall erkennen, weil du ihn ganz liebhast.«
»Aber Mama wird ihn nicht erkennen. Sie hat ihn schon lange nicht mehr lieb.« Max Augen füllten sich mit Tränen.
»Dann wirst du ihr die Seele deines Papas zeigen, wenn ihr euch im Himmel trefft.«
Max gab sich mit dieser Antwort zufrieden und gähnte laut.
Diana räumte die Teller vom Tisch. »Wollen wir uns zusammen ins Bett kuscheln?« Er nickte und lief sofort ins Schlafzimmer.
Sie hörten gemeinsam eine Gute-Nacht-Geschichte. Während Diana aufmerksam dem Geschehen lauschte, fielen dem Jungen schon nach zwei Minuten Hör-CD die Augen zu und er schlief wie ein Murmeltier.
Diana wälzte sich unruhig im Bett herum. Die Warnung des Comisario wurde im Dunkel der Nacht zu einer Bedrohung, die Angst einflößte. Schließlich stand sie auf und schaute in ihrem Kalender, welche interessanten Gedenktage in den kommenden Tagen anstanden. Als sie den 10. Mai aufblätterte und las, dass sich an diesem Tag die Bücherverbrennung der Nazis in Deutschland zum 86-ten Mal jährte, beschloss sie, ihre Freundinnen zu einer Dichterlesung am Strand einzuladen. Das würde sie auf andere Gedanken bringen. Sie suchte im Bücherregal Bände von Kurt Tucholsky, Erich Kästner und Oskar Maria Graf heraus und vertiefte sich in die Lektüre.
Es war bereits weit nach Mitternacht, als sie die Bücher aus der Hand legte und in einen unruhigen Schlaf fiel.

ELF

Am nächsten Morgen kamen Christin und Udo Lämmermann in Palma an. Udo sah im Gegensatz zu Christin ausgeruht aus. Die Ringe unter Christins Augen waren zum einen der Sorge um das Wohlergehen ihres Sohnes geschuldet, zum anderen der Trauer um Konstantin. Erinnerungsfetzen aus der Zeit ihres Kennenlernens waren letzte Nacht lebendig geworden, wenn sie aus Angstträumen erwacht war. Sie hatte sich gegen Morgen an den Computer gesetzt und die Bilder herausgesucht, die sie 2012 während des Samba-Festes aufgenommen hatte. Dabei hatte sie sich gefragt, warum sie nie wieder mit Konstantin gemeinsam dieses Festival gefeiert hatte. Warum hatte sie nicht um ihn und seine Liebe gekämpft? Sie hatte ihn ziehen lassen, war sich sicher gewesen, dass er sie altbacken und langweilig fand.

Am Flughafen entschuldigte sich Christin sofort nach der Begrüßung bei Diana.

»Ich habe meinen Sohn im Stich gelassen. Niemals hätte ich ihn allein nach Mallorca fliegen lassen dürfen. Er könnte genauso tot sein wie Konstantin. Tut mir leid, dass wir dir so viele Unannehmlichkeiten bereiten.«

»Quatsch!«, widersprach Diana, »du wolltest doch nur, dass er möglichst schnell gesund wird. Im Stich lassen heißt jemanden verlassen, sich von jemandem fortschleichen oder ihn fallenlassen. Du aber liebst deinen Sohn und warst überzeugt, dass sein Vater ihn in seine Obhut nimmt. Wenn hier jemand Max im Stich gelassen hat, dann war es Konstantin. Und den können wir nicht mehr zur Rechenschaft ziehen.«

Christin antwortete nicht. Aber sie machte sich weiterhin Vorwürfe.

Am Ausgang des Flughafens wurden sie von einem Polizisten der Guardia Civil empfangen und Christin musste nach

Palma ins Polizeipräsidium fahren, um Fragen über Konstantin gestellt zu bekommen, auf die sie keine Antworten hatte. Sie hatte keine Ahnung von seinem Engagement, wusste nicht, wo er zuvor aufgetreten war und konnte auch keine Auskunft darüber geben, ob er krank war oder Drogen genommen hatte. Sie wusste nicht einmal, ob seine Eltern noch lebten und ob er in Deutschland einen festen Wohnsitz hatte. Sie bot an, die Identifizierung der Leiche vorzunehmen, da Beatrix Neumann, die ihn tot gefunden hatte, sich nicht dazu in der Lage fühlte. Sie stand noch immer unter Schock und bekam starke Beruhigungsmittel.
Es war schrecklich für Christin, ihn tot wieder zu sehen. Der Beamte deckte ihn nur kurz auf. Sie hatte ihn nicht sofort erkannt. Es musste ihm in den vergangenen Monaten schlecht gegangen sein. Er sah verbraucht und alt aus. Die Unbekümmertheit, die er immer ausgestrahlt hatte, war im Tod verschwunden. Aber die blonden Haare und die kleine Narbe über der linken Augenbraue waren noch da. Sie musste sich nicht das Tattoo auf seinem Rücken anschauen, um ihn zu identifizieren.

Am Nachmittag am Strand fühlte sich ihr Aufenthalt zumindest ein wenig wie Urlaub an. Sie verdrängte den Gedanken an die Überführung der Leiche nach Deutschland. Die Freigabe würde noch ein paar Tage dauern und verschaffte ihr etwas Zeit, bis sie sich mit den Fragen nach Beerdigung und Totenfeier beschäftigen musste. In der warmen Sonne vergaß Christin ebenfalls, dass das Fliegen auf die Baleareninsel nicht umweltfreundlich war und somit nicht mit ihrer Werteeinstellung zusammenpasste. Das sanfte Plätschern der Wellen, der strahlend blaue Himmel und Boote, die auf dem Meer schaukelten, verbannten Tod, Schuldbewusstsein und Alltag, zumindest vorübergehend, aus ihrem Kopf.

Christin und Udo hatten zwei Liegen mit Sonnenschirm gemietet. Sie beobachteten Max, der ohne Pause mit seinem Fußball durch den Sand rannte und Diana überredet hatte, für ihn den Torwart zu mimen.
»Na los, schieß endlich, du Pfeife. Du bringst den Ball sowieso nicht an mir vorbei.« Ihre laute, fröhliche Stimme schallte bis zu ihnen herüber.
Sie war mit Feuereifer beim Spielen, ungeachtet der Blicke anderer Touristen, die ungläubig zuschauten, wie die dicke, rotgesichtige Frau schnaufend jedem Ball hinterherjagte und dabei kreischte wie ein Teenager. Sie trug ein riesiges T-Shirt von Bayern München, das auf dem Rücken die Nummer 25 aufgedruckt hatte. Diana hatte es am Morgen in einem der kleinen Läden erstanden, die entlang der Strandpromenade so ziemlich alles verkauften, was Touristen zuhause vergessen haben konnten. Natürlich gab es auch Unmengen Sportkleidung, für jeden Fußballfan fand sich das entsprechende Outfit.
»Die 25 steht für Thomas Müller, der beste Stürmer aller Zeiten«, hatte Max ihr erklärt.
»Dann ist es genau das richtige Hemd für mich. Du darfst mich ab sofort Thomas nennen.«
Diana versuchte ständig Max aufzuheitern. Es gelang ihr fast immer, ihn zum Lachen zu bringen. Er selbst trug das Trikot seiner Coburger Fußballmannschaft.
»War Diana schon immer so total gut drauf?«, fragte Christin ihren Vater.
»Nein, gar nicht. Als Kind war sie sehr ernst, ich war immer der Spaßmacher und Clown in der Familie. Diana hat sich erst nach dem Tod von Herrmann zu dem Menschen gewandelt, der sie jetzt ist. Der plötzliche Tod ihres Mannes muss so ein Schock für sie gewesen sein, dass sie ihr gesamtes bisheriges Leben in Frage stellte.«
»Sie wirkt so lebensfroh!«

»Sie wirkt nicht nur so, sie ist es. Und sie schert sich in keiner Weise darum, was andere von ihr denken.«
»Beneidenswert. Aber ein sinnvolles Leben ist das nicht, das sie führt.«
»Was ist schon sinnvoll? Diana hat bis zum Tod ihres Mannes wie eine auf Hochtouren laufende Maschine geschuftet. Von früh bis abends haben die beiden in der Firma gearbeitet, nie Urlaub gemacht und keinerlei Hobbys gehabt. Immer nur Maloche.«
»Du meinst, sie hat eine Wandlung um 180 Grad vollzogen.«
»Kann man so sagen. Es würde dir auch guttun, dich Mal um ein paar Grad zu drehen.« Udo warf seiner Tochter einen Blick zu, der Bände sprach. Christin wusste genau, dass er mit ihrer pedantischen Art oft nicht einverstanden war.
»Wenn alle Menschen sich so verhalten würden wie Diana und du, dann wäre das auch nicht in Ordnung. Das Leben ist kein Ponyhof!« Sie zog an ihrer Zigarette, atmete zornig den Rauch aus und drückte die Kippe in eine Metalldose, die sie immer bei sich trug. Niemals wäre es ihr in den Sinn gekommen, eine fertig gerauchte Zigarette achtlos in den Sand zu werfen. »Schon gut. Du bist eine perfekte Mutter. Ich wünsche mir nur manchmal ein bisschen mehr Spaß in deinem Leben.« Als ihr Gesicht sich daraufhin noch mehr verfinsterte, lenkte er ein. »Ich wollte dich nicht kränken. Niemand kann aus seiner Haut schlüpfen.« Sie biss sich auf die Unterlippe und schwieg trotzig. Udo seufzte.
Er selbst war auch nicht der stets optimistische Typ. Aber er forderte nicht viel vom Leben, war nicht ehrgeizig. Es genügte ihm, ab und zu in einem Theaterstück mitzuspielen oder einen Auftrag als Handmodel zu bekommen. Den Traum von der großen Karriere hatte er längst abgeschrieben. Bis vor einer Woche hatte er in einem Puppentheaterstück die Rolle des bösen Kater Murr gespielt. Er war der Schurke, der liebe Kätzchen erschreckte und zum Ende der Vorführung

mit Schmach und Schande aus dem Kreis der Katzenfamilie vertrieben worden war. Pro Aufführung in den örtlichen Kindergärten hatte er vierzig Euro verdient. Ohne Fahrgelderstattung und Essensvergütung. Manchmal waren es zwei oder drei Aufführungen am Tag gewesen und sie hatten mit den Kindern zu Mittag gegessen, bevor sie in der nächsten Gruppe das gleiche Stück wieder spielten. Es hatte täglich Nudeln mit Tomatensoße oder verkochtes Gemüse gegeben und die Kinder hatten Angst vor ihm gehabt, weil sie dachten, er wäre auch im wirklichen Leben so böse wie der Kater, den er spielte. Zwei Monate waren sie mit dem Stück unterwegs gewesen, dann gab es keine Kindergärten mehr im Umkreis, die das Puppentheater »Kunterbunt« anforderten. Die Theatergruppe war in Richtung München weitergezogen und er würde sich beim örtlichen Arbeitsamt wieder einmal arbeitssuchend melden müssen, wenn diese Tage auf Mallorca zu Ende waren. Eine Anfrage der Kosmetik-Firma Ageless-bio hatte er vor seinem Abflug abgesagt. Das war kein wirklicher Verlust, denn die Kosmetikindustrie zahlte nur Hungerlöhne, wenn man nicht berühmt war.
Früher hatte er von einer Rolle in einem Kinofilm geträumt, einmal wollte er Hauptdarsteller sein, egal in welchem Genre auch immer. Aber diesen Traum hatte er schon vor seinem vierzigsten Geburtstag ad acta gelegt und seitdem lebte es sich leichter. Kein stundenlanges Warten für ein Vorsprechen mehr, keine anstrengenden Partys besuchen, um angesagte Leute im Filmgeschäft zu treffen und den ganzen Abend lang Smalltalk zu machen, kein Warten auf Zu- oder Absagen. Er hatte keine Illusionen mehr, aber dafür viel mehr Freizeit. Das kam nicht nur seinem Enkel zugute, er selbst fühlte sich seitdem entschieden besser.
Auch seine Ansprüche an eine Beziehung waren im Laufe der Jahre geringer geworden. Als er Anabell geheiratet hatte, glaubte er noch an die lebenslange Liebe. Mittlerweile

beschränkten sich seine Frauenbekanntschaften auf flüchtige Flirts, ab und zu ein Verhältnis, das ein paar Begegnungen überdauerte. Er konnte charmant sein, verabredete sich meist mit den Frauen in einem nicht zu teuren Restaurant und wenn es gut lief, dann endeten diese Abende in der Wohnung der Dame. Er lud niemals eine Frau zu sich nach Hause ein. Seit Anabell ihn verlassen hatte, war seine Wohnung Sperrgebiet.

Udo Lämmermann zog eine Feile aus der Jackentasche und begann seine Nägel zu bearbeiten. Er achtete sehr gewissenhaft auf sein Aussehen. Während er maniküerte, angelte Christin nach ihrem Smartphone und nutzte die Zeit, um geschäftliche Emails zu beantworten.

Er zuckte zusammen, als ihn der Fußball von Max am Bein streifte. Nicht gerade ein Volltreffer, aber er erschrak so, dass er mit der Nagelfeile abrutschte.

»Hey, pass doch auf.«

»Das war Absicht.« Diana stand schwer atmend vor seiner Liege und sah ihn herausfordernd an. »Los, spiel endlich mit. Dein Enkel braucht einen Gegner, der ihm ebenbürtig ist. Ich wiege mindestens zwanzig Kilogramm zu viel, um es mit ihm aufzunehmen.«

»Du weißt doch, dass ich diese Mannschaftsballspiele noch nie leiden konnte. Ich habe schon als Kind lieber mit deinen Puppen gespielt, als mit den Fußbällen, die ich immer zum Geburtstag und zu Weihnachten bekommen habe.«

»Ach, hör' auf zu lamentieren. Wir wissen, dass du ein sanftes Lämmchen bist. Aber auch sanfte Lämmer sollten manchmal über ihren Schatten springen.« Sie boxte ihn liebevoll in die Rippen, als sie sah, dass er einen Schmollmund zog. Er hasste es, wenn Mitmenschen aus seinem Nachnamen dämliche Wortspiele kreierten.

Schon als Kind war er immer wütend geworden, weil seine Mitschüler ihn wahlweise Lämmchen, Schafhirte oder

Schafsnase genannt hatten. Sogar sein Klassenlehrer hatte sich dazu verstiegen, ihn bei Nichtwissen einer Antwort mit einem »Udo ist mal wieder ahnungslos wie ein Lamm« abzukanzeln oder ihn mit einem »Jetzt schaut er wie das Lamm, das zur Schlachtbank geführt wird« vor der gesamten Klasse zu blamieren. Als er mit der Schauspielerei anfing, hatte er sich einen Künstlernamen zugelegt: Endo Anderson. Aber diesen Namen hatte Diana nicht leiden können.

Diana war nie wegen ihres Namens geneckt worden. Sie konnte deshalb auch nicht nachvollziehen, dass Udo richtiggehend neidisch war, als sie geheiratet hatte und fortan Mittermeier hieß.

»Was soll's, Udo, wenn nun jemand fragt »Frau Meier, wo bleiben die Eier«, kann ich nur darüber lachen. Egal, welchen Namen du hast, wenn Leute Witzchen darüber reißen wollen, dann werden sie es tun. Das geht mir am Allerwertesten vorbei.«

»Ja, dir schon. Aber mir nicht. Und über Mittermeier reißt sicher niemand so blöde Witze wie über Lämmermann.«

Diana hätte ihm sagen können, dass es wohl auch zum Teil an ihm lag, aber sie liebte ihren Bruder und unterließ es. Er war von klein an das Sensibelchen in der Familie gewesen. Sie hatte ihn als Kind immer vor den anderen verteidigt.

»Komm, kleiner Bruder, lass dich nicht zweimal bitten, jetzt wird Fußball gespielt.« Sie zog ihn von der Liege und er folgte ihr widerstrebend an den Strand.

Ein paar Minuten später tollte er wild und fröhlich mit Max durch die flachen Wellen. Diana ruhte sich einen Moment aus. Sie setzte sich in den warmen Sand und schaute den beiden zu. Max strahlte, er hatte sein Fußballhemd gegen einen UV-geschützten Strandoverall getauscht und das Salzwasser bekam seiner Haut offensichtlich gut, zumindest kratzte er sich seit ein paar Stunden kein einziges Mal. Auch Udo genoss das Toben mit seinem Enkel. Für sein Alter sieht

er noch richtig gut aus, dachte sie. Die Blicke einiger Damen, nicht alle im gesetzten Alter, folgten ihm. Er war, im Gegensatz zu Diana, groß und schlank, mit Muskeln genau an den richtigen Stellen. Keinerlei Bauchansatz und eine eng sitzende Badehose vervollständigten seine tadellose Erscheinung.
Er hat noch immer einen knackigen Hintern, dachte sie anerkennend. Nur die vereinzelten weißen Strähnen in seinen Haaren verrieten, dass er die Fünfzig schon erreicht hatte.
Ein warmes Gefühl erfüllte sie, erstaunt stellte sie fest, dass ihr Tränen in die Augen stiegen. Wie schön, dass ihr Bruder mitgekommen war. Sie sahen sich viel zu selten. Sie war im Januar fünfundfünfzig geworden. Eine Schnapszahl, hatte sie lachend zu ihren Freundinnen gesagt und eine Party mit mallorquinischen Grappa-Variationen am Strand veranstaltet. Es war lustig gewesen, aber ihr war durchaus bewusst, dass wahrscheinlich mehr als die Hälfte ihres Lebens vorbeigezogen war und sie kaum Zeit mit ihrer Familie verbrachte. Bevor sie sentimental werden konnte, kam Max auf sie zu gerannt und spritzte sie nass. Das kalte Wasser holte sie aus ihren Grübeleien.
»Na warte, wenn du das noch einmal machst, dann gibt es heute kein Eis.« Diese Bemerkung führte dazu, dass sie eine Viertelstunde später alle vor dem Beach House, einer Eisdiele an der Strandpromenade saßen, und genüsslich mehrere Eiskugeln verspeisten.
Diana wurde immer wieder von Freundinnen und Bekannten angesprochen. Einige setzten sich für einen Moment zu ihnen, andere hielten nur kurz an, um Hallo zu sagen. Allen stellte sie ihren Bruder und dessen Tochter vor. Mehrmals wurden sie zu einem Besuch eingeladen oder Diana wurde gefragt, wann sie Zeit auf eine gemeinsame Unternehmung hätte. Sie lud einige ihrer Freundinnen zu einer Lesung am Strand ein, die sie für den übernächsten Tag organisieren

wollte und fragte ihren Bruder, ob er nicht Lust hätte, sich daran zu beteiligen.
»Du hast ja einen großen Bekanntenkreis hier im Ort«, staunte Udo.
»Ich lebe hier seit vielen Jahren. Es ist meine Heimat geworden.«
»Wirklich? Du redest von Heimat, wenn du über Mallorca sprichst? Möchtest du gar nicht mehr zurück nach Deutschland? Dein Sohn und seine Frau würden sich bestimmt freuen, wenn du zu ihnen nach München ziehst.«
»Das kann ich mir nicht vorstellen. Sie kommen sehr gut ohne mich klar. Als ich das letzte Mal bei ihnen zu Besuch war, hatte ich das deutliche Gefühl, ihnen peinlich zu sein.«
Diana war keine Frau, die ein Blatt vor den Mund nahm.
Es entstand eine unangenehme Pause. Christin wusste nicht, ob die Einschätzung Dianas stimmte, aber sie konnte sich ausmalen, dass das Auftreten ihrer Tante sehr wohl zu Peinlichkeiten führen konnte. Allein ihr Äußeres war exzentrisch genug, um in Deutschland damit anzuecken. Vielleicht fiel sie nicht allzu sehr in einer Großstadt wie München auf, aber in Coburg würde sie ganz sicher viele Blicke auf sich ziehen. Ob sie sich schon immer so auffallend gekleidet hatte? Oder hatte sich ihr Geschmack in Modefragen ebenfalls erst nach dem Umzug auf die Insel geändert? Christin traute sich nicht, danach zu fragen.
Gerade als Max den letzten Bissen seiner Eiswaffel in den Mund steckte, kamen Pilar Martinez und María um die Ecke. María und Max rannten sofort gemeinsam zum Strand hinunter. Diana stellte Pilar ihren Bruder und Christin vor.
»Darf ich mich einen Moment zu Ihnen setzen?« Sie wandte sich an Christin. »Meine Enkeltochter mag Max sehr gern. Ich hoffe, ich störe Sie nicht. Ich warte nur auf meinen Sohn. Er muss jeden Moment kommen.«
Udo strahlte Pilar an.

»Nein, Sie stören keineswegs. Meine Schwester Diana hat hier sehr viele Bekannte. Aber Sie sind die erste Spanierin.« Er war offensichtlich angetan von ihrer Erscheinung. In ihrem schlichten schwarzen Kleid und den hochgesteckten dunklen Haaren wirkte sie exotisch und kühl im Gegensatz zu den leicht bekleideten Touristinnen. Rote, hochhackige Schuhe gaben ihr ein extravagantes Aussehen, bildeten einen überraschenden Kontrast zur konservativen Kleidung. Sie wirkte ausgeruhter und jünger als am Vortag.
»Wie gut, dass Sie so hervorragend deutsch sprechen. Mein spanischer Wortschatz beschränkt sich leider auf einen Satz: una cerveza, por favor.«
Pilar musste lachen.
»Sie sind das erste Mal in Spanien?«
»Nein. Ich habe meine Schwester schon zweimal besucht. Aber wir haben uns natürlich nur deutsch unterhalten und ich bin nie aus Sóller herausgekommen.«
»Sie waren nie in Palma? Haben keine Sightseeingtour gemacht oder eine Hafenrundfahrt mit dem Boot?«
Sie schüttelte ungläubig den Kopf.
»Nein, es ging mir nur darum, Diana zu sehen. Ich bin eigentlich am liebsten zuhause in Deutschland.«
»Aber, wenn Sie schon hier sind, dann müssen Sie sich auch die schönen Seiten unserer Insel anschauen!«
»Wenn Sie das sagen, dann buche ich morgen gleich eine Inselrundfahrt.« Er lachte und Pilar bekam rote Wangen.
»Nehmen Sie lieber das eigene Auto. Allein wenn Sie die Küstenstraße von Sóller bis Andratx fahren, müssen Sie unzählige Male halten und den Ausblick genießen. Man sollte sich Zeit nehmen. Am besten steigt man an einem Wanderparkplatz aus und läuft hinunter ans Meer. Ich finde es immer am schönsten, ganz allein in einer Bucht zu sitzen und aufs Meer hinauszuschauen. Wichtig ist, dass die

Landschaft auf einen wirken kann. Die Reisebusse haben es immer viel zu eilig.«
»Wollen Sie nicht meine Reiseführerin sein?«
Anstatt sofort abzublocken und sich in ihr Schneckenhaus zurückzuziehen, lachte Pilar geschmeichelt. Diana stellte amüsiert fest, dass sein Charme auch bei der ansonsten so spröden Spanierin Wirkung zeigte.
»Tut mir leid, aber in den nächsten Tagen bin ich mit dem Einrichten meiner Wohnung voll und ganz beschäftigt.« Das war nicht gelogen. Pilar war am Morgen bei einer Freundin gewesen, die Kisten aus ihrer alten Wohnung in Son Banya eingelagert hatte. Sie hatte Bilderrahmen, Kissen und Vasen geholt, die ihr neues Heim etwas persönlicher gestalten sollten. Das Gästezimmer in der Villa ihres Sohnes war groß und stilvoll eingerichtet, aber Pilar fehlten vertraute Gegenstände. Ob es ihr mit den wenigen Dingen gelingen würde, sich heimischer zu fühlen, wusste sie noch nicht. Aber es war ein Versuch. Sie hoffte immer noch, dass sie wieder nach Son Banya zurückkehren konnte. Auch wenn Juan ihr eindringlich erklärt hatte, dass die Siedlung spätestens in einem Jahr dem Erdboden gleichgemacht sein würde. Durften die Behörden wirklich eine ganze Wohngegend abreißen? Hatten die Einwohner nicht auch Mitspracherecht? Ihr Sohn hatte geringschätzig gelacht, als sie ihn danach gefragt hatte. Er hatte ihr keine Antwort gegeben.
Udo Lämmermann unterbrach ihre abschweifenden Überlegungen.
»Sie sind umgezogen?«
»Ja. Ich wohne jetzt hier in Puerto Sóller. Es war schon immer mein Lieblingsort auf Mallorca. Direkt am Meer zu leben, ist ein Traum, den ich schon lange hatte.«
»Wo haben Sie den vorher gewohnt?«
»In einem Vorort von Palma. Dort war es lange nicht so schön wie hier. Aber seit meiner Kindheit war es mein Zuhause.

Ich bin in dieser Siedlung aufgewachsen und meine ganze Familie hat dort gelebt.«
Diana hatte Pilar noch nie so gesprächig erlebt. Sie staunte, wie gut ihr Bruder und sie miteinander auskamen.
»Im Meer gebadet habe ich zum ersten Mal, als ich fast doppelt so alt war wie María.«
»Das ist nicht zu glauben!«
»Das sagen Sie, weil Sie keine Ahnung haben von Mallorca. Die Insel besteht nicht nur aus Sommer, Sonne und Partymachen.«
Ihre Stimme wechselte die Tonlage, wurde hart und kalt. Udo schüttelte betroffen den Kopf.
»Natürlich, wie dumm von mir.«
»Wussten Sie, dass im letzten Jahr im Landesinneren für viele Dorfbewohner der tägliche Wasserbedarf auf ein paar armselige Liter reduziert worden ist, während am Strand die Touristen nach jedem Bad im Meer unter die Süßwasserduschen gegangen sind?«
»Das ist sicher gedankenlos. Aber viele Urlauber wissen gar nichts darüber.«
»Ihr Deutschen behauptet, Mallorca zu lieben. Aber die meisten lernen keinen einzigen Mallorquiner wirklich kennen. Außer dem Aufgeben einer Essensbestellung im Restaurant oder dem Ordern von Getränken wechselt ihr keinen zusammenhängenden Satz mit den Einheimischen.«
»Seien Sie nicht so streng mit mir! Ich werde in Zukunft versuchen, mich zu bessern.« Udo hob entschuldigend die Hände. »Bitte, geben Sie mir noch eine Chance. Bis ich das nächste Mal komme, werde ich einen Sprachkurs besuchen und mich nur noch Spanisch unterhalten.«
»Noch besser wäre Mallorquin.«
»Auch gut.« Er legte seine Hand auf ihren Arm und sie ließ es geschehen. Geschickt wechselte er das Thema.

»Wissen Sie, dass ich schon einmal auf der Bühne einen Spanier gespielt habe? Es ging in dem Stück um die Diskriminierung ausländischer Arbeitnehmer in Deutschland. Mit meinen dunklen Haaren war ich der einzige im Ensemble, der einen Südländer überzeugend darstellen konnte.«
»Und das, ohne Spanisch zu können?«
»Ich musste nur in gebrochenem Deutsch mit spanischem Akzent sprechen.« Udo gab eine Kostprobe.
»Señorita, isch nicht abe unger, isch dürste nach Ihre erz.«
Pilar musste wider Willen lachen und ließ sich ablenken.
Sie redeten über Hollywood und alte Filme, die sie beide gesehen hatten.
»Ist nicht auch der Film *Cloud Atlas* hier gedreht worden?«
»Genau, das war 2011. Ich habe einige Schauspieler, die darin mitspielten, sogar persönlich im Es Passeig sitzen sehen.« Sie deutete lebhaft in Richtung des Restaurants, das ein Stück weiter vorn an der Strandpromenade lag.
»Oh, da beneide ich Sie. Wie aufregend.«
»Ja, es war spannend, über die Schauspieler in den Zeitschriften zu lesen und sie gleichzeitig in der Stadt zu treffen. Den Film fand ich allerdings dann ziemlich enttäuschend.«
»Er ist gar nicht so erfolgreich gelaufen.« Auch Christin beteiligte sich an der Unterhaltung.
Pilar bestellte sich noch einen Kaffee und Udo trank ein Glas Prosecco. Diana beobachtete die Kinder. Sie hüpften ausgelassen im Wasser herum.
»Im Hafen ist erst vor zwei Jahren *Ein ganzes halbes Jahr* gedreht worden. Ich habe in Deutschland davon in der Zeitung gelesen. Haben Sie den Film auch gesehen?«
»Nein. In den letzten Jahren war ich nicht im Kino.«
Bevor Udo weiterfragen konnte, wurden sie von einem lauten Schrei Dianas unterbrochen. Sie war aufgesprungen und in Richtung Meer gelaufen. Pilar, Christin und Udo waren so in ihre Unterhaltung vertieft gewesen, dass sie

nicht mitbekommen hatten, dass die beiden Kinder immer weiter ins Meer hinausgewatet waren. Das Wasser verlief einige Meter flach und fiel dann steil ab. María war zu weit hinausgelaufen und hatte den Grund unter den Füßen verloren. Sie ruderte panisch mit den Armen und Max versuchte, sie herauszuziehen. Aber er war viel zu klein und zart, um seiner Freundin eine Hilfe zu sein.

Diana war zwar dick, aber da sie täglich zum Schwimmen ins Meer ging, beweglich. Sie rannte hinunter zum Strand, stürzte sich ohne zu zögern ins Wasser und kraulte zu dem Kind. Resolut packte sie María an den Schultern, sprach beruhigend auf sie ein und schwamm mit ihr zurück ans Ufer. Bevor noch andere Badegäste bemerkten, welches Drama sich beinahe vor ihren Augen abgespielt hätte, war es vorüber.

Udo, Christin und Pilar rannten ebenfalls zum Wasser hinunter, als sie Diana davonlaufen sahen. Pilar war völlig atemlos und wirkte, als würde sie gleich umfallen. Blass und zitternd bot sie einen erbarmungswürdigen Anblick, während María gar nicht wirklich bewusst war, in welcher Gefahr sie sich befunden hatte. Diana stand tropfnass in ihrem vormals weiten Fußballshirt, das nun eng an ihrem Körper klebte, im Sand. Ihre Haare, die sonst in wuscheligen Locken ihren Kopf umrahmten, pappten ihr an der Haut.

»Was hast du dir nur dabei gedacht? Ich habe doch gesagt, dass du ganz am Rand bleiben sollst.«

»Du musst nicht schimpfen, nana, ich bin doch schon groß.« María verstand die ganze Aufregung nicht. Sie hatte zwar Wasser in die Nase bekommen, aber weil Max ganz in ihrer Nähe gewesen war, hatte sie keine Angst verspürt und war sich nicht bewusst gewesen, dass sie hätte ertrinken können.

»Aber du kannst noch nicht richtig schwimmen. Morgen besorge ich dir sofort ein paar Schwimmflügel. Ohne die gehst du dann nicht mehr ins Wasser.«
»Schwimmflügel sind doch nur für Babys.« María war beleidigt.
»Jetzt kommst du mit. Wir fahren nach Hause.«
»Ich will aber noch mit Max Fußball spielen.« María stampfte zornig mit dem Fuß auf.
»Du bedankst dich jetzt sofort bei Diana und dann geht's nach Hause.«
Bevor es zu einer weiteren Auseinandersetzung zwischen den beiden kommen konnte, entdeckte María ihren Vater, der suchend am Strand entlanglief und rannte ihm freudig winkend entgegen.
Juan Sánchez fing seine Tochter auf und wirbelte sie durch die Luft. Sie jauchzte und plapperte fröhlich mit ihm auf Spanisch. Er begrüßte alle kurz und stellte sich vor, wirkte aber furchtbar in Eile. Deshalb packte Pilar hektisch ihre Strandtasche und verabschiedete sich.
»Vielen Dank. Sie haben ihr das Leben gerettet.« Pilar umarmte die pudelnasse Diana und küsste sie rechts und links auf die Wangen. Diese winkte ab.
»Ich bitte Sie, das war doch selbstverständlich.«
»Nein, das war es nicht. Bitte nennen Sie mich Pilar. Ich würde mich gerne mit Dir duzen, wenn du einverstanden bist.« Diana wurde rot vor Freude.
»Gerne.« Die beiden Frauen umarmten sich noch einmal, ohne zu beachten, dass Juan Sánchez in nervöser Eile neben ihnen stand und zum Aufbruch drängte.
»Vielleicht überlegen Sie es sich doch noch und kommen morgen mit auf eine Spritztour über die Insel?«
Udo Lämmermanns Blick zeigte deutlich, wie gern er die Spanierin mochte. Aber Pilar erteilte ihm eine Absage. »Sie

wissen doch, dass ich mit dem Einrichten meiner neuen Wohnung beschäftigt bin.«
»Wie schade.«
»Viel Spaß beim Erkunden von Mallorca.« Sie eilte ihrem Sohn und der Enkeltochter hinterher, die schon ein paar Schritte vorausgegangen waren.
»Was für eine interessante Frau!« Bewunderung lag in Udo Lämmermanns Stimme.
Diana grinste ihren Bruder an. »Pilar Martinez ist mindestens fünf, wenn nicht gar zehn Jahre älter als du. Und sie ist mit Leib und Seele Mallorquinerin. Niemals wird sie sich mit einem deutschen Touristen einlassen.«
»Was weißt du denn schon, Schwesterchen. Vielleicht gelingt es mir, sie ein bisschen fröhlicher werden zu lassen. Sie sieht so unglücklich und vom Leben gezeichnet aus. Sie rührt mich. Und Charme hat sie auch.«
»Träum weiter, du Spinner!« Sie klopfte ihm liebevoll auf die Schulter, wohl wissend, dass er gar nicht auf der Suche nach einer festen Beziehung war. »Lasst uns noch einen Prosecco trinken. Danach, gehe ich heim unter die Dusche und brause mir das Salzwasser aus den Haaren.«

ZWÖLF

Am Abend trafen sie sich vor dem Hotel Marinara. Obwohl die Sonne im Meer versunken war, fühlte sich die Luft warm und samtig an. Eine Band hatte ihre Instrumente zwischen den gemütlichen Sitzsofas aufgebaut und spielte Lieder, die besonders die ältere Generation auf die Tanzfläche lockten. Stimmengewirr in Spanisch, Englisch und Deutsch war zu hören.

Diana war nicht mehr zu halten. Sie zog ihren Bruder mit sich, er folgte ihr anfangs nur widerstrebend, aber nachdem die Gruppe Joe Cockers Hit *Unchain my heart* spielte war auch er total begeistert.

»Mein Gott, war ich lange nicht mehr tanzen.«

Udo nutzte eine Musikpause, um sich den Schweiß von der Stirn zu wischen.

»Das solltest du aber öfter tun. Es ist das reine Vergnügen. Ich treffe mich oft zur Tanzparty mit meinen Freundinnen.«

Udo verzog das Gesicht. »Gibt es hier so wenig Männer, die du zum Tanzen auffordern kannst?«

Diana grinste ihn herausfordernd an. »Denke nur nicht, dass wir Frauen nicht ohne euch klarkommen.«

»Dass du dein Leben sehr gut allein meisterst, habe ich schon mitgekriegt.«

»Naja, ab und zu ist ein Mann trotzdem ganz nett.«

»Hast du also doch jemanden?«

»Klar, aber das geht dich nichts an. Es ist eine Beziehung, bei der ich selbst noch nicht weiß, was daraus werden kann.«

»Klingt geheimnisvoll.«

»Ach Quatsch. Vielleicht stelle ich ihn dir in den nächsten Tagen mal vor. Ihr werdet euch sicher gut verstehen. Er arbeitet hier im Restaurant. Heute hat er aber im Innenbereich Dienst, sonst hätte ich euch schon bekannt gemacht.«

Die Musik setzte wieder ein und sie tanzten zu einem langsamen Foxtrott weiter.
»Nähst du eigentlich noch deine Patchwork-Decken?« Udo erinnerte sich, dass Diana während ihrer Ehe ganz verrückt danach war, die unterschiedlichsten Stoffe zu sammeln und daraus phantasievolle Wandbehänge und Decken zu gestalten. Oft hatte sie gejammert, dass ihr die Muße fehlen würde, ihr Hobby auszuführen.
»Manchmal. Eine ganze Kiste voller Stoffe steht noch in meinem Gästezimmer. Aber, ob du es glaubst oder nicht, ich habe so gut wie keine Zeit dafür. Alle Tage sind schrecklich ausgefüllt.«
Udo bekam einen Lachanfall. »Ist das jetzt Jammern auf höchstem Niveau?« Diana stimmte mit in sein Lachen ein.
»Du weißt doch selbst, dass Leute, die keiner geregelten Arbeit nachgehen, nie Zeit haben. Schau dir die Rentner an, die sich alle hier tummeln. Immer im Stress und eilig, als wären sie auf der Flucht. Ich bin ein glänzendes Beispiel dafür, dass die Generation 50 Plus unter Zeitdruck steht! Ich habe jede Menge Ideen, was ich noch alles tun könnte, wenn ich mehr Zeit hätte.« Sie stockte einen Moment und fügte dann hinzu. »Vieles ist aber auch unnötiger Quatsch. Vielleicht sollte ich wirklich wieder mit Patchwork anfangen. Oder einen Yoga-Kurs für Oldies am Strand anbieten oder ich mache eine Tanzschule für Dicke auf. Meinst du das wäre was?«
»Daran habe ich keine Zweifel! Du tanzt wie der Teufel, ich bin schon völlig fertig.«
»Heute ist übrigens Tag des Neuanfangs und der bizarren Ideen.«
»Tatsächlich?«
»Natürlich nicht. Aber wir könnten ihn dazu küren.«
»Oder wir wählen für diesen Abend das Thema Ich trinke ein großes Bier in fünf Minuten.« Diana schaute ihn lachend

an. »Könnte es sein, dass du durstig wie ein Kamel in der Wüste bist?«
»Du kennst mich immer noch sehr gut, große Schwester! Lass uns etwas zu trinken bestellen und verschnaufen.«
Arm in Arm gingen sie zum Tisch zurück. Christin und Max waren schon lange in ihrem Hotelzimmer verschwunden. Als die Band ein Lied anstimmte, das auch Konstantin oft gespielt hatte, hatte Max zu weinen angefangen. Christin war ebenfalls den Tränen nahe gewesen, als sie ihn in den Arm nahm, um ihn zu trösten.

»Mein Gott, macht das Spaß, mit dir zu tanzen.« Diana war außer Puste, als sie sich in eines der Sofas fallen ließ. Ein Kellner kam und fragte nach ihren Wünschen. Kurz sah Diana, dass Antonio am Eingang stand und zu ihnen herüberschaute. Sein Gesicht war finster und Diana stellte mit Verwunderung fest, dass er anscheinend eifersüchtig auf ihren Bruder war.
»Bringen Sie uns bitte zwei große Bier. Wir haben Durst wie eine ganze Kamelherde.« Sie wollte zu Antonio hinüberlaufen, aber als sie aufstand, war er wieder hinein gegangen.
Sie alberte mit Udo herum, umarmte ihn stürmisch und gab ihm einen Kuss auf die Backe, als er ihr versicherte, dass er schon seit Jahren nicht mehr so viel Spaß mit einer Frau gehabt hätte, wie mit ihr.
Sie tanzten bis zur letzten Zugabe und sangen beide ausgelassen die Texte der Schlager mit.
Es war Mitternacht, als sie sich voneinander verabschiedeten. Udo ging in sein Hotelzimmer im Marinara und Diana machte sich auf den Heimweg.
»Diana, warte. Ich muss mit dir reden.« Antonio kam ihr atemlos hinterhergerannt, als sie noch keine hundert Meter gegangen war.

»Hallo Antonio, wie schön dich zu sehen. Wollen wir noch ein Glas Wein bei mir trinken?«
»Ich weiß nicht, ob das ein guter Plan ist.« Der fast immer gut gelaunte Antonio klang unfreundlich, sein Gesicht war missmutig.
»Was ist los? Gönnst du mir das Tanzen nicht? Du weißt doch, dass ich liebend gerne mal mit dir ausgehen würde, aber bei deinen unmöglichen Arbeitszeiten haben wir nie eine Chance einmal einen ganzen Abend zusammen zu verbringen.«
»Das hat vorhin nicht so ausgesehen, als ob du mich zum Tanzen brauchst. Dein Kavalier hat sich ganz schön rangeschmissen.«
»Mensch, du Dussel, das ist doch mein Bruder.«
Antonio schüttelte ungläubig den Kopf. Er schaute sie verständnislos an.
»Ist das wirklich wahr?«
»Natürlich, ich schwöre.« Sie lachte schallend. Dann gab sie ihm einen Kuss und schmiegte sich eng an ihn.
»Wie schön, dass du eifersüchtig bist. Komm, wir machen es uns bei mir gemütlich und ich zeige dir, wie gern ich dich habe.« Diana und Antonio unterhielten sich stets in einer Art Kauderwelsch, eine bunte Mischung aus Deutsch, Spanisch und Englisch.
»Eine gute Idee, Diana. Aber ich wollte dich auch wegen der Leute von heute Nachmittag sprechen.«
»Wen meinst du?«
»Den Sánchez-Clan. Du solltest nicht mit dieser Familie zu freundschaftlich verkehren.«
»Meinst du María und Pilar Martinez?«
»Genau. Und auch Juan Sánchez, den Vater von María. Sie waren doch heute alle mit euch unten am Strand. Ich habe euch gesehen, als ich zur Arbeit gegangen bin.«

»Ja, und? Wir haben uns zufällig kennengelernt. Ich verstehe mich gut mit Pilar. Endlich mal eine Spanierin, eine waschechte Mallorquinerin, in meinem Freundeskreis.«
»Sei vorsichtig! Die Sánchez-Familie lebt von Prostitution und Drogenhandel. Das sind gitanos.«
»Das glaube ich dir nicht. Bestimmt verwechselst du sie mit jemandem. Pilar hat mir etwas von einer Firma erzählt, wenn ich mich recht erinnere. Was heißt überhaupt gitanos? Das Wort kenne ich nicht.«
»Gitanos sind …«, er suchte nach einer Erklärung. »Genau kann ich es dir auch nicht sagen, aber ich glaube, bei euch heißen sie Zigeuner.«
Diana funkelte ihn zornig an. »Das ist rassistisch. Absolut unmöglich. Roma ist die richtige Bezeichnung.«
»Entschuldige, ich will niemanden beleidigen. Ich weiß aber sicher, dass diese Frau mit Vorsicht zu behandeln ist. Du hast einen falschen Eindruck von ihr bekommen.«
»Pilar Martinez ist gerade erst hierhergezogen. Sie hat in einer anderen Ecke von Mallorca gelebt, in einem Vorort von Palma. Jetzt sucht sie ein bisschen Anschluss. Sie ist froh, dass sich María und Max so gut verstehen. Wir sind zwei Frauen im gleichen Alter und verbringen etwas gemeinsame Zeit zusammen am Strand. Das ist alles. Kein Grund sich aufzuregen!«
»Nein. Pilar Martinez hat nicht in einem Vorort von Palma gelebt. Sie hat dir ein Märchen aufgetischt. Sie ist gerade erst aus dem Gefängnis entlassen worden. Ihr Ehemann wurde vor fünf Jahren bei einem Krieg zwischen zwei Clans schwer verletzt und ihr Sohn ist bekannt für seine brutalen Machenschaften. Er hat die Geschäfte des Sánchez-Clans geführt, als Pilar Martinez im Knast saß. Jetzt wird sie sich sicher wieder selbst darum kümmern.«
Diana konnte nicht glauben, was er ihr erzählte. War er eifersüchtig auf ihre neue Freundin? Oder hatte er recht?

Sie liebte Antonio. Aber manchmal bemerkte sie, dass er es nicht besonders mochte, wenn sie begeistert von neuen Bekanntschaften erzählte.

»Woher weißt du so genau Bescheid über diese Familie?«

»Ich höre täglich Insel-Radio und lese die Zeitung. Außerdem gab es auch in meiner Familie immer wieder Drogenprobleme. Mein Großvater stammt aus Kolumbien und ist nach Europa ausgewandert, weil er aus dem Milieu der Dealer, Gauner und Junkies herauskommen wollte.«

»Das hast du mir nie erzählt!«

»Warum sollte ich? Das ist lange vorbei. Er hat sich auf der Insel angesiedelt und mein Vater ist ein geborener Mallorquiner, genau wie ich. Wir haben mit dem Drogenhandel nichts zu tun. Mein Vater hat ein Lokal in Valldemossa.«

»Aber du scheinst dich ja genau über diese Clans zu informieren.«

»Über die Drogen-Clans wird seit Jahren ausführlich berichtet. Vielleicht schreiben sie nicht darüber in der deutschsprachigen Mallorca-Zeitung, weil Auswanderer und Touristen nur an den schönen Seiten der Insel interessiert sind.«

»Hältst du mich für sehr einfältig?«

»Gar nicht. Nur für leichtgläubig.«

»Da bist du der gleichen Meinung wie Comisario Casas. Allerdings hat der mich nicht nur vor dem Sánchez-Clan, sondern auch vor dir gewarnt!« Sie lachte, um ihren Worten die Schärfe zu nehmen.

»Ich hoffe, du glaubst ihm kein Wort. Ich würde dir nie etwas Böses antun! Da irrt er sich.«

»Natürlich. Lass uns über etwas anderes reden. Bestimmt irrst du dich genauso wegen Pilar. Der Abend war so herrlich, ich möchte ihn nicht mit so hässlichen Gesprächen ausklingen lassen.«

»Bitte versprich mir, vorsichtig zu sein!«

»Okay, versprochen, aber nur, wenn du mich auf der Stelle küsst.«
Antonio musste lachen und nahm sie in den Arm. Es dauerte eine ganze Weile, bis er seine Lippen wieder von ihren löste. Sie war atemlos und ihr Herz klopfte stürmisch.
»Ich liebe dich.«
»Ich dich auch. Geh schon voraus. Ich muss noch meine Abrechnung fertigmachen. Wenn du nichts dagegen hast, bringe ich eine CD mit. Ein bisschen Kontrastprogramm zur Schlagermusik heute Abend.«
»Wunderbar.« Diana wusste, dass Antonio spanische Popmusikerinnen liebte. Er mochte am liebsten Stücke von Shakira und Gloria Estefan, die er sehr verehrte. Wenn er deren Musik lauschte, konnte er völlig in andere Welten abdriften.

Als es eine halbe Stunde später bei ihr klingelte, drückte sie sofort den Türöffner und stand schon in der Wohnungstür, als Antonio die Treppe heraufkam. Sie hielt eine Flasche Cava in der einen Hand und zwei Gläser in der anderen. Diana trug ein buntes, zeltartiges Strandkleid mit einem Muster aus fröhlichen Farbkleksen und sah frisch und munter aus, als wäre nicht Mitternacht längst vorbei. Er hatte auf dem Weg kurz überlegt, ob er nicht telefonisch absagen sollte, weil er müde vom Arbeiten war. Ihr Anblick machte ihn wieder munter.
»Ich nehme an, du hast heute noch nichts Ordentliches gegessen?« Sie lief vor ihm her in die Küche, stellte die Gläser auf den Tisch, ließ den Sektkorken an die Decke knallen und füllte sie bis zum Rand.
»Weißt du, wie spät es ist?«
»Zeit war bei mir noch nie eine Komponente für mein Hungergefühl. Lass uns mal nachsehen, was noch im Kühlschrank zu finden ist.« Er lächelte amüsiert, als sie den Kühlschrank öffnete.

»Bevor wir uns den freudigen Dingen zuwenden, habe ich noch eine Bitte. Könntest du mir vielleicht morgen früh für eine Stunde dein Mietauto leihen? Ich müsste meinen Wagen in die Werkstatt bringen und ein Freund könnte mich dann mit deinem Auto wieder zurückfahren.« Er schaute verlegen. Es war das erste Mal, dass er Diana um einen Gefallen bat. Deshalb war es ihr unangenehm, dass sie schon ihrem Bruder versprochen hatte, den Wagen für eine Rundfahrt nehmen zu können.
»Sorry, aber daraus wird nichts. Zumindest nicht am Vormittag. Wenn du den Termin auf den Nachmittag verlegen kannst, ist es sicher kein Problem.«
»Nein, vergiss es. Dann leihe ich mir den Wagen von einem Kollegen aus dem Hotel.«
Diana zog eine köstlich aussehende Auflaufform aus dem Kühlschrank, die sorgfältig mit Klarsichtfolie abgedeckt war.
»Hey, du hast schon ein Mitternachtsmahl für uns geplant, als du noch gar nicht wusstest, ob ich Zeit habe? Das liebe ich so an dir. Du hast zu jeder Tages- und Nachtzeit Appetit.«
Sie drehte sich vom Kühlschrank weg zu ihm um.
»Da liegst du richtig. Appetit habe ich immer. Aber nicht nur auf gutes Essen. Und ...« Sie hob eine Augenbraue und lächelte ihn verführerisch an.
»Und?«
»Ich habe unter meinem Kleid nichts an. Das Ausziehen ist in einer Sekunde erledigt. Der Auberginenauflauf braucht mindestens eine halbe Stunde im Backofen. Es wäre also reine Zeitverschwendung hier wartend in der Küche herumzustehen.«
»Hm. Naja, so hungrig bin ich eigentlich noch gar nicht.«
»Heißt das, du bist auch der Meinung, wir sollten die Zeit sinnvoll überbrücken?«
»Unbedingt.«

DREIZEHN

Am nächsten Morgen, als Diana wach wurde, war Antonio, so wie immer, verschwunden. Sie waren nebeneinander eingeschlafen, aber er musste sich schon im Morgengrauen hinausgeschlichen haben und nach Hause in seine eigene Wohnung, die sie nicht kannte, gegangen sein. Er lebte in Valldemossa und erzählte nie viel von sich selbst. Sie war gestern total überrascht, als er ihr von seinen kolumbianischen Vorfahren erzählt hatte. Auch, dass seine Eltern ein Lokal in Valldemossa hatten, erstaunte sie. Warum arbeitete er nicht dort, sondern bediente in einem Restaurant in Sóller? Er war ihr immer aufgeschlossen und ehrlich vorgekommen, aber wieso erzählte er so wenig aus seinem Privatleben und ließ sie nicht daran teilhaben? Noch nie hatte er sie zu sich eingeladen, obwohl sie sich schon seit zwei Jahren kannten. Immer trafen sie sich bei ihr. Über Nacht war er noch nie geblieben. Diana fragte auch nicht, warum er ging, bevor sie aufwachte. In ganz ehrlichen Momenten gestand sie sich ein, dass sie Angst davor hatte, er würde sagen, dass er ihren Anblick am Morgen nicht ertrug. Sie war immerhin zehn Jahre älter als er und sie wog bestimmt das Doppelte von ihm. Wehmütig blickte sie auf das zerdrückte Kopfkissen und den leeren Teil des Bettes. Sie hatten letzte Nacht viel Spaß miteinander gehabt. Diana mochte es, wenn er sie mit einer Leidenschaft liebte, die sie bei ihrem Ehemann nie erfahren hatte. Aber war diese Leidenschaft auch Liebe, die Bestand haben konnte? Sie mied es in den Spiegel zu schauen, als sie nackt ins Bad ging, um zu Duschen. Es gab nicht oft diese Tage der Selbstzweifel, aber an manchen Morgen vermisste sie einen Menschen, der den Alltag mit ihr teilte, dessen Zeit nicht auf ein paar wenige Stunden begrenzt war.

Sie hatte sich mit ihrer Familie zum Frühstücken im Hotel verabredet. Udo sah noch verschlafen aus, als er in den Speisesaal kam und sich die erste Tasse Kaffee am Büffet einschenkte. Christin hatte bereits seit einer Stunde auf sie gewartet. Sie stand nervös am Eingang vor der geöffneten Glastür, die den Speisesaal von der Strandpromenade trennte, in einer Hand hielt sie eine Tasse Tee, in der anderen eine angerauchte Zigarette, als Diana ankam.

»Wie lange habt ihr denn gestern Abend gefeiert, dass ihr nicht aus den Federn kommt?«

»Entspann dich, wir waren ganz brav. Nur ein kleines Tänzchen unter Geschwistern. Udo ist schon kurz nach Mitternacht ins Bett.« Diana legte ihr den Arm um die Schultern. »Bei der nächsten Tanzveranstaltung musst du mitmachen. Dann lassen wir Max einfach auch tanzen oder ich spiele mal den Babysitter und du bist an der Reihe mit Partymachen.« Christin lächelte. Sie mochte ihre Tante. Die Selbstverständlichkeit, mit der sie Max und sie in ihre Lebensweise miteinschloss, gefiel ihr. Sie hatte die halbe Nacht wachgelegen und geweint. Obwohl sie Konstantin schon lange nicht mehr geliebt hatte, war er doch ihre große Liebe gewesen. Sein Tod brachte alle schönen Erinnerungen wieder zurück und hatte sie in den dunklen Nachtstunden mit einer großen Welle der Traurigkeit überspült. Aber das würde sie niemandem erzählen.

Gegen Morgen war sie in einen unruhigen Schlaf gefallen, aus dem sie angespannt und nervös erwacht war. Am liebsten wäre sie sofort zurück nach Deutschland geflogen, um ihre Aufträge zu bearbeiten. Wie sollte sie es in Zukunft schaffen, ohne die finanzielle Unterstützung von Konstantin über die Runden zu kommen? Würde sie sich selbst, Max und ihren Vater über Wasser halten können?

Diana spürte die unglückliche Anspannung, die auf Christin lastete, deshalb schlug sie ihr vor, den Tag in Palma mit

Shoppen zu verbringen. Ablenkung würde ihr guttun. Sie wollten mit dem Bus bis in die Innenstadt fahren und durch die Läden bummeln.

»Männer unerwünscht«, machte Diana schon am Frühstückstisch klar, als Max interessiert nachfragte, ob es in der Stadt auch einen Laden für Fußballschuhe gäbe.

»Dann machen wir beide einen Ausflug mit dem Auto«, schlug Udo seinem Enkel vor. »Was hältst du davon, wenn wir die Küstenstraße entlangfahren? Da gibt es jede Menge Kurven und Piratentürme, von denen aus wir aufs Meer schauen können. Marías Oma hat doch gesagt, dass wir diese Tour unbedingt machen sollten.«

»Klasse, nur wir beide?«

»Klar. Wir unternehmen einen richtigen Männerausflug.«

Max war begeistert. Sie machten sich sofort nach dem Frühstück auf den Weg, begleitet von tausend Ermahnungen der Frauen.

»Reibt euch mit Sonnencreme ein, vergesst nicht die Hüte aufzusetzen, lasst Max Notfallset gegen Allergien nicht im Auto liegen, wenn ihr euch etwas anschaut, nehmt euch Wasser mit und vergesst nicht genügend zu trinken…«

»Man könnte meinen, wir treten eine Expedition in unbewohntes Gebiet an!« Udo nahm Max Rucksack und packte augenzwinkernd eine große Packung Schokoladenkekse in die Seitentasche. »Damit wir unterwegs nicht verhungern müssen. Komm Großer, es wird Zeit, dass wir uns ins Abenteuer stürzen.«

Der Mietwagen war auf dem bewachten Parkplatz des Hotels geparkt. Sie fuhren auf der Küstenstraße bis kurz vor Deiá. Dort bog Udo rechts ab und sie machten einen Abstecher hinunter in die Bucht. Es war ein stürmischer Tag. Außer ihnen waren kaum Touristen unterwegs. Die beiden Restaurants hatten noch nicht geöffnet, nur ein paar ganz Mutige wagten sich über den steinigen Strandabschnitt und waren damit beschäftigt, mit dem Handy Selfies zu knipsen, beständig darauf bedacht, den Wellen auszuweichen, die unberechenbar vom offenen Meer in die Bucht donnerten. Max traute sich nicht über eine steinige Stelle zu springen, die knietief überflutet war. Zaghaft klammerte er sich an die Hand seines Opas, fast den Tränen nahe. Er war schon mit rot geränderten Augen aufgewacht und im Laufe der Autofahrt hatte Udo beobachten können, wie sich seine Atmung verschlechterte.

»Komm, wir gehen zurück zum Auto und du nimmst ein paar von deinen Tropfen. Dann fahren wir noch ein Stück.« Er hoffte, dass es Max bei geschlossenen Fenstern im Wagen bessergehen würde. »Ich habe im Reiseführer gelesen, dass es auf den Wanderwegen in Richtung Westen Erdbeerbäume gibt.«

»Das glaube ich dir nicht. Du willst mich bestimmt nur anschmieren.«

»Nein, Ehrenwort. Aber es sind nicht die Erdbeeren, die du von zuhause kennst. Sie sehen ihnen nur ähnlich und heißen deshalb genauso.«

»Und schmecken sie auch so?«

»Keine Ahnung! Wir sollten sie uns ansehen. Vielleicht finden wir dort auch eine Eisdiele, die Erdbeereis daraus macht.«

Max hustete und schniefte, aber der Gedanke, dass Erdbeeren an Bäumen wuchsen, begeisterte ihn. Er vergaß für den Moment seine Allergien und schaute interessiert aus dem Fenster. Vor Valldemossa bogen sie rechts ab, folgten den Straßenschildern Richtung Andratx. Die Straße wurde schlechter, Schlaglöcher erforderten Ausweichmanöver und die fehlende Straßenbegrenzung verlangte erhöhte Achtsamkeit. Es kamen weniger Fahrzeuge entgegen, aber Udo musste sehr konzentriert fahren. Ein paarmal hielt er an, um einen Lastwagen vorbei zu lassen. Kurz vor Estellencs

begann Max nörglerisch zu werden, er langweilte sich und hatte keine Lust mehr zum Weiterfahren. Udo hatte im Reiseführer gelesen, dass in dem Örtchen Estellencs ein Schrottkünstler aus verrostetem Alteisen einen Maulesel in Lebensgröße geschweißt hatte, der am Wegrand stand. Den hätte er sich gerne angesehen, aber als auf der rechten Straßenseite ein Wanderparkplatz ausgeschildert war, auf dem er den Wagen unter einem schattenwerfenden Baum abstellen konnte, fuhr er kurz entschlossen in eine der Parkbuchten.
Max packte seine Trinkflasche aus dem Rucksack, den er immer mit sich herumschleppte und suchte nach dem Fotoapparat, den Christin ihm für den Ausflug ausgeliehen hatte.
»Ich muss die Erdbeerbäume für Mama fotografieren. Sonst glaubt sie uns nie, dass es die wirklich gibt.«
»Genau. Und vergiss dein Notfallset nicht!«
Udo versuchte hinter einen der Sitze zu krabbeln.
Während der kurvenreichen Fahrt war ständig der Erste-Hilfe-Kasten unter dem Beifahrersitz hin- und her gerutscht. Das Klappern hatte Udo nervös gemacht, deshalb wollte er den Kasten in den Kofferraum legen. Er stellte fest, dass die Plastikkiste nicht richtig verschlossen war. Irritiert sah er, dass darin weder Verbandsmaterialien, noch Schere und Einmalhandschuhe lagen, sondern nur ein Stoffbeutel, der ein weißes Pulver enthielt. Sie hatten am vergangenen Tag oft genug darüber nachgegrübelt, mit welchen Drogen Konstantin Matern gehandelt haben könnte und was die Männer, die sein Zimmer durchsucht hatten, wohl finden wollten.
Udo wusste sofort, was er in Händen hielt. Ihm brach der Schweiß aus, als ihm klar wurde, dass sich in dem Beutel wahrscheinlich ein Vermögen befand. Deshalb hatte jemand Konstantins Freundin krankenhausreif geprügelt. Er hatte die Drogen nicht im Hotelzimmer versteckt, sondern im Verbandskasten des Mietwagens. In seinem Kopf herrschte ein wirres Durcheinander.

»Opa, was machst du denn so lange?« Max wollte endlich loslaufen.
»Warte mal, wir müssen noch etwas mitnehmen.« Udo sah sich suchend um.
»Kannst du nicht deinen Fußball im Auto lassen und dafür diesen Beutel für mich in den Rucksack stecken?«
Widerstrebend erklärte Max sich dazu bereit.
»Na gut, aber du musst mir versprechen, dass wir später noch eine Runde kicken.«
»Versprochen. Wenn wir die Erdbeerbäume fotografiert haben, machen wir aber erst noch einen Abstecher zur Polizei. Ich glaube, ich habe gerade etwas Wichtiges gefunden. Und du darfst es jetzt tragen. Es ist wertvoll. Wir müssen gut darauf aufpassen.«
»Oh ja, vielleicht darf ich mich mal in ein Polizeiauto mit Sirene setzten, wenn wir es zur Polizei bringen.«
»Vielleicht. Aber versprich mir, dass du es niemandem erzählst. Dieser Beutel ist unser Geheimnis.«
»Warum ist es ein Geheimnis?«
»Das gehört Verbrechern, die machen damit schlimme Dinge. Es macht Menschen krank und manchmal sterben sie.«
»So wie mein Papa? Hat es ihm gehört?«
»Ich weiß es nicht. Aber wir müssen es möglichst bald zur Polizei bringen. Es ist gefährlich.« Udo seufzte. »Was meinst du, wollen wir die Suche nach den Erdbeerbäumen verschieben und gleich nach Palma zum Polizeipräsidium fahren?«
»Ach Opa, du hast aber versprochen, dass wir Erdbeeren von den Bäumen pflücken.«
Typisch Kind, noch nicht einmal die Aussicht, zu einem echten Polizeipräsidium zu gehen, konnte ihn von den sonderbaren Erdbeeren direkt vor seiner Nase ablenken. »Gut, dann lass uns losgehen.«

Udo versuchte sich nichts von seiner Unruhe und Aufgeregtheit über den Fund anmerken zu lassen. Er dachte, es spiele keine Rolle, ob sie eine halbe Stunde früher oder später ihren Fund bei der Polizei abgeben würden.

Nach fünfzehn Minuten Laufen auf dem unebenen Wanderweg, bekam Max keine Luft mehr. Sein Gesicht war schweißnass und er atmete schwer.
»Was ist los, Max?«
»Ich brauche noch ein paar von den Tropfen.« Udo half ihm, seine Trinkflasche aus dem Rucksack zu holen und sein Medikament einzunehmen. Kurze Zeit später ging es dem Jungen wieder besser.
Glücklicherweise entdeckte er gleich danach am Wegrand einen der im Wanderführer abgebildeten Erdbeerbäume. Einige Früchte hingen daran, waren aber noch grün.
Max machte mehrere Aufnahmen mit dem Foto, um sie seiner Mutter zeigen zu können. Die Tatsache, dass die Erdbeeren noch nicht reif waren, störte ihn nicht.
»Dann besuchen wir Diana eben im Herbst noch einmal und ernten mit ihr gemeinsam die roten Erdbeeren.« Nachdem die Erdbeeren fotografiert waren, freute er sich auf ihr nächstes Abenteuer: den Besuch der Polizeistation. Er hüpfte fröhlich plappernd neben Udo den Weg zurück.
Kurz bevor sie den Parkplatz wieder erreichten, stoppte er.
»Opa, ich muss mal.«
Weit und breit war niemand außer ihnen unterwegs. Deshalb schlug Udo ihm vor, ein Stück ins Gebüsch zu gehen.
»Aber ich muss groß«, jammerte Max. Er stellte seinen Rucksack, den er die ganze Zeit selbst geschleppt hatte, neben dem Weg ab und kraxelte hinter einen Busch.
Udo suchte in seinen Hosentaschen nach einem Papiertaschentuch, konnte aber keines finden.

»Bleib einfach sitzen. Ich laufe schnell zum Auto und hole dir Papier.«
»Aber beeil dich, Opa.« Max klang weinerlich.
»Ich bin sofort wieder da. Wenn es zu lange dauert, singst du das Lied vom Donnerbalken.«
»Gute Idee.« Max begann sofort die Melodie des Kindergartenliedes anzustimmen. Seine Stimme war zwar kratzig, aber er sang mit Inbrunst: »Auf dem Donnerbalken, saßen zwei Gestalten und sie schrien nach Klopapier ...«
Udo Lämmermann grinste und fiel ein »... und dann kam der Dritte, der sich gar nicht zierte ...« Als Max auch ohne ihn weitersang, beeilte er sich zum Auto zu kommen, um das benötigte Papier zu holen.
Er lief schnell und war in zwei Minuten auf dem Parkplatz. Als er aus dem schmalen Wanderweg auf den geschotterten Bereich trat, auf dem der Mietwagen geparkt war, sah er, dass sich zwei Männer an seinem Auto zu schaffen machten. Neben dem Wagen hatte ein schwarzer Geländewagen geparkt.
Die Beifahrertür und der Kofferraum des Mietwagens standen offen. Max Fußball, Tempotaschentücher und seine Jacke lagen achtlos im Staub.
»Was machen Sie da?«
Die Frage war ihm ohne Nachdenken herausgerutscht. Schon als sich die Gesichter der Männer ihm zuwandten, wusste er, dass er damit einen Fehler begangen hatte.

VIERZEHN

Während Christin mehrere Strandkleider anprobierte, stand Diana in der Nachbar-Umkleidekabine und suchte nach einer Spitzenunterwäsche, die ihre Rundungen gut zur Geltung bringen sollte. Sie begutachtete nach jedem Kleiderwechsel das Aussehen von Christin und gab ihr Urteil dazu ab. Christin war dagegen verlegen, wenn Diana sie befragte, wie sie den einen oder anderen Spitzen-BH fand.

Sie waren schon drei Stunden unterwegs. Anfangs war Christin nur lustlos neben Diana hergegangen, hatte immer wieder auf das Display ihres Handys geschaut und brachte wenig Interesse für die Schaufensterauslagen auf.
Nachdem Diana für sie einfach ein paar Kleider ausgesucht hatte und sie quasi in die Umkleidekabine zwang, hatte sie dann doch Spaß daran, die unterschiedlichsten Outfits zu testen. Gekauft hatte sie noch kein einziges Kleid, aber in Dianas Umkleide türmte sich bereits ein Berg von Hemdchen, Höschen und BHs, die sie alle begeisterten.
»Ich bin gespannt, ob ich Antonio darin gefalle. Was meinst du, steht mir das dunkle Rot besser als Schwarz?«
Diana war gerade in ihrem eigenen Kleid aus der Umkleide gekommen und hatte es sich in einem der Sessel bequem gemacht, die für wartende Ehemänner oder Freundinnen der Kundinnen dort aufgestellt worden waren.
»Du kannst beide Farben tragen. Sie sehen auf deiner gebräunten Haut toll aus.« Christin war müde, sie bereute, mitgefahren zu sein. Einen Einkaufsbummel, der sich über Stunden hinzog, empfand sie als vergeudete Zeit. Im Moment hatte sie wichtigere Dinge im Kopf. Die Mutter Konstantins, die sie noch nie getroffen hatte, hatte ihr eine SMS geschickt und angefragt, ob sie mit Max zur Trauerfeier nach

Köln kommen würde. Außerdem wollte sie wissen, ob sich Christin nicht mit um die Ausgestaltung der Feier kümmern wolle. »Gibt es ein Lied, das Konstantin ganz besonders mochte? Wir wissen nur sehr wenig über unseren Sohn. Bitte helfen Sie uns!«
Christin überlegte, wie sie darauf reagieren sollte. Sie selbst hatte Konstantin nicht viel besser gekannt. Im letzten Jahr hatten sie sich kein einziges Mal gesehen.
»Lass uns einen Cappuccino trinken gehen. Ich nehme einfach beide Teile.« Diana spürte die Lustlosigkeit Christins. Während sie sich umzog, blätterte diese in der deutschsprachigen Mallorca-Zeitung, die jemand auf dem Tischchen neben ihrem Sessel liegengelassen hatte.
In dicken Lettern stand auf der ersten Seite *Rote Rosen für die Chefin des Sánchez-Clans*. Darunter gab es ein Bild zu sehen, auf dem eine jubelnde Menschengruppe fröhlich Rosen schwenkte. Die Frau, der die Hochrufe und Blumen galten, war nicht zu erkennen. Sie stand mit dem Rücken zum Fotografen und war nur unscharf getroffen.
Interessiert las sie weiter:
Die Clan-Chefin wurde freudig in der Freiheit begrüßt. Als sie letzte Woche, nach drei Jahren Gefängnis, aus der Haft entlassen wurde, standen Freunde und Familienangehörige vor dem Eingangstor und bekundeten ihre Freude über die Rückkehr von Pilar Martinez.
»Sag mal Diana, kann es sein, dass das die Frau ist, die wir gestern am Strand getroffen haben? Hieß die nicht auch Pilar Martinez?« Christin zeigte auf die Titelseite der Zeitung, als Diana aus der Umkleidekabine trat.
Diana hielt ihre Einkäufe in der Hand, beugte sich aber neugierig über die Zeitung.
»Ich kann nichts erkennen. Aber Antonio hat mich auch schon darauf angesprochen, dass Marías Oma irgendwas mit Drogen zu tun haben könnte.« Rasch überflog sie die

wenigen Zeilen, dann riss sie die erste Seite aus der Zeitung und steckte sie in ihre Handtasche.
»Klingt so, als wäre es wirklich Pilar Martinez. Kann sein, dass sie mich ordentlich zum Narren gehalten hat!«
Eines der Kleider, die Christin anprobiert hatte, nahm sie mit an die Kasse und bezahlte.
»Es steht dir ausgezeichnet. Ich schenke es dir, weil du so geduldig mit mir unterwegs warst.«
Christin freute sich, wollte es aber nicht annehmen.
»Nimm es bitte. Ich habe mehr Geld, als ich ausgeben kann und ich weiß, dass du sparen musst.«

Im Café orderte Diana einen doppelten Espresso mit Amaretto und eine extragroße Portion Mandelkuchen plus Schlagsahne. In ihren Kaffee rührte sie vier gehäufte Teelöffel Zucker. Christin, die sich nur einen Cappuccino bestellt hatte, schaute tadelnd zu, wie sie den Kuchen in sich hineinschaufelte.
»Mandelkuchen ist ganz typisch für Mallorca. Du solltest ihn auch probieren. Und er ist lebensnotwendig, um meine Nerven zu beruhigen. Ärger macht hungrig.« Sie zog noch einmal den Zeitungsartikel aus der Handtasche.
»Vielleicht liegen wir ganz falsch mit der Vermutung«, versuchte Christin die Situation zu entspannen.
»Kaum. Und ich Idiotin habe die Frau auch noch vor Antonio in Schutz genommen und gedacht, sie könnte eine Freundin werden.«
Dianas Arme zitterten und ihre Hände waren zu Fäusten geballt. Sie machte sie auf und zu, als könnte sie damit die aufziehende Gefahr wegdrücken, die sie wie eine dicke Wolkenwand auf sich zukommen sah.

FÜNFZEHN

»Was machen Sie da?«
Udo hatte den Satz noch nicht zu Ende gesprochen, als einer der Männer auf ihn zu rannte und ihm die Faust in den Magen schlug. Der nächste Hieb traf ihn an der Schläfe. Der Angriff kam so überraschend, dass er sich überhaupt nicht wehrte, sondern nur reglos dastand. Er fiel wie ein geschlagener Baum und schlug mit dem Kopf seitlich auf einen der Steine, die den Weg begrenzten. Sein letzter Gedanke galt Max, dann stürzte er in ein schwarzes Loch, an dessen Ende helles, warmes Licht leuchtete.
»Voca ignorante, du Rindvieh! Damit handeln wir uns eine Menge Ärger ein.«
Juan Sánchez brauchte nur einen kurzen Moment, um sich von dem Schock des Geschehens zu erholen. Er machte aus seinem Ärger über Charlies Handeln keinen Hehl, übernahm sofort das Kommando und befahl, was zu tun war.
»Wir müssen ihn ins Auto legen, damit es nicht gleich jedem Vorüberfahrenden auffällt, was hier los ist.« Es war nicht das erste Mal, dass sie einen Tatort so verlassen mussten, dass keine Spuren von ihnen zurückblieben. Sie zogen den Verletzten in das Auto auf den Beifahrersitz, damit er von der Straße aus nicht zu sehen war.
»Que mierda!« Charlie schwitzte vor Anstrengung. Die Schweißperlen auf seiner Stirn liefen in kleinen Bächen über sein Gesicht in den Hemdkragen und kitzelten ihn am Hals.
»Wir sollten ihn zumindest nicht ganz wie ein unschuldiges Opfer aussehen lassen.«
Juan Sánchez wickelte sich ein Stofftuch um die Hand und steckte Udo Lämmermann ein winziges Beutelchen in die Jackentasche. Sein Gesichtsausdruck war zufrieden, als er

die Tür zudrückte. Dann wischte er sorgfältig alle Fingerabdrücke vom Wagen.
»Was ist, wenn er bei der Polizei redet?«
»Er wird seinen Mund halten. Wenn nicht, ist später immer noch Zeit ihn zum Schweigen zu bringen.«
Sie stiegen in ihr Auto. Es hatte nur ein paar Minuten in Anspruch genommen, bis alles erledigt war.
»War da nicht ein kleiner Junge dabei?« Charlie blickte fragend zu seinem Chef, der am Steuer saß.
»Halt den Mund.« Juan Sánchez war sauer, das war nicht zu übersehen, deshalb schwieg Charlie. Warum war er nicht vorsichtiger gewesen? Es würde unnötigen Ärger mit der Polizei geben und das Rauschgift hatten sie auch nicht gefunden. Pilar Martinez würde nicht begeistert sein, wenn sie ihr von dem Kollateralschaden berichten mussten.
Juan Sánchez wendete das Auto und wartete einen Moment, weil genau in diesem Augenblick ein Linienbus aus Andratx auf dem Weg nach Valldemossa vorbeifuhr und aus der Gegenrichtung eine Gruppe Radrennfahrer die enge Straße blockierte. Die acht italienischen Radfahrer fuhren in Zweierreihen, unterhielten sich lachend und merkten nicht einmal, in welche Gefahr sie sich mit ihrer leichtsinnigen Fahrweise brachten.
Der Verkehr nahm Juan Sánchez' ganze Aufmerksamkeit in Anspruch, deshalb sah er den kleinen Jungen nicht, der mit offener Hose aus dem Waldweg kam und im Schatten der hohen Bäume stehenblieb, bevor er auf den sonnenbeschienenen Parkplatz trat.

Max sah den Geländewagen wegfahren. Er hielt die Hand schützend über die Augen, geblendet von der Helligkeit der Nachmittagssonne.
Als er das Lied vom Donnerbalken fertig gesungen hatte, hatte er in seiner Hosentasche gekramt und ein benutztes

Papiertaschentuch gefunden. Notdürftig hatte er sich den Popo damit abgewischt und war sich sehr abenteuerlich und erwachsen vorgekommen, dass er die Prozedur allein geschafft hatte. Das laute Zwitschern eines Vogels im Gebüsch hatte ihn zusammenzucken lassen. Seine gehobene Stimmung war einer diffusen Angst gewichen. Eilig hatte er den Rucksack geschultert und war den steilen Wanderweg Richtung Parkplatz gelaufen. Er winkte dem wegfahrenden Auto noch hinterher, weil er den Fahrer erkannt hatte. Was machte Marías Papa hier? Ob María auch in dem Auto gesessen hatte? Aufgeregt lief er zu ihrem eigenen Mietauto. Durch das Fenster konnte er erkennen, dass sein Opa darinsaß.

»Hey Opa, mach mal auf. War das eben nicht der Papa von María?«

Er rüttelte an der Tür. Als sein Großvater nicht reagierte, öffnete er selbst die Wagentür.

Der Körper von Udo kippte auf die Seite und landete auf Max. Einen Moment lang lagen Brust und Kopf schwer auf dem Bauch des Jungen, dann rutschte er weiter und fiel auf den Boden. Max krabbelte unter ihm hindurch, glaubte zuerst an einen Scherz, den sich sein Großvater mit ihm erlaubte.

»Aua, du tust mir weh!«, jammerte er, als dieser nicht aufstand. Mühsam kroch er unter ihm hervor, ahnte, dass etwas ganz und gar nicht in Ordnung war.

Dann sah er das Blut an Udos Kopf und auf dem Hemd und begann leise zu wimmern. Sein Gesicht sah überhaupt nicht mehr vertraut aus.

Max umklammerte die Hand des Großvaters, schloss die Augen, als könnte er damit die Tatsache des schrecklichen Geschehens vertreiben und fiel in eine Schockstarre der Angst.

Als eine halbe Stunde später ein Handwerker in seinem Berlingo auf den Parkplatz fuhr, um eine Pinkelpause einzulegen, bevor er zu einem Kunden nach Valldemossa weiterfahren

wollte, bemerkte dieser zuerst gar nichts von der Tragödie, die sich in dem Wagen, der vor ihm parkte, abgespielt hatte. Er wunderte sich darüber, dass die beiden, ein Junge und ein alter Mann, sich direkt neben ihrem Auto ausruhten. Der Junge trug einen Rucksack auf dem Rücken, der prall gefüllt war. Hatten sie sich kein hübscheres Plätzchen für eine Siesta aussuchen können, dachte er noch. Dann sah er das Blut auf dem Hemd des Mannes und stutzte. Vorsichtig näherte er sich dem ungleichen Paar. Dass der Mann schwer verletzt war, sah er sofort. Warum er von dem Kind mit fest zusammengekniffenen Augen gehalten wurde, als müsse er vor etwas geschützt werden, konnte er sich nicht erklären.
Der Handwerker kniete sich neben dem reglosen Jungen auf den Boden und strich ihm unbeholfen über den Kopf. Als dieser nur zusammenzuckte, aber keinen Mucks von sich gab und die Augen weiter geschlossen hielt, verständigte er mit zitternden Händen die Polizei, während sein Blick umherschweifte. Er hatte Angst, dass irgendwo zwischen den Bäumen ein Scharfschütze kauerte, der ihn umbringen wollte. Voller Furcht blieb er ebenfalls neben dem Auto sitzen, unfähig einen klaren Gedanken zu fassen.
Erst als ein Polizeiauto der Policia Local neben ihm zum Halten kam, stand er schwankend auf. Max hielt noch immer die Hand seines Großvaters zwischen seinen kleinen Fingern. Er schrie wie ein verwundetes Tier, als einer der Beamten ihn hochhob und zum Auto trug, antwortete auf keine der Fragen und weigerte sich seinen Rucksack herunterzunehmen. Als einer der uniformierten Polizisten ihm ein schmutziges Ästchen von der Backe wischen wollte, biss er ihm in die Hand.

SECHZEHN

Pilar verordnete sich selbst ein Sportprogramm. Drei Jahre im Gefängnis hatten sie kurzatmig werden lassen, die Haut an den Oberarmen begann schlaff zu werden und die Falten in ihrem Gesicht hatten sich tief eingegraben. Ihre geplante Joggingstrecke war nicht lang, aber ihre Lungen brannten bereits nach ein paar wenigen Schritten. Trotz rasselndem Atem und schmerzenden Oberschenkeln versuchte sie, alle Gedanken auszublenden, sich auf ihre Atmung zu konzentrieren und ein Gleichmaß zu finden.

Es war noch früh am Tag. Die morgendlichen Temperaturen waren ideal, um sich sportlich zu betätigen. Doch sie fand einfach keinen Rhythmus.

Nach zwölf Minuten gab sie auf, drehte durchgeschwitzt um und lief langsam zu ihrem Haus zurück, das verlassen in dem Wohnviertel am Ortsrand von Port Sóller lag. Eine ruhige Gegend mit großen Häusern, die von gepflegten Gärten umgeben waren. Ein Ort, an den sie nicht gehörte und nie gehören würde.

Erst als sie unter der heißen Dusche stand, entspannten sich ihre Muskeln wieder. So kann es nicht weitergehen, sagte sie sich selbst. Sie hatte mit niemandem, nicht einmal mit ihrem Sohn, darüber gesprochen, aber die letzten Monate in der Zelle waren die Hölle gewesen. Sie hatte geglaubt, wenn sie wieder in ihrer häuslichen Umgebung wäre, würde alles wie früher. Ganz im Gegenteil, sie fühlte sich zerrissen und rastlos. Sie funktionierte zwar, aß, schlief, brachte María in die Schule, um ihren Sohn zu entlasten, ging nachmittags mit ihrer Enkeltochter an den Strand und übte Rechnen und Lesen mit ihr. Aber sie war nicht bei der Sache. Sie machte sich nichts vor. Sie war nicht mehr die Richtige, um die Geschäfte der Familie wieder zu leiten. Ihr fehlte der

Schwung und das Durchsetzungsvermögen, das sie früher ausgezeichnet hatten. Sie war müde und alt geworden. Das hatte Juan anscheinend schon vor ihr erkannt.
Mit feuchten Haaren, nur in ein Handtuch gewickelt, zündete sie sich eine Zigarette an und setzte sich auf die Terrasse. Irgendjemand, vielleicht der Vorbesitzer oder ein Gärtner, hatte um die terrakottafarbigen Steinfliesen Blumenbeete angelegt, die in unbändiger Farbenpracht leuchteten. Zwei üppig blühende Orangenbäume verströmten ihren betörenden Duft, Insekten und Bienen summten um die Pflanzen. Juan hatte sich viel Mühe gegeben, um ihr neues Zuhause stilvoll zu gestalten. Trotzdem war ihr alles fremd. Eine Sandsteinmauer schirmte sie vom Nachbargrundstück ab. Sie wusste nicht, wer nebenan wohnte und es war kein Laut von der anderen Seite der Umzäunung zu hören. Was für ein Kontrast zu der Wohnsiedlung, in der sie vorher gelebt hatte. In Son Banya hatte es keine Mauern gegeben, nur rostige Stacheldrahtzäune und Müllberge, die sich zwischen den Baracken häuften. Den Müll, die Autowracks und den Gestank hatte sie zwar gesehen, aber nicht wirklich wahrgenommen. Sie hatten zu ihrem Wohnviertel dazu gehört, wie hier die Blumen und Mauern dazugehörten. Sollten die Behörden ihre Drohung wahrmachen und Son Banya vollkommen abreißen, würde sie sich mit der Zeit an die neue Umgebung gewöhnen. Sie musste ihren Sohn fragen, wie es den anderen Bewohnern erging. Wohin waren ihre Nachbarinnen gezogen? Wo lebten Josefa, Dolores und Corinna, die das Haus nebenan gemeinsam bewohnt hatten? Sie waren alleinerziehend, hatten insgesamt fünf kleine Kinder und ihr Geld damit verdient, bei einigen reicheren Familien der Siedlung zu putzen. Josefas Mutter hatte zu der Mädchen-Clique gehört, in der auch Pilar war, als sie zur Schule ging. Ihre Freundinnen von früher wohnten fast alle noch in Son Banya, nur selten hatte es eine geschafft, wegzukommen. Weder aus dem Wohnviertel, noch von der Insel.

Pilar war einmal kurz davor gewesen, aus Mallorca wegzugehen. David Sutaro hatte er geheißen, der Mann, für den sie die Familie verlassen wollte. Er war Tätowierer gewesen, Tattoo Artist hatte er sich genannt, als er sein Studio Black Panther Tattoo in der Innenstadt von Palma eröffnet hatte. Sie hatte ihn kennengelernt, als sie ihre Freundin Dolores von einer Session bei ihm abgeholt hatte. Dieses Wort hatte sie das erste Mal aus seinem Mund gehört. Sie kannte nur englische Schimpfwörter, in der Siedlung waren fuck you und pitch die meistgehörten fremden Vokabeln. Sie bewunderte David für seine gewählte Ausdrucksweise und liebte ihn für die Art, wie er sie behandelte. Sie war für ihn die Schönheit in der rauen Schale, für sie war er ein exotisches Wesen von einem anderen Stern. David Sutaro war bekannt für seine phantasievollen Tattoos, die alle einen fernöstlichen Einschlag hatten. Seine Mutter war Japanerin, die Bilder in angesagten Galerien der Insel und auf dem Festland ausstellte. David verstand sich ebenfalls als Künstler, er war sensibel und weltfremd, dazu gutaussehend und überzeugt vom Wert seiner Arbeit.

Pilar hatte noch nie vorher mit einem Künstler Bekanntschaft gemacht. Sie war fasziniert von seiner Begeisterung, mit der er den Menschen Bilder auf die Haut malte. Sie bewunderte sein Talent.

David hatte ihr seine Motive erklärt, hatte sie beim Arbeiten zuschauen lassen und schlief mit ihr, wenn es seine Zeit erlaubte. Manchmal las er Gedichte vor, erzählte von Reisen nach Asien oder blätterte mit ihr durch Kunstbände berühmter Maler. Sie vergötterte ihn, hielt ihn für das Glück ihres Lebens. Als sie zwei Monate zusammen waren, hatte sie ihn gebeten, ihr ein Tattoo zu stechen.

»Du wirst es erst sehen, wenn es fertig ist. Eine Überraschung!« Sie hatte sich darauf eingelassen und war entsetzt, als sie in den Spiegel schauen durfte, um das Ergebnis zu beurteilen.

»Was hast du dir dabei gedacht?«
»So sehe ich dich. Das bist du, durch mein künstlerisches Auge betrachtet.«
Er hatte eine winzige Möwe mit einem riesigen Auge auf ihr linkes Schulterblatt gemalt. Die Möwe war im Sturzflug über dem Meer und einzelne Federn hatten sich aus ihren Flügeln gelöst. Sie schwebten über den Wellen. In der Pupille des Vogels schwamm eine aufgeklappte Schere, von der Blut tropfte, aus dem sich ein Herz formte. Das Bild wirkte traurig und hoffnungsvoll zugleich.
»Findest du mich wirklich so verloren? Noch dazu gefährlich? Oder was soll diese Schere in meinem Auge darstellen?«
»Du bist wie ein aus dem Nest gefallener Vogel. Alles noch im Werden. Ich weiß noch nicht, wie du dich entwickeln wirst.«
»Ich verstehe deine Kunst nicht«, hatte sie traurig festgestellt und das Tattoo vor ihren Freunden verborgen. Immer trug sie Blusen, die das Gemälde versteckten. Sie wusste nicht, ob sie sich dafür schämen sollte oder stolz darauf war. Auf jeden Fall sah sie es auch heute noch als Zeichen ihrer Liebe zu ihm, die damit unvergänglich geworden war.
Für David war es nur eine Affäre gewesen, seine ganze Leidenschaft und grenzenlose Begeisterung verbrauchte er für die Kunst. Pilar hatte rechtzeitig erkannt, dass er niemals das Gleiche für sie empfinden würde, wie sie für ihn. Als er ein Angebot bekommen hatte, das gut eingeführte Studio eines anderen Tätowierers in Tokio zu übernehmen, hatte er gefragt, ob sie mitkommen wolle. Sie hatte Nein gesagt und sich geweigert, ihn vor seiner Abreise noch einmal zu sehen.
Einen Dreizeiler, den er ihr nach der ersten Liebesnacht geschenkt hatte, bewahrte sie noch heute auf.

Unter dem Himmel
unserer gemeinsamen Zeit
träumt das Paradies

Sie hasste Sentimentalität, niemals hatte sie jemandem von diesem Gedicht erzählt.
Ihre Trauer um den Verlust hielt lange an, erst drei Jahre später traf sie Enrique Sánchez, den Mann, den sie geheiratet und mit dem sie einen gemeinsamen Sohn hatte. Mit ihm hatte sie zwei Jahrzehnte zusammengelebt, bis er sie mit ihrer besten Freundin betrog. Sie war keine Frau für Kompromisse. Weder mit ihrer Freundin, noch mit ihm, hatte sie jemals wieder ein Wort geredet, auch wenn Enrique Sánchez die Geschäfte der Familie noch eine Zeit lang weitergeführt hatte.
Sie hatte sich still verhalten, keine schnelle Rache genommen, sondern abgewartet, bis der perfekte Moment gekommen war.
Als er dann bei einer Fehde zwischen zwei Clans schwer verletzt worden war, hatte sie selbst die Führung der Geschäfte übernommen. Enrique Sánchez vegetierte in einer heruntergekommenen Wohnung in Paguera dahin. Eine gerechte Strafe für seine Untreue, fand sie. Pilar besuchte ihn nie. Für sie war er gestorben, als er sie betrogen hatte.
Wenn sie darüber nachdachte, dann war sie schon lange einsam. Die Zeit im Gefängnis hatte diesen Zustand nicht einmal verschlimmert. Im Gegenteil. Zu allen Besuchstagen war jemand gekommen und hatte ihr berichtet, was es in der Familie und in Son Banya Neues gab. Jede Woche hatte sie einen Brief von Ana Dali, der Freundin ihres Sohnes, bekommen, in dem sie ihr den Entwicklungsstand Marías beschrieb, von den Familienfesten berichtete und erzählte, welche neuen Kochrezepte sie ausprobiert hatte. Ana besuchte sogar ab und zu Pilars Mutter im Pflegeheim. Sie war nicht besonders klug, aber sie liebte Juan und glücklicherweise auch María. Ana Dali musste sich mit dem Status der Freundin von Juan begnügen, denn er war noch immer mit seiner Frau Regina Moser verheiratet. Scheidungen waren in

Spanien nicht üblich. Und solange die Ehefrau nicht darauf bestand, würde Juan sich nicht von ihr trennen. Ana Dali war für María ein Muttterersatz und ordnete sich den Regeln und Gewohnheiten der Familie unter, ohne jemals dagegen aufzumucken.
Seit Pilars Rückkehr aus dem Gefängnis machte sie sich allerdings rar. Sie hatte sich nur einmal kurz beim ersten gemeinsamen Abendessen blicken lassen, war erst aufgetaucht, als bereits die Suppe serviert wurde und hatte sich schon nach dem Hauptgang mit dringenden Arbeiten entschuldigt. An dem Abend waren auch Freunde und Nachbarn vorbeigekommen, im allgemeinen Trubel war Pilar die frühe Abwesenheit Ana Dalis gar nicht aufgefallen. Seither war sie nicht ein einziges Mal an der Seite ihres Sohnes aufgetaucht, hatte nicht angerufen, nicht einmal eine Nachricht auf dem Handy an sie geschrieben. Pilar nahm sich vor, ihren Sohn zu fragen, warum Ana sich so rar machte.
Sie zündete sich eine neue Zigarette an. Dieser Morgen war eindeutig nicht dazu geschaffen, mit einer gesünderen Lebensweise zu beginnen. Ihre Gedanken wanderten zurück zum Tag ihrer Haftentlassung.
Der Empfang, als sie das Gefängnis verlassen hatte, war gigantisch gewesen. Der Regen aus roten Rosen hatte Pilar überrascht und gerührt. Es war eine geschickte Inszenierung, wohl auch für die Augen der anderen Clans bestimmt. Natürlich war klar, dass darüber an die anderen Drogen-Bosse berichtet werden würde und die Botschaft, dass es im Sánchez-Clan keinerlei Streitigkeiten um die Rangfolge geben würde, sollte damit vermittelt werden. Taktisch klug eingefädelt, dachte Pilar und spürte den faden Geschmack der Niederlage auf der Zunge, aber auch einen Anflug von Stolz auf ihren cleveren Sohn.

Ihre Enkeltochter María war heute bei einer Freundin zum Kindergeburtstag eingeladen, deshalb beschloss Pilar, ihre Mutter im Pflegeheim zu besuchen. Der moderne Bau lag am Rande der Stadt, umgeben von einer Parkanlage mit Rosen- und Oleanderbüschen. Der Rasen wurde regelmäßig gesprengt und leuchtete das ganze Jahr über in einem satten Grün. In den Morgenstunden gingen einige der Heimbewohner am Arm junger Pfleger auf den Kieswegen spazieren, eine Frau saß auf einer Holzbank, die mit Kissen ausgelegt war und ruhte sich in der Sonne aus, genoss die milden Sonnenstrahlen auf ihrer runzligen, wettergegerbten Haut. Pilar glaubte für einen kurzen Moment ihre Mutter zu erblicken, aber im Näherkommen erkannte sie den Irrtum. Enttäuscht betrat sie das Gebäude. Am Empfang erhielt sie die Auskunft, dass ihre Mutter schon seit ein paar Wochen in die geschlossene Abteilung verlegt worden war. Eine Schwester erklärte Pilar, dass sich der Zustand ihrer Mutter in letzter Zeit sehr verschlechtert hätte und führte sie in den Trakt, der erst, nach dem Betätigen einer Klingel wie von Zauberhand geöffnet wurde.

Als sie das Zimmer ihrer Mutter betrat, glaubte sie falsch zu sein. Für einen kurzen Augenblick war sie sicher, dass die Schwester sie verwechselt haben musste. Diese Frau, die reglos wie eine Tote unter den weißen Laken lag, konnte nicht ihre Mutter sein. Erst als sie sich auf den Stuhl neben dem Bett setzte, erkannte sie zwei vertraute Merkmale, nahm die kleine Narbe neben dem rechten Mundwinkel wahr und entdeckte den braunen Leberfleck auf der Stirn, gleich über der Augenbraue. Die Gesichtszüge dieser Frau vor ihr waren ihr ansonsten fremd. Die Augen lagen in tiefen Höhlen, blickten starr in Richtung Decke, ohne etwas wahrzunehmen. Die Haut hatte einen gelben Farbton und war straff über den Wangenknochen gespannt. Ihre Lippen waren zu einem schmalen Schlitz nach innen gezogen. Sie

bewegten sich, als würde sie mit jemandem sprechen, aber es war kein Laut zu hören. Eine Speichelspur lief von ihrem Mundwinkel zur Halsbeuge. Die dünnen Haare lagen wie eine weiße Haube auf ihrer Kopfhaut, die schuppig glänzte.
»Mama, wie geht es dir?«
Beim Klang der Stimme, zuckte ein Auge der Mutter leicht. Ansonsten zeigte sie keinerlei Regung.
Es klopfte leise an der Tür, nach einer kurzen Wartezeit schaute eine Schwester ins Zimmer.
»Buenos días. Sind Sie Pilar Martinez, die Tochter von Frau Caras Martinez?«
»Ja, bitte?«
»Wie schön, dass Sie mal wieder da sind. Ihre Mutter fragt so oft nach Ihnen.«
»Das kann ich mir gar nicht vorstellen. Sie reagiert überhaupt nicht auf mich.« Pilar schluckte mühsam aufsteigende Tränen hinunter.
»Das wechselt ständig bei ihr. Heute hat sie wohl keinen guten Tag. Aber die meiste Zeit ist sie ansprechbar.«
»Dann werde ich morgen wiederkommen.«
»Bleiben Sie doch noch etwas sitzen und reden Sie mit ihr.« Die Schwester nickte ihr freundlich zu und ging hinaus.
»Mama, ich werde wieder öfter kommen. Ich konnte dich nicht besuchen, weil ich im Gefängnis war. Glaube mir, ich habe oft an dich gedacht und hatte genauso viel Sehnsucht nach dir, wie du nach mir.« Sie konnte nicht länger ihre Tränen zurückhalten und weinte hemmungslos, während Dolores Caras Martinez weiter an die Decke starrte und keinerlei Reaktionen zeigte.
Viel später ging Pilar in das angrenzende Badezimmer, wusch sich das verschwollene Gesicht mit eiskaltem Wasser und kämmte sich die Haare. Als sie ins Zimmer zurückkam, drehte sich das Gesicht der Mutter in ihre Richtung.

»Wer sind Sie? Was wollen Sie von mir?« Die Stimme klang angstvoll, wie von einem Kind, das sich im Dunkeln fürchtet.
»Ich bin's, Pilar, deine Tochter.«
»Gehen Sie weg. Ich kenne Sie nicht. Sie können nicht meine Tochter sein.« Verzweifelt versuchte ihre Mutter sich aufzurichten. Es sah aus, als wollte sie aufstehen und flüchten, doch sie sackte immer wieder in sich zusammen. Panik glänzte in ihren Augen, als sie zu kreischen begann. »Hilfe!«
»Mama, erkennst du mich denn nicht?«
»Hilfe! Hilfe!« Das Kreischen wurde zu einem Heulen und ging in ein Winseln über. Sie schrie, bis sie nicht mehr konnte. Kinn und Wangen, die vor Verzweiflung gezittert hatten, fielen in sich zusammen. Sie fixierte einen imaginären Punkt an der Decke und ihre Lippen formten Worte, die lautlos aus ihrem Mund quollen.
Pilar verließ fluchtartig das Zimmer, rannte vorbei an einem Pfleger, der gerade nach der schreienden Patientin schauen wollte. Erst als eine Frau im Park sie ansprach und fragte, ob sie ihr helfen könne, kam sie wieder zur Besinnung.

SIEBZEHN

Als Christin und Diana das Büro der Polizeidienststelle in Sóller betraten, sagte Max nichts. Er schwieg auf die Fragen der Polizisten und sagte keinen Ton zu den einfühlsamen Worten der Kinderpsychologin, die sofort angefordert worden war. Weder Christin, noch Diana konnten ihm ein Wort entlocken.

»Sag uns doch, was passiert ist! Hast du gesehen, wer Opa das angetan hat?« Christin wollte Max in den Arm nehmen, aber er wehrte sich gegen jede körperliche Nähe, krümmte sich zusammen und wiegte seinen Oberkörper rhythmisch vor und zurück. Als sie noch ein zweites Mal versuchte ihn an sich zu drücken, wimmerte er kläglich und begann, wild um sich zu schlagen.

Christin hatte gerade an der Kasse eines Schuhgeschäftes gestanden, um ein Paar Sandalen zu bezahlen, als ihr Handy geklingelt und die Polizei sich gemeldet hatte.

»Bitte kommen Sie so schnell wie möglich ins Hospital Juaneda Miramar in Palma. Ihr Sohn braucht Sie dringend.«

»Was ist denn passiert?«

»Wir erklären Ihnen alles, wenn Sie da sind. Bitte kommen Sie gleich.«

»Geht es Max gut? Hatte er einen allergischen Schock?«

»Wir besprechen alles mit Ihnen, wenn Sie da sind. Nehmen Sie sich am besten ein Taxi und kommen Sie so schnell wie möglich.«

Sie waren ohne Erklärung aus dem Geschäft gestürmt, hatten die verdutzte Verkäuferin mit den Schuhen zurückgelassen. Christin war völlig kopflos gewesen, unfähig, einen klaren Satz zu formulieren. Diana hatte das Kommando übernommen, ein Taxiunternehmen angerufen und zehn Minuten später waren sie schon auf dem Weg in das Krankenhaus. Sie hatten während der Fahrt gerätselt, was geschehen sein konnte. Aber alle Schrecken, die sie sich ausmalten, wurden von der Realität, die sie bei ihrer Ankunft erwartete, übertroffen.

Während Christin den Versuch unternahm, von ihrem Sohn zu erfahren, was geschehen war, saß Diana weinend und fassungslos daneben. Wer hatte ihrem Bruder das angetan? Sie hatte Mallorca immer als einen der friedlichsten Orte der Welt angesehen, eine Insel, auf dem der Terror noch keinen Einzug gehalten hatte. Wie konnte hier ein Mensch grundlos zusammengeschlagen werden? Ihr kam das Gespräch vom Vorabend mit Antonio in den Sinn. Sie zog den Zeitungsartikel, den sie in ihre Handtasche gelegt hatte, heraus und las ihn aufmerksam. Steckte der Sánchez-Clan hinter diesem feigen Anschlag? Hatte Antonio recht gehabt mit seinen Vermutungen?

Sie zeigte den Zeitungsausschnitt einer Polizistin und diese bestätigte ihren Verdacht.

»Diese Familie gehört zu den Mächtigsten unter den Clans. Sie haben ihre Finger in fast allen schmutzigen Geschäften, die auf dieser Insel getätigt werden.«

»Max, du musst uns sagen, wer das getan hat.« Sie rüttelte ihn an der Schulter, bis die Polizeipsychologin sie wegzog.

»Er hat einen schweren Schock erlitten. Wahrscheinlich musste er mit ansehen, wie sein Großvater zusammengeschlagen worden ist. Lassen Sie ihn in Ruhe! In ein paar Stunden oder vielleicht auch Tagen wird er ganz von allein anfangen zu reden und uns erzählen, was er weiß.« Die Kinderpsychologin redete beruhigend auf sie ein.

Man hatte eines der Wartezimmer für sie reserviert, in dem sie mit Polizisten der Guardia Civil allein waren.

Diana und Christin mussten viele Fragen beantworten, Personalien wurden aufgenommen, Christin sollte den Grund

ihrer Reise erläutern und der Tod von Konstantin Matern kam immer wieder zur Sprache.
»Wie gut kannte Ihr Vater Konstantin Matern? Haben die beiden gemeinsam Rauschgift verkauft?«
Christin war empört.
»Wie kommen Sie auf diese Idee? Die beiden haben sich seit Monaten nicht mehr gesehen.«
»Ihr Vater hatte drei Gramm reines Kokain in seiner Jackentasche. War er selbst drogenabhängig?«
Diana mischte sich in das Gespräch ein, sie konnte es nicht fassen, dass ihr Bruder verdächtigt wurde.
»Ich lege meine Hand dafür ins Feuer, dass er nie Drogen genommen hat. Alkohol ja, aber ganz sicher nichts Illegales.«
»Wie gut haben Sie Ihren Bruder denn gekannt? Lebt er nicht in Deutschland und war nur ein paar Mal zu Besuch hier auf der Insel?«
»Verdammt, ich kenne meinen Bruder jedenfalls besser als Sie! Hören Sie auf mit Ihren Unterstellungen.«
»Wir unterstellen ihm gar nichts. Wir müssen nur allen möglichen Spuren nachgehen. Solange er selbst keine Angaben tätigen kann, sind wir auf Ihre Antworten und Aussagen angewiesen.« Der Polizist versuchte zu beschwichtigen. »Wir werden eine Blutprobe nehmen, dann klärt sich die Frage nach seinem Drogenkonsum schnell.«
Dianas Nerven waren zum Zerreißen gespannt. Sie spürte eine unbändige Wut in sich. Die ruhige Stimme des Polizisten reizte sie noch mehr.
»Mein Bruder ist nicht mehr in dem Alter, in dem man illegale Drogen ausprobiert. Er trinkt gern mal ein Gläschen Sekt oder Prosecco, aber ganz sicher nimmt er kein Kokain.«
»Aus dem Alter, illegale Drogen zu konsumieren oder damit zu dealen, kommt so manch einer nie heraus. Wir haben gestern eine 86-jährige Frau am Flughafen festgenommen, die ein ganzes Kilo Kokain geschluckt hatte, um es durch die

Zollkontrollen zu schmuggeln. Udo Lämmermann könnte locker der Sohn dieser alten Frau sein.«
»Ach hören Sie auf, mir Horrorgeschichten zu erzählen.«
»Wann kann ich endlich zu Udo? Sie halten uns hier fest wie Schwerverbrecher, anstatt nach den Männern zu suchen, die meinem Bruder das angetan haben.« Der Beamte ließ sich nicht aus der Ruhe bringen.
»Ihr Bruder wird gerade operiert. Er ist sehr unglücklich gefallen. Ein Blutgerinnsel hat sich im Gehirn gebildet und muss entfernt werden. Sobald die Ärzte es erlauben, können Sie zu ihm.«
»Wird er es überleben?«
»Die Ärzte sind sehr zuversichtlich. Sie müssen Geduld haben. Wir halten Sie auf dem Laufenden.«
Diana saß drei Stunden in dem kleinen Raum, schaute blicklos auf ein Aquarellbild, das azurblaues Meer und weiße Federwolken zeigte und betete, dass ihr Bruder diesen Tag überleben möge. Als sich nach endlos erscheinendem Warten die Tür öffnete, hoffte sie, dass ihre Gebete erhört worden waren. Doch es war kein Arzt, sondern Comisario Casas, der den Raum betrat. Er schaute finster.
»Wie geht es meinem Bruder?«
»Keine Ahnung. Ich habe noch keinen Arzt gesprochen, aber wir haben einen Toten entdeckt. Keine fünf Kilometer vom Parkplatz entfernt, an dem dein Bruder gefunden worden ist.«
»Und du meinst, es gibt einen Zusammenhang?« Diana war froh, endlich eine vertraute Person zu sehen. Aber Comisario Casas zeigte kaum Anteilnahme, sondern wirkte sehr amtlich.
»Der Mann wurde erstochen. Er trug eine Pistole bei sich. Wir kennen ihn ziemlich gut. Er ist kein unbeschriebenes Blatt. Sein Vorstrafenregister ist lang.«
Comisario Casas verschwieg, dass die Pistole zwei Jahre zuvor von einem Finca-Besitzer auf einer Auktion der Guardia Civil ersteigert worden war. Auf der Baleareninsel war jede

Person berechtigt, mehrere Karabiner und Flinten zu besitzen. Die meisten Waffen wurden für die Jagd gekauft, aber es wurden auch Pistolen zum Selbstschutz völlig legal angeschafft. Der Comisario ärgerte sich oft darüber, dass praktisch die Polizei auf Mallorca selbst der größte Waffendealer war, weil sie ausrangierte Gewehre an Privatpersonen verkaufte.

»Wir können natürlich noch nicht mit absoluter Sicherheit sagen, dass der Tote den Angriff auf Udo Lämmermann ausgeführt hat, bisher ist es nur eine Vermutung. Aber die Wahrscheinlichkeit ist groß, dass wir mit diesem Verdacht richtigliegen.«

»Wieso ist er erstochen worden? Warum sollte er erst versuchen, Udo umzubringen und dann selbst getötet werden?«

In Dianas Kopf schwirrte es. Sie konnte sich absolut keinen Reim auf die Worte des Kommissars machen.

»Vielleicht um ihn als Zeugen auszuschalten! Ich weiß es auch nicht. Es steht fest, dass die Täter etwas im Auto deines Bruders gesucht haben. Es waren auf jeden Fall mindestens zwei. Das konnten wir anhand der Fußspuren ziemlich eindeutig erkennen. Entweder ist dein Bruder ein Drogendealer oder sie haben etwas gesucht, das Konstantin Matern vor ihnen versteckt hat.«

»Verflucht, das Auto hatte ja Konstantin angemietet! Aber Konstantin hat doch nicht wirklich mit Drogen gedealt. Er hat selbst nur ab und zu mal etwas für sich gekauft.«

»Das sind alles nur Vermutungen! Du hast keinen Ton davon gesagt, als ich dich gefragt habe, ob du etwas von Konstantin mitgenommen hast. Schlimm genug, dass einer unserer Beamten verschlafen hat, das Mietauto zu konfiszieren.« José Casas war wütend. Einerseits über seine eigene Dummheit, aber auch über Dianas Naivität.

»An das Auto habe ich mit keiner Silbe gedacht.« Kleinlaut musste Diana zugeben, dass auch sie eine Teilschuld an dem Geschehen hatte.

»Wir werden den Wagen nochmal total auseinandernehmen. Vielleicht haben die Täter etwas übersehen.«
»Wenn Udo wieder aufwacht, kann er doch sicher genauere Angaben machen.«
Sie hatte gerade ihren Satz ausgesprochen, als ein Arzt hereinkam. Er nickte den Frauen freundlich zu und redete dann hektisch auf den Comisario ein. Diana, die im Alltag ziemlich gut einer auf Spanisch geführten Unterhaltung folgen konnte, verstand kein Wort. Erst als der Arzt eine kurze Pause einlegte, wandte sich Comisario Casas wieder an Diana und fasste das Gespräch zusammen.
»Die Operation ist gut verlaufen. Aber bis er wieder ansprechbar ist, wird es dauern. Die Ärzte wollen ihn erstmal in ein künstliches Koma versetzen.«
Ihr Zusammenbruch kam plötzlich.
»Oh Gott, er wird sterben!«
Diana fiel dem Comisario weinend um den Hals, ihr ganzer Körper bebte, sie konnte nicht mehr reden, weil ein Schluckauf ihr die Luft raubte. José Casas versuchte, sie zu trösten. Zaghaft strich er ihr über den Rücken und tätschelte ihr den Arm. Zum wiederholten Male verfluchte er seine Ungeschicklichkeit im Umgang mit Menschen, die einen harten Schicksalsschlag erlitten.
Bis ihm zehn Minuten später eine Kollegin zu Hilfe kam, war er völlig durchgeschwitzt und hatte einen Krampf im rechten Arm. Er wünschte sich, seine Frau Angela wäre hier, die sicher die richtigen Worte gefunden hätte, um Diana beizustehen. Genervt fragte er sich, warum er nicht einfach alles hinwarf und in den vorzeitigen Ruhestand ging.

Udo Lämmermann wurde zur Überwachung auf die Intensivstation gebracht. Es war abzuwarten, wie die nächsten Stunden verlaufen würden. Die Ärzte hofften, dass keine

weiteren Blutungen im Gehirn auftreten würden. Sein Zustand musste überwacht werden.
»Kann ich zu ihm?« Diana wäre am liebsten sofort zu ihrem Bruder auf die Intensivstation gegangen.
»Nein, das kommt nicht in Frage. Er wurde in ein künstliches Koma versetzt und braucht absolute Ruhe. Vielleicht morgen. Wir werden sehen.«
Der Kommissar ordnete an, dass vor Udo Lämmermanns Tür eine Wache aufgestellt wurde, dann setzte er Diana, Christin und Max in einen Dienstwagen und schickte sie nach Hause. Am nächsten Tag sollte eine Kinderpsychologin vorbeikommen und den Jungen noch einmal befragen. Vor dem Haus, in dem Diana Mittermeier wohnte, wurden zwei Polizisten postiert, um das Kind, das ein wichtiger Zeuge sein konnte, zu bewachen.
Max sagte noch immer keinen Ton. Nur als er hörte, dass Udo Lämmermann die Operation überstanden hatte, war er kurz von seinem Stuhl aufgesprungen, aber dann sofort wieder schweigend in sich zusammengesunken.
Christin hatte zugestimmt, als Diana sie darum gebeten hatte, nicht im Hotel zu bleiben, sondern zu ihr zu ziehen.
»Ich hätte diesen Anschlag verhindern können. Wieso war ich so dumm?« Diana saß wie das personifizierte schlechte Gewissen im Wohnzimmer auf dem Sofa. Ihr liefen ununterbrochen Tränen aus den geröteten Augen, Wimperntusche und Lippenstift waren verschmiert und ihr Gesicht erinnerte an einen traurigen Clown. »Ich hätte die beiden nicht allein fahren lassen dürfen. Noch dazu in dem Auto, das Konstantin angemietet hatte. Warum habe ich nicht auf Antonio gehört? Er hat mich gewarnt.«
»Woher kennst du diesen Antonio eigentlich?«, fragte Christin.
»Du weißt doch, dass er im Marinara als Kellner arbeitet. Er hat mich dort oft bedient und wir haben uns angefreundet. Seit ein paar Monaten treffen wir uns regelmäßig bei mir.«

»Wovor hat er dich denn gewarnt?«
»Vor Pilar Martinez und ihrer Familie. Vor den Drogen-Clans. Ich habe ihn überhaupt nicht ernst genommen. Spätestens als du diesen Artikel in der Zeitung gelesen hast, hätten bei mir doch alle Alarmglocken läuten müssen. Aber da wäre es ja sowieso schon zu spät gewesen.« Diana schluchzte erneut auf. Dann suchte sie in ihrer Tasche nach einem Tuch, schnäuzte sich laut und ihr Gesicht bekam einen kämpferischen Ausdruck.
»Das werden sie mir büßen. Wenn es wirklich dieser Sánchez-Clan war, dann werden sie mich kennenlernen.«
»Woher hat Antonio sein Wissen über diesen Clan?«
»Er hat auch nur darüber in der Zeitung gelesen. Das sagt er zumindest.« Diana schoss für einen Moment der Verdacht durch den Kopf, dass ihr Geliebter vielleicht auch etwas mit Drogengeschäften zu tun haben könnte. Warum hatte er sich wirklich das Mietauto leihen wollen? War er auch auf der Suche nach irgendwelchen Drogen gewesen?
»Tu nichts, was dich in Gefahr bringt. Ich will nicht noch einen Menschen verlieren, der mir etwas bedeutet.«
Christin begann ebenfalls zu weinen.
»Erst stirbt Konstantin und jetzt wird Papa fast umgebracht! Wenn er auch stirbt, bin ich ganz allein.«
»Udo wird wieder gesund.« Diana nahm Christin in den Arm. Wie um sich selbst zu beruhigen, wiederholte sie: »Udo wird nicht sterben. Er hat eine Bärennatur. Er war schon als kleiner Junge nie krank und wenn er doch einmal eine Erkältung hatte, dann lag er höchstens einen Tag im Bett. Danach war er wieder fit.«
»Stimmt. Ich habe ihn auch noch nie krank gesehen.« Christin schmiegte sich eng an Diana. Durch ihre gemeinsame Angst und Trauer fühlten sie sich eng verbunden.
»Meinst du, wir müssen Anabell informieren, dass Udo im Koma liegt?«

Christin wusste, dass Udo nie aufgehört hatte, seine Exfrau zu lieben.
»Ich habe auch schon daran gedacht. Aber ich weiß nicht, ob Papa das wollte.«
Sie schwiegen nachdenklich. Zu der Zeit, als die Ehe von Udo und Annabell auseinanderbrach, hatte Diana kaum Kontakt zu ihrem Bruder gehabt. Sie war bereits in München verheiratet gewesen und hatte Udo nur zu Familienfesten gesehen.
»Wie alt warst du, als Annabell nach Amerika gegangen ist? Kannst du dich noch gut an sie erinnern?«
»Klar. Ich habe nicht viele Erinnerungen an Mama. Aber manches ist noch sehr lebendig. Die Sonntage im Wald zum Beispiel, sind noch ganz gegenwärtig. Wir hatten jeder einen Weidenkorb dabei, ich einen kleinen, Mama und Papa einen riesigen. Und natürlich einen Pilzführer. Wir haben die Bilder mit jedem Pilz verglichen und sie erst dann zu den anderen in den Korb gelegt, wenn wir ganz sicher waren, dass wir keinen giftigen gefunden hatten. Papa hat immer die meisten und größten entdeckt, zumindest in meiner Erinnerung. Eigentlich war er nicht oft bei unseren Ausflügen dabei, weil er ständig auf Tournee war. Damals hatte er noch viele Auftritte in unterschiedlichen Theatern. Mama und ich waren meist allein.« Diana hatte es völlig vergessen, dass auch sie als Kind oftmals im Wald unterwegs gewesen war. Erst als Christin davon erzählte, fiel es ihr wieder ein. Hohe Tannenwälder tauchten vor ihren Augen auf. Udo hatte schon als Kind die größten Pilze in seinem Korb gehortet, sie selbst war lieber zwischen den Bäumen herumgesprungen, ohne ständig auf dem Boden nach essbaren Pilzen Ausschau zu halten.
»Diese Waldspaziergänge hat Udo schon geliebt, als wir noch Kinder waren. Für mich war das Putzen der Pilze die

Krönung. Wenn wir die Spuren von Erde am Stiel und die Lamellen entfernten, duftete das ganze Haus nach Wald.«

»Für mich war das Essen das Beste. Steinpilze in Butter gebraten, nur mit Salz und Pfeffer gewürzt und dazu ein Stück dunkles Bauernbrot. Mir läuft schon bei dem Gedanken daran das Wasser im Mund zusammen.« Diana und Christin schwelgten in Erinnerungen, vergaßen für einen Moment, dass Udo im Krankenhaus mit dem Tod rang.

Doch dann wurde Christin wieder nachdenklich.

»Mama und Papa waren nie wirklich glücklich miteinander. Das habe ich zumindest als Kind so empfunden.«

»Trotzdem müssen wir Anabell benachrichtigen. Hast du noch Kontakt zu ihr? Sie sollte wissen, dass Udo schwer verletzt ist.«

»Ich versuche sie morgen telefonisch zu erreichen. Was wären wir wohl für eine Familie geworden, wenn Mama damals nicht nach Amerika gegangen wäre? Von dem Tag an, ist alles auseinandergefallen.«

»Udo wollte nie mit mir darüber reden.«

»Nein. Mit mir auch nicht, aber ich weiß noch, wie Papa geweint hat, als die Nachricht kam, dass sie wieder geheiratet hat.«

Sie hingen eine Weile ihren Erinnerungen nach. Udo war nie wieder eine feste Beziehung eingegangen, hatte nur gerne geflirtet und den Kontakt zu den Frauen immer nach kurzer Zeit wieder abgebrochen. Im Kreis seiner Freunde war er der einzige Unverheiratete, immer ein Außenseiter. Er galt als ein Mann, der sich nicht binden wollte.

Christin wusste, dass es anders war. Sie hatte ihn oft in Reiseführern über Amerika lesen sehen. Er hatte dieses Land bewundert und gehasst zugleich, machte es dafür verantwortlich, dass er seine Frau verloren hatte.

»Ich weiß gar nicht, warum ich in den letzten Jahren so wenig Kontakt zu meinem Bruder hatte. Wenn ich höre, was du erzählst, dann muss er ziemlich einsam sein.«

»Nein. Er hat doch Max, den liebt er. Sie unternehmen viel miteinander. Außerdem ist er regelmäßig bei seinem Kollegen-Stammtisch der Theaterschauspieler, spielt Schach mit Freunden und geht zu Jazz-Veranstaltungen. Er ist viel unterwegs, ab und zu hat er auch Frauen kennengelernt, nur eine feste Beziehung hat er nicht mehr.«

»Hoffentlich überlebt er diesen Wahnsinn.« Diana begann wieder zu weinen.

ACHTZEHN

Wieso hat nicht einer von uns daran gedacht, dass Konstantin Matern in dem Auto Drogen deponiert haben könnte?«
Der Comisario konnte nicht glauben, dass niemand nach dessen Tod das Mietauto untersucht hatte. Spätestens nach dem Einbruch in das Hotelzimmer hätten bei allen Beamten Alarmglocken läuten müssen. Eine Unterlassungssünde, die wahrscheinlich zu dem Anschlag auf Udo Lämmermann geführt hatte. Gott sei Dank war wenigstens dem Jungen nichts passiert, wenn man davon absah, dass er einen Schock erlitten hatte.

Die Spurensicherung sollte das Auto, auf die Anweisung von Comisario Casas hin, noch einmal eingehend untersuchen, praktisch alles ein zweites Mal auseinandernehmen. Ein eingesetzter Drogenspürhund schlug an, aber sie konnten nichts finden. Auch die drei Gramm Kokain in Udo Lämmermanns Jackentasche gaben Rätsel auf. Auf dem Päckchen fand sich nicht ein einziger Fingerabdruck des Verletzten. Am wahrscheinlichsten war die Annahme, dass es ihm zugesteckt worden war, um die Ermittler zu verwirren.

»Dass der Hund angeschlagen hat, kann auch an dem Rauschgift liegen, das dieser Matern in Son Banya zum Eigenbedarf gekauft hat.«

»Oder an den drei Gramm Kokain, die wir bei dem Verletzten in der Jackentasche gefunden haben.«

»Hat Udo Lämmermann selbst Drogen konsumiert?«

»Das werden die Labortests ergeben. Wir müssen warten, was die forensischen Untersuchungen aussagen.«

Die Beamten waren müde und frustriert. Weil zuerst Polizisten der Lokalpolizei am Tatort eintrafen und die Guardia Civil erst informiert worden war, als das Kokain bei Udo Lämmermann gefunden wurde, hatte es ein

Kompetenzgerangel gegeben, das zu unschönen Auseinandersetzungen geführt hatte. Besonders ärgerlich war, dass die Reifenspuren des möglichen Tatfahrzeuges durch die Arbeit der Rettungssanitäter und dem blinden Eifer der Polizeikollegen praktisch vernichtet worden waren. Es war weit nach Mitternacht, als die Einsatzkräfte der Guardia Civil ihre Dienstbesprechung ergebnislos beendeten. Einer der jungen Kollegen, der sich profilieren wollte, brachte, zum Ärger des Comisario, eine neue Variante in die Diskussion.

»Vielleicht war es eine der Diebesbanden, die auf der Insel immer mehr ihr Unwesen treiben. Sie klauen den Touristen ihre Geldbeutel und Wertsachen aus den abgestellten Autos. Udo Lämmermann hat sie dabei überrascht, als sie sich an seinem Auto zu schaffen machten und sie setzten ihn außer Gefecht, um fliehen zu können.«

Comisario Casas glaubte nicht an diese Theorie.

»Die Diebesbanden werden zwar immer dreister, aber bisher hat noch nie einer von ihnen einen Touristen derartig schwer verletzt.«

»Es kann eine Überreaktion gewesen sein.«

»Diebesbanden arbeiten in der Regel nicht mit Gewaltanwendung. Wenn sie ertappt werden, machen sie sich vom Acker und versuchen es bei einem anderen Auto.« José María Casas schüttelte den Kopf. »Ich hoffe, Udo Lämmermann wird uns sagen, was passiert ist, wenn er aus dem Koma aufwacht.«

»Aber sie haben doch selbst gesagt, dass er diesen Drogentoten aus dem »Paradise« gar nicht persönlich getroffen hat. Wo soll die Verbindung sein? Und was hat der erstochene Mann am Straßenrand damit zu tun?«

Der Tote hatte wie weggeworfener Abfall in einem Steilhang an der Straße gelegen. An einer Stelle, die schwer einsehbar war. Nur zufällig hatte ein Lastwagenfahrer, der wegen einer Autopanne dort halten musste, die Leiche so frühzeitig entdeckt.

»Der Tote ist für uns kein Unbekannter. Er ist mehrfach vorbestraft wegen unterschiedlicher Delikte: schwere Körperverletzung, Diebstahl und unerlaubter Waffenbesitz.«

»Wer weiß, vielleicht hat er für Juan Sánchez gearbeitet. Wir dürfen nicht vergessen, dass Udo Lämmermann und Diana Mittermeier mit Pilar Martinez zusammengetroffen sind. Das kann alles kein Zufall sein!«

»Sie verrennen sich da in eine Vermutung.«

»Nein, das glaube ich nicht.« Comisario Casas spürte ein Prickeln in den Fingerspitzen, das er oftmals wahrnahm, wenn er das Gefühl hatte, auf der richtigen Spur zu sein. »Gab es auf der Strecke von Sóller nach Valldemossa eine Verkehrskontrolle? Wir müssen einen Aufruf im Radio starten, ob jemand etwas Verdächtiges gesehen hat. Irgendeinen Zeugen, der uns weiterhilft.«

»Wir kümmern uns darum.«

»Außerdem werde ich Pilar Martinez befragen. Ich brauche ein Alibi von ihr und allen ihren Familienmitgliedern, vor allem von dem Sohn. Dieser verdammte Sánchez-Clan macht schon wieder Ärger, kaum, dass die Chefin aus dem Knast entlassen worden ist. Ich könnte wetten, dass sie etwas damit zu tun hat.«

Der Comisario war stinksauer, vor allen Dingen aber auf sich selbst. Er hätte Diana Mittermeier und ihre Familie schützen müssen. Warum hatte er nicht gleich einen Polizisten abgestellt, der Wache vor dem Haus hielt? Er hätte gewarnt sein müssen, als Beatrix Neumann zusammengeschlagen worden war. Diese Drogen-Clans schreckten vor nichts zurück. Und vermutlich hatten sie jetzt entdeckt und mitgenommen, was sie gesucht hatten. Es war jedenfalls nichts mehr zu finden, außer diesen paar Gramm Kokain bei Udo Lämmermann in der Tasche. Wegen einer

so geringen Menge würde niemand ein Auto aufbrechen. Davon war der Comisario überzeugt. Die Familie Sánchez hatte das Drogendezernat wieder einmal an der Nase herumgeführt.
Er fuhr zurück nach Palma und suchte sich die Akte von Konstantin Matern heraus. Dann versuchte er, Beatrix Neumann auf dem Handy zu erreichen. Es meldete sich nur die Mailbox. Er hinterließ eine Bitte um Rückruf. Erst gegen vier Uhr am Morgen, als es schon zu Dämmern begann, beendete er seine Arbeit und beschloss für ein paar Stunden nach Hause zu fahren.
Kurz vor Sonnenaufgang legte er sich ins Bett. Er schlief schlecht, schreckte immer wieder hoch, weil Albträume ihn plagten. Wenn er spät in der Nacht ermitteln musste, trank er regelmäßig zu viel schwarzen Kaffee, den er nicht vertrug. Erst als seine Frau aufstand, um die Katze nach draußen zu lassen, fiel er in einen tiefen Schlaf, aus dem sie ihn eine halbe Stunde später weckte. Die Dienststelle hatte angerufen. Er war sofort hellwach, konnte es kaum erwarten zurückzurufen, weil er auf neue Erkenntnisse hoffte. Als er endlich seine engste Mitarbeiterin in der Leitung hatte, wurde er tief enttäuscht. Es gab nichts Neues. Auf der Strecke zwischen dem Parkplatz und Port Sóller hatten keine Verkehrskontrollen stattgefunden, die etwas aufzeichneten und niemand hatte sich gemeldet, der den Überfall beobachtet hatte.
»Warum weckt ihr mich, um mir diesen Mist mitzuteilen?« Der Comisario kämpfte mit Enttäuschung und Schlafmangel. Er trank drei Tassen schwarzen Kaffee und hoffte, dass sich doch noch ein Zeuge melden würde.

NEUNZEHN

Max hatte Angst zu schlafen. Er kniff die Augen zusammen, in der Hoffnung, dann nicht mehr das bleiche Gesicht seines Opas und das viele Blut sehen zu müssen. Aber einschlafen wollte er auf keinen Fall. Was, wenn er nicht mehr aufwachte? Hatte seine Tante Diana nicht gesagt, dass tot sein, so wie ewiger Schlaf wäre? Ewig war ein Wort, dass er in Zusammenhang mit dem Tod seines Vaters schon ein paar Mal gehört hatte. Dieses Wort jagte ihm Angst ein. Obwohl er von den dramatischen Ereignissen des Tages völlig erschöpft war, verweigerte er seinem Körper, sich zu entspannen.

Sein Opa lag jetzt im Krankenhaus, er sah ihn noch auf der Bahre vor sich, auf der sie ihn weggetragen hatten. Seine Mutter saß mit zitternden Lippen, wirren Haaren und roten Flecken im Gesicht neben ihm am Bettrand. Als sie ihn im Krankenhaus in den Arm nehmen wollte, hatte sie nach Schweiß gerochen und so heftig gezittert, dass ihm noch übler geworden war. Deshalb hatte er sie von sich gestoßen und die eigenen Arme um seine Schultern gelegt. Ganz klein hatte er sich gemacht und die Augen fest zusammengekniffen. In seinem Kopf schwirrten tausend Fragen, die er sich nicht zu stellen traute, weil er Angst hatte, dass sonst auch seine Mama und seine Tante getötet werden würden.

Er hatte gehört, dass der Kommissar mit den Erwachsenen über Marías Papa geredet hatte. Er verstand nicht warum, aber dieser Beutel, den Opa ihm gegeben hatte, musste sehr wertvoll sein. Aus einem Grund, den er nicht begriff, war Opa deshalb so geschlagen worden, dass er jetzt im Krankenhaus lag. Würden die Männer ihn auch schlagen,

wenn sie wüssten, dass er ihn hatte? Er musste diesen Beutel verstecken, damit niemand ihn finden konnte.
Max versuchte ganz regelmäßig zu atmen, um seiner Mutter vorzutäuschen, dass er schlief.
Es klappte. Nach einer Weile stand sie auf, strich über sein Haar und ging aus dem Zimmer. Die Tür ließ sie einen Spalt offen. Vom Wohnraum fiel ein schwacher Lichtstreifen in das Gästezimmer, in dem sein Schlafsofa stand. Leise stand er auf, schlich sich zu seinem Rucksack und holte den Beutel heraus. Er wagte kaum ihn anzuschauen, auf keinen Fall wollte er wissen, was darin war. Vielleicht musste er schon sterben, wenn er ihn nur anguckte.
Vor Anspannung hielt er die Luft an, als er in den Kasten krabbelte und den Beutel vorsichtig in die hinterste Ecke des Bettkastens unter das Sofa schob, eine zusammengefaltete Decke, die noch darin lag, davorlegte und den Kasten wieder schloss. Er versuchte keine lauten Geräusche zu machen. Bis auf ein schwaches Quietschen der Scharniere beim Zuschieben des Bettkastens arbeitete er fast lautlos.
Zurück unter seiner Bettdecke keuchte er vor Anstrengung. Als sein Atem sich wieder beruhigt hatte, lauschte er auf die Stimmen aus dem Nebenzimmer. Auch wenn er nicht verstand, worüber sie redeten, beruhigte es ihn, dass er nicht allein war. Doch die Angst, dass seine Mutter sterben könnte, wütete in seinem Bauch. Wenn er die Augen zumachte, sah er den Parkplatz vor sich, spürte das Gewicht seines Großvaters auf seinem kleinen Körper und das Grauen kroch in seinen Kopf. Würde dieser Beutel ihnen allen den Tod bringen? Was konnte das sein? Warum hatte Opa so geheimnisvoll getan? Und warum hatte Marías Papa ihm deshalb so weh getan? Max nahm sich vor, nicht mehr an diesen Parkplatz zu denken, doch je krampfhafter er es versuchte, desto aufdringlicher drängten sich die schrecklichen Momente in sein Gehirn. Er roch

das Blut und atmete wieder den Staub des Schotters ein, er spürte die Schwere des vertrauten Körpers und fühlte das Pochen seines ängstlichen Herzens. Immer wieder und immer wieder.

Irgendwann musste er eingeschlafen sein, denn als er gegen Morgen aufwachte, wurde es schon hell. In der Dämmerung konnte er die Konturen des Gesichtes seiner Mutter sehen. Sie hatte die Augen geschlossen, nichts bewegte sich an ihr. Er lauschte auf ihren Atem. Erst als sie im Schlaf leise stöhnte, wusste er sicher, dass sie noch lebte. Der Angststurm in seinem Inneren hatte sich zu einem brennenden Knoten gewandelt, der in seinem Bauch festsaß und ihn von innen auffraß. Er kuschelte sich an seine schlafwarme Mutter und zitterte vor innerer Kälte, obwohl es in dem Zimmer tropische Temperaturen hatte.

Christin hatte nicht gewagt, ein Fenster zu öffnen, als sie sich neben ihn gelegt hatte. Auch ihr steckte eine tiefsitzende Angst in den Knochen. Sie wusste, dass zwei Polizeibeamte vor dem Haus Wache hielten, aber verriegelte Türen und Fenster gaben ihr zusätzlich ein Gefühl von Sicherheit.

Max' Haut im Gesicht und am Hals brannte wie Feuer. Er begann, sich zu kratzen, bis seine Mutter von dem schabenden Geräusch aufwachte. Sie gab ihm ein paar Tropfen und cremte ihn mit einer Spezialsalbe aus der Apotheke ein. Dann schauten sie gemeinsam ein Buch über das Leben der Dinosaurier an, bis ihm die Augen vor Müdigkeit tränten und er in einen unruhigen Schlaf fiel.

Christin stand leise auf, damit er nicht wieder aufwachte. Sie ging in die Küche. Zu viele Gedanken wirbelten in ihrem Kopf, an Entspannung war nicht mehr zu denken. Sie trank ein Glas Wasser, dann begann sie das schmutzige Geschirr vom Vortag zu spülen. Eine Arbeit, die sie beruhigte. Nachdem alle Tassen und Teller in den Schrank

geräumt waren, wischte sie den Tisch und die Schränke sorgfältig sauber, ordnete das Besteck in den Schubladen und wischte Staub in den Regalen. Sie war gerade dabei, sich ein frisches Tuch zum Reinigen der Fenster zu suchen, als Diana hereinkam. Sie sah aus, als hätte sie geweint. Ihre Augen waren verquollen, die Nase gerötet.
»Was treibst du denn hier? Habe ich doch richtig gehört! Du kannst auch nicht mehr schlafen?«
»Mir gehen so viele Gedanken durch den Kopf. Putzen hilft mir beim Nachdenken. Und es beruhigt mich.«
Diana schaute skeptisch, äußerte sich aber nicht dazu, stattdessen hantierte sie an der Kaffeemaschine, füllte Wasser ein und gab Kaffeepulver in den Filter.
»Du magst sicher auch einen Kaffee?«
»Ich spüre nur noch Trauer und Angst. Im Moment will ich gar nichts mehr.«
»Ach, Christin, glaube mir, es wird auch wieder anders. Als meine Eltern gestorben sind, habe ich gedacht, ich könnte nie wieder lachend auf einer Party tanzen oder es mir gutgehen lassen. Und dann, als Hermann so plötzlich nicht mehr da war, ging es mir noch schlechter.«
»Das kann ich verstehen.«
»Aber glaube mir, es geht vorbei. Und irgendwann wirst du auch wieder glücklich sein. Jetzt braucht dich vor allen Dingen dein Sohn. In ein paar Tagen geht es Udo vielleicht wieder so gut, dass wir ihn daheim pflegen können. Wir müssen sehen, dass die beiden das Ganze gut überstehen. Alles andere ist zweitrangig.«
»Du hast recht.« Christin griff nach Dianas Hand und drückte sie so verzweifelt, als müsste sie sich an ihr festhalten, um nicht von einem Orkan weggeblasen zu werden.
Diana öffnete ihren Vorratsschrank und suchte mehrere Packungen Schokoladenkekse heraus. Sie begutachtete die unterschiedlichen Sorten und entschied sich dann für eine

Vollmilch-Nuss-Variante. Zwei Kekse schob sie sich in den Mund, bevor sie Christin die Packung hinhielt.
»Die helfen garantiert gegen Kummer!«
Christin schüttelte ablehnend den Kopf, der Blick auf Dianas Speckfalten am Bauch sprach Bände.
Diana ließ sich nicht beirren. Sie kaute genussvoll.
»Das ist nicht alles Kummerspeck! Mich macht Essen glücklich und Antonio schwört, dass er jedes Gramm an mir liebt!«
»Schon verstanden! Ist es für dich in Ordnung, wenn ich eine Zigarette am Fenster rauche?«
Diana schüttelte grinsend den Kopf. »Jedem sein Laster. Mich stört es nicht.«
Als Christin das Fenster öffnete, stieg ihr der Geruch des nahen Hafens in die Nase. Ihr war noch immer unwohl, sie spürte geradezu körperlich, dass sich ihr Leben verändern würde. In Gedanken versunken bemerkte sie gar nicht, dass sie eine Zigarette an der anderen anzündete. Erst als der Geruch von Salzwasser und Fisch durch den Duft nach Puderzucker und Vanille überlagert wurde, fiel ihr auf, dass Diana in der Zwischenzeit einen Teig gerührt hatte und dabei war, Waffeln zu backen.

ZWANZIG

»Retrograde Amnesie«, diagnostizierte der behandelnde Arzt Dr. Garcia, als Udo Lämmermann aus dem Koma geholt wurde und sich an nichts mehr erinnern konnte, was mit dem Anschlag auf ihn zu tun hatte. Dass er mit Max in der Bucht von Déia stand und dann weiter zu den Erdbeerbäumen wollte, war das letzte, das sein Gedächtnis abrufen konnte.

Danach herrschte nichts als Leere in seinem Kopf. Comisario Casas hätte den Patienten, obwohl er wahrscheinlich das Opfer war, am liebsten so lange mit dem Kopf gegen die Krankenzimmerwand gehämmert, bis er ihm sagte, wie er in den Fall verwickelt war. Aber das war natürlich nur ein vorübergehendes Wunsch- und Wutdenken. Er hielt sich immer strikt an die Vorschriften. Deshalb schluckte er seinen Zorn hinunter und versuchte mit dem Arzt sachlich die weiteren Aussichten zu besprechen.

»Der Gedächtnisverlust kann von dem Aufprall auf dem Stein herrühren, oftmals wird eine retrograde Amnesie durch ein Schädel-Hirn-Trauma ausgelöst. Aber es besteht natürlich auch die Möglichkeit, dass Herr Lämmermann die Erinnerung an seine traumatischen Erlebnisse verdrängt, dann handelt es sich um eine psychogene Amnesie.«

»Caramba! Es kann also sein, dass er uns bewusst die Wahrheit vorenthält?« Der Comisario war sauer. Trotzdem konnte er dem Doktor natürlich nicht zum Vorwurf machen, dass sein wichtigster und einziger Zeuge ihm versicherte, dass er keinen blassen Schimmer mehr hatte, wer ihn umbringen wollte.

»Was bedeutet das genau? Wird er sich irgendwann wieder daran erinnern, was genau passiert ist?«

»Wahrscheinlich schon. Aber nageln Sie mich nicht fest, wie lange das sein wird. Manchmal ist das Ganze nur vorübergehend, aber es kann auch Monate und Jahre dauern, bis dem Betroffenen nach und nach wieder etwas einfällt. In manchen Fällen ist die Amnesie auch dauerhaft.«

»Wenn wenigstens der Junge mit uns reden würde!«

Der Comisario hatte wirklich alles versucht, um Max zum Sprechen zu bringen. Eine Psychologin, Diana und seine Mutter hatten ihn nach Kräften dabei unterstützt. Doch weder gutes Zureden, noch Versprechungen von Eis, Pizza oder einer neuen TKKG-CD hatten ihm einen einzigen Satz entlocken können. Er schwieg beharrlich, wenn er über den Ausflug befragt wurde und weigerte sich, die Wohnung zu verlassen. Auch seinen Opa wollte er nicht sehen. Nur wenn seine Mutter ihn in den Arm nahm und ihn streichelte, ließ er es geschehen.

EINUNDZWANZIG

Antonio hatte sich seit ein paar Tagen nicht mehr bei Diana gemeldet. Genau genommen war er seit dem Überfall auf Udo wie vom Erdboden verschwunden.

Zuerst fiel es Diana gar nicht auf. Sie war damit beschäftigt, sich um Christin und Max zu kümmern, wenn sie nicht im Krankenhaus saß und ihrem Bruder Gesellschaft leistete.

Als sie begann Antonio zu vermissen, versuchte sie ihn auf dem Handy zu erreichen, aber er nahm nicht ab und nur die Mailbox verkündete, dass er im Moment beschäftigt sei. Sie sprach ihm mehrmals auf das Band er sollte sie zurückrufen. Aber er meldete sich nicht, deshalb ging sie ins Marinara und fragte nach ihm.

»Antonio hat gekündigt. Er arbeitet nicht mehr hier.«

»Das kann doch nicht sein. Was geht hier vor? Sie verschweigen mir etwas!«

Diana war außer sich.

»Glauben Sie mir, ich kann und darf Ihnen keine Auskunft geben. Señor Ramirez hat gekündigt. Weil ihm noch vier Wochen Urlaub zustehen, konnte er sofort aufhören zu arbeiten. Aber damit sage ich Ihnen schon viel zu viel. Eigentlich dürfte ich gar keine Auskünfte darüber geben.«

Die Dame an der Rezeption war betont höflich. Sie kannte Diana vom Sehen, aber ihr waren klare Grenzen im Umgang mit den Gästen und Touristen gesetzt.

»Das verstehe ich nicht. Er war doch ganz zufrieden mit seiner Arbeit im Hotel.«

»Es tut mir leid, aber ich kenne seine näheren Beweggründe auch nicht. Es muss wohl etwas Privates sein, das ihn dazu veranlasst hat, so plötzlich zu gehen.«

»Verdammte Scheiße!«

Diana war nicht der Typ, der oft fluchte, aber sie hatte jetzt das Gefühl, als würde gerade ihr gesamtes Leben zusammenbrechen.

»Können Sie mir seine Adresse in Valldemossa geben?«

»Leider nein. Auch dazu bin ich nicht befugt!«

»Hat er denn gar nichts für mich hinterlassen?«

»Nicht das ich wüsste. Allerdings hatte ich einige freie Tage. Aber wenn sie übermorgen wiederkommen, können Sie meine Kollegin danach fragen. Sie hat ihm seine Papiere gegeben und alles Geschäftliche mit ihm besprochen. In zwei Tagen ist sie wieder im Dienst.«

»Das darf doch nicht wahr sein! Ist heute der Tag des außerirdischen Wahnsinns oder ist diese Woche allen irrwitzigen Katastrophen gewidmet? Was kann denn jetzt noch als Steigerung passieren?« Diana brach in ein hysterisches Lachen aus, das in einem Schluckauf endete.

Sie schwankte leicht beim Gehen, als sie das Hotel verließ. Der Kopf schwirrte, ihre Beine fühlten sich an, als wäre sie gerade einen Marathon gelaufen, ihr ganzer Körper war verspannt und bleischwer.

Was hatte es zu bedeuten, dass Antonio ausgerechnet jetzt seine Arbeitsstelle aufgegeben hatte? War er etwa auch in diesen Überfall verstrickt?

Warum hatte er sich nicht mehr bei ihr gemeldet? Sie war in den letzten Tagen nicht am Hafen und an der Strandpromenade gewesen. Auch Pilar Martinez und María hatte sie nicht mehr getroffen. Steckten sie alle unter einer Decke?

Fragen über Fragen, auf die sie keine Antwort wusste.

Sie stieg die drei Steinstufen hinunter zum Strand und setzte sich schwerfällig in den Sand.

Es war windig und kühl. Graue, tief über dem Tramuntana-Gebirge hängende Wolken und vereinzelte dicke Tropfen hatten die Touristen vertrieben. Nur ein paar einsame Strandspaziergänger liefen hastig an ihr vorbei. Sie merkte

gar nicht, wie der Regen sie durchnässte, alles an ihr fühlte sich kalt an.
Plötzlich surrte etwas über ihren Kopf, drehte einen Kreis und flog wieder zurück in Richtung eines der Restaurants, das mit einer Pergola ausgestattet war, unter deren Dach sich viele Touristen geflüchtet hatten.
Dianas Blick folgte der Drohne. Konnte es sein, dass sie María gehörte?
Bevor sie sich vergewissern konnte, kam das Mädchen durch den Sand auf sie zugelaufen.
»Wo ist Max? Kommt er gar nicht mehr zum Spielen?«
»Hallo María. Max geht es gerade nicht so gut. Er hat keine Lust zum Spielen.«
»Du bist pitschnass. Willst du nicht mit zu uns an den Tisch kommen. Oma hat Pizza bestellt und ich darf ausnahmsweise eine Cola trinken.«
»Gute Idee«, antwortete Diana, bemüht, sich nichts von ihrer Anspannung anmerken zu lassen.
Diana folgte María, die fröhlich vor ihr her hüpfte. Ihre Zähne klapperten aufeinander, als herrschte winterliche Kälte, obwohl die Temperaturen noch über zwanzig Grad betrugen. Pilar saß an einem Tisch in einer geschützten Ecke. Sie setzte sich unaufgefordert auf den Stuhl ihr gegenüber und starrte sie herausfordernd an.
»Meine Güte, wie siehst du denn aus? Geht es dir schlecht?« Pilar schaute erschrocken.
»Schlecht ist eine absolute Untertreibung. Es geht mir beschissen und du und deine Familie, der berüchtigte Sánchez-Clan, hat ganz bestimmt den Löwenanteil Schuld daran.«
»Wie soll ich das verstehen?« Pilars Anteilnahme wandelte sich in eisige Kälte.
»Sag mir bloß nicht, dass es nicht dein Sohn war, der den Überfall auf meinen Bruder zu verantworten hat. Du hast Udo erst auf die Idee gebracht, dass er einen Ausflug entlang

der Küstenstraße machen soll und dann habt ihr diesen hinterhältigen Überfall arrangiert.«
»Mit dem Überfall habe ich nichts zu tun! Das schwöre ich!«
»Dann hat es dein Sohn ganz allein durchgeführt oder durchführen lassen. Und du hast ihm oder seinen Handlangern ein Alibi gegeben.«
»Würdest du deine Familie nicht beschützen?«
»Ich dachte, du wärst meine Freundin. Ich habe dir von Konstantins Tod und meinen ganzen privaten Problemen erzählt, weil ich dachte, dass ich dir vertrauen kann. Aber du hast mich nur ausgenutzt.«
»Das stimmt nicht. Es war wirklich ein Zufall, dass wir uns getroffen haben. Es tut mir leid, dass dein Bruder schwer verletzt worden ist. Wie geht es ihm?«
»Das geht dich nichts an. Aber ich will von dir wissen, was Antonio Ramirez mit dem Ganzen zu tun hat?«
»Wer?«
»Antonio Ramirez.«
Als Pilar verständnislos schaute, ergänzte sie: »Der Kellner aus dem Marinara.«
»Keine Ahnung. Ich kenne den Mann nicht.«
»Ist das jetzt wieder eines von deinen Spielchen?«
»Ehrenwort. Ich weiß nicht, von wem du sprichst.«
Diana schwieg erschöpft. Sie zitterte noch immer am ganzen Körper. Als der Kellner die Pizza für María servierte und Diana nach ihren Wünschen fragte, brachte sie keinen Ton heraus und Pilar bestellte für sie einen heißen Tee und einen doppelten mallorquinischen Kräuterschnaps.
María hatte sich neben sie gesetzt und streichelte ihr mit der Hand zaghaft über den Arm, während sie mit der anderen Pizzastücke in den Mund schob. Warum stritten jetzt auch noch die beiden Frauen? Sie mochte Diana. Sie kannte sie nur als gut gelaunte Stimmungskanone. Was war nur mit

den Erwachsenen los? Auch zwischen ihrem *papá* und ihrer *nana* gab es ständig Streit und Gespräche, die sie nicht mit anhören durfte. Immer wurde sie nach draußen geschickt, niemand erklärte ihr, warum so viel geschrien und gezankt wurde in den letzten Tagen. Sie streichelte Dianas Arm und war froh, dass sie nicht wieder weggeschickt wurde.

Diana trank den Schnaps auf einen Zug aus. Den Tee schlürfte sie in kleinen Schlucken. Sie begann sich besser zu fühlen. Von der schmalen Hand des Kindes breitete sich über den Arm Wärme aus, die langsam ihren gesamten Körper erfüllte.

»Ich verstehe nicht, dass du bei diesen üblen Geschäften mitmachst und ich glaube, ich will auch nicht mehr deine Freundin sein.« Die Worte klangen ernst und endgültig. Diana schaute Pilar in die Augen, bis diese ihren Blick senkte. Dann ergriff sie vorsichtig Marías Hand und legte sie auf die Tischplatte, bevor sie aufstand. Im Gehen wandte sie sich an María. »Mach's gut! Wenn du möchtest, dann grüße ich Max von dir. Er mag dich gern und hat sich gefreut, dass du mit ihm gespielt hast.«

María nickte.

Diana drehte sich um und ging, ohne einen Blick zurück.

ZWEIUNDZWANZIG

»Warum seid ihr dieses Risiko eingegangen. Ihr habt stümperhaft gearbeitet.« Pilar funkelte ihren Sohn mit wütend zusammengekniffenen Augen an.

»Dass es keine Glanzleistung war, weiß ich selbst. Aber Charlie ist aus dem Verkehr gezogen und die anderen bringen wir auch zum Schweigen, wenn es sein muss.«

»Was willst du damit sagen?«

»Dass sie garantiert nicht reden werden!«

»Juan, du wirst diesem Mann nichts tun und auch das Kind rührst du nicht an.«

Er schaute sie stirnrunzelnd an.

»Seit wann wirst du sentimental? Glaubst du, wir lassen uns von ein paar ignoranten Touristen das Geschäft versauen?«

»Dieser Tourist ist der Bruder der Frau, die deine Tochter aus dem Meer gezogen hat. María wäre um ein Haar ertrunken, wenn Diana sie nicht gerettet hätte. Du wirst keinem aus der Familie ein Haar krümmen, schlimm genug, dass noch ein Toter die Polizei in Alarmbereitschaft versetzt. Du wirst immer angreifbarer, reagierst viel zu emotional.«

»Im Moment besteht keine Gefahr, dass der Alte redet. Ich habe mit einer Krankenschwester gesprochen, die auf der Station arbeitet, in der dieser Lämmermann liegt. Er erinnert sich an überhaupt nichts. Und der kleine Junge sagt keinen Ton. Er kann nichts gesehen haben. Keine Ahnung, wo er sich aufgehalten hat, als es passiert ist.«

Juan verspürte keine Lust, dieses Thema weiter zu diskutieren. Wenn seiner Mutter diese Leute so wichtig waren, dann sollte sie erst einmal ihren Willen haben. Später würde man weitersehen.

»Warum hast du diesen unnutzen, dreckigen, kleinen Junkie erstochen?«

»Er konnte seinen Mund nicht halten. Wenn ihn die Polizei ein bisschen in die Mangel genommen hätte, wäre er weich geworden und hätte gesungen.«

»Es war trotzdem ein Fehler, ihn auf diese Art und Weise auszuschalten. Eine Überdosis wäre weitaus eleganter gewesen. Du bist nervös. Was ist los mit dir?«

Pilar schaute ihren Sohn durchdringend an. Er kam sich vor, als könnte sie ein Loch in seine Gedanken brennen. Abrupt wandte er sich um, ging zum Fenster und schaute hinaus in den Garten.

»Du traust mir nicht zu, dass ich die Geschäfte führen kann.« Es war eine Feststellung, keine Frage.

»Was soll das? Ich traue dir durchaus Geschäftssinn zu, aber auch du brauchst Hilfe. Willst du mich ausbooten, kaum dass ich wieder aus dem Gefängnis raus bin?«

»Ich habe drei Jahre lang die Geschäfte geleitet. Natürlich will ich das auch weiterhin.«

»Ohne mich?« Die Härte in ihrer Stimme ließ ihn zusammenzucken, aber er wollte nicht klein beigeben.

»Du solltest dich zurückziehen, dich um María kümmern und die Zeit mit deiner Enkeltochter genießen.«

»Was ist eigentlich mit Ana? Ich sehe sie kaum noch? Habt ihr euch gestritten?«

»Sie wird nicht mehr kommen.« So kurz angebunden kannte Pilar ihren Sohn gar nicht. Aber sie merkte an der Art, wie er mit den Fingern an seiner Unterlippe zupfte und sich dann durch die akkurat sitzenden Haare fuhr, dass ihm die Trennung von Ana nahe ging.

»Und warum?«, hakte sie nach.

»Das geht dich nichts an!« Das Zupfen an der Lippe wurde heftiger. Einen flüchtigen Moment lang hätte sie ihn gerne in den Arm genommen, so wie früher, als er noch ein Kind war und in ihrer Umarmung Schutz gesucht hatte. Aber dieser Augenblick ging schnell vorbei. Sentimentalitäten konnte sie sich nicht leisten, wenn sie ihre Position im Clan behalten wollte.

Mit der Frage, warum Ana Dali gegangen war, würde sie sich später beschäftigen. Pilar war sich sicher, dass sie herausfinden würde, warum die Beziehung so plötzlich beendet war. Ihre Enkelin würde die junge Frau vermissen. Sie hatte sehr an ihr gehangen. Ihr Sohn war alt genug, um selbst zu entscheiden.

»Du meinst also, ich soll nahtlos die Rolle von Ana übernehmen und Marías Ersatzmutter spielen?«

»Ersatzoma wäre wohl der richtige Ausdruck. Du scheinst manchmal zu vergessen, wie alt du bist.«

Er drehte sich um und schaute sie herausfordernd an.

Eine offene Kampfansage.

Pilar spürte eine Welle von Hass in sich aufsteigen. Als diese verschwand, war nur noch Müdigkeit in ihr. Er hatte recht, sie war nicht mehr die Frau, die sie war, als sie vor drei Jahren ihre Haftstrafe angetreten hatte. Die endlos lange Zeit der Isolierung hatte sie zermürbt. Sie gab sich ihrem Sohn geschlagen.

»Ich werde mich um María kümmern. Aber versprich mir, dass du nichts Unüberlegtes tust. Bevor du Schritte gegen die Deutschen unternimmst, will ich informiert werden. Ich verlasse mich auf dein Wort! Du rührst sie nicht an.«

Juan brummte unwillig.

»Sentimentalität war eigentlich nie deine Stärke.«

»Das ist keine Sentimentalität, sondern Loyalität oder eine Form von Dankbarkeit. Diana hat ohne zu zögern María gerettet.«

»María erzählt nur davon, welche tollen Fußballtricks ihr Max beigebracht hat. Von Ertrinken ist bei ihr nie die Rede.«

»Aber ich weiß, dass sie ertrunken wäre ohne Diana Mittermeiers beherztes Eingreifen.«

»Schon gut. Solange sie mich in Ruhe lässt, tue ich es auch.«

»Nein! Ihr wird nichts passieren, egal, was sie tut. Ist das klar?«
»Oh, die Chefin spricht!«
»Nein, Juanito, verstehe es als großmütterliche Einmischung.« Sie versuchte vergeblich ein Zittern in der Stimme zu unterdrücken. Juan konnte sich nicht erinnern, wann sie ihn das letzte Mal Juanito genannt hatte.
»Versprochen.« Seine Zusage kam schnell, er war überrascht, wie alt seine Mutter ihm vorkam.

DREIUNDZWANZIG

Udo Lämmermann erholte sich gut. Seine Wunde am Kopf heilte, aber seine Erinnerungslücken blieben bestehen. Nach einer Woche wurde er aus dem Krankenhaus entlassen und zwei weitere Wochen später gab der Comisario die Genehmigung, dass die Familie nach Deutschland zurückreisen dürfte. Udo und Max Lämmermann noch länger auf der Insel zu halten, wäre ein kostspieliges Unterfangen, da die Bewachung durch zwei Polizeibeamte Tag und Nacht beibehalten worden war. Comisario Casas' Chef bekam einen Wutanfall, als dieser wegen einer Verlängerung anfragte.
»Estás loco, du bist verrückt!«, war der netteste Kommentar, alle folgenden Kraftausdrücke waren nicht jugendfrei. Comisario Casas versuchte gar nicht erst, Einspruch dagegen zu erheben. Der Umgang mit dem Chef der Drogenabteilung war schwierig, auch José Casas wusste, wann er den Rückzug anzutreten hatte.
Er gestand sich ein, dass er einmal mehr eine Schlappe gegen den Sánchez-Clan hinnehmen musste. Pilar Martinez hatte Juan Sánchez ein Alibi für den fraglichen Nachmittag gegeben. Sie hatte geschworen, dass Juan und sie von dreizehn bis achtzehn Uhr gemeinsam Kaffee getrunken hätten. Gegen die Aussage konnte er nicht angehen. Am Abend in der Hängematte erzählte er seiner Katze von dem ganzen Schlammassel. »Du glaubst nicht, wie schlecht die Menschen sein können. Und das schlimmste ist, dass diese verlogenen Typen auch noch viel erfolgreicher sind, als alle, die versuchen, sich an die Gesetze zu halten.«
Rosana, die dicke, dreifarbige Katze schnurrte zustimmend, stupste ihn freundschaftlich mit der Nase gegen die streichelnde Hand und rollte sich zusammen, um ein Schläfchen zu halten. Während sie zufrieden und entspannt

schlummerte, gärte in ihm der Zorn über die gesamte Menschheit. Nicht einmal mit Angela konnte er über den Fall und seine Niederlage sprechen. Sie war zu ihrer Tochter gefahren, um die Zwillinge zu hüten. Er selbst hatte seine Enkelkinder seit mehreren Wochen nicht mehr gesehen. Sie waren mittlerweile zwei Jahre und vier Monate alt. »Wahrscheinlich werden sie sich später einmal gar nicht mehr an ihren Opa erinnern können, so selten habe ich Zeit für sie.« Er vergrub sein Gesicht im weichen Fell der Katze, die kurz erwachte und ihn vorwurfsvoll ansah. Vorsichtig, um sie nicht weiter zu stören, stand er auf und holte sich ein Glas Wein aus dem Kühlschrank, schnitt sich eine Tomate auf und belegte eine Scheibe Brot dick mit Käse. Dann legte er eine CD von Santana auf und drehte die Lautstärke auf höchste Stufe. Die Musik dröhnte laut aus den Boxen, sie vertrieb für kurze Zeit die schwarzen Gedanken aus seinem Kopf.

Am nächsten Morgen wachte er mit neuem Tatendrang auf. Seine Hoffnung, dass Udo Lämmermanns Gedächtnis wiederkehren oder Max endlich wieder reden würde, war zurückgekehrt.

»Wenn auch nur die kleinste Erinnerung an den Anschlag zurückkommt, melden Sie sich sofort bei mir. Sie können auch zu jeder Polizeidienststelle in Deutschland gehen. Die Kollegen werden mich benachrichtigen.«

Udo Lämmermann versprach es ihm. Er war froh, zurück nach Deutschland zu dürfen. Er litt unter starken Kopfschmerzen und sein Gedächtnis war beeinträchtigt.

Diana hatte ihn noch ein letztes Mal auf die Polizeistation nach Palma begleitet. Sein Gang war unsicher und gebeugt. »Werde ich mir überhaupt noch Texte merken können? Ich habe Angst, dass ich gar nicht mehr Theaterspielen kann.« Diana und der Comisario versuchten, ihn zu beruhigen. Seine Auftritte machten ihnen weniger Sorge, als die Gefahr, der er noch immer ausgesetzt war.

»Brauchst du uns hier nicht auch? Bist du nicht genauso in Gefahr wie Max und ich?« Udo musste lange überredet werden, wieder zurück zu fliegen.
»Fliegt nach Hause. Ich muss noch ein paar Dinge erledigen. Aber in ein paar Wochen komme ich euch besuchen.«
Diana hatte am meisten Angst um den Jungen und fragte sich in schlaflosen Nächten, was er mit ansehen musste, dass er keinen Ton mehr sagte und stumm vor sich hinbrütete. Auch Christin schwieg die meiste Zeit und war in düsteren Gedanken versunken. Um sich abzulenken, kaufte sie kiloweise Orangen und Zitronen auf dem Markt und verarbeitete sie zu Marmelade. Diana hatte keine Ahnung, wer den süßen Brotaufstrich essen sollte. Einen Teil davon wollte Christin ihren Freundinnen als Urlaubssouvenir mitbringen, aber alle Gläser einzupacken würde jede Menge Übergepäck bedeuten. Wahrscheinlich musste Diana selbst die Marmelade an ihre Bekannten verteilen, um wieder Platz in der Speisekammer zu bekommen.
Aber sie vermied es deshalb, bissige Kommentare abzugeben, sondern lobte Christin stattdessen für ihren Arbeitseifer.
»Ich werde ein Orangenfest veranstalten und alle werden begeistert sein, als Geschenk ein Glas deiner Marmelade mit heimnehmen zu dürfen!«
Auch bei der letzten Untersuchung im Krankenhaus nahmen sie für die Schwestern welche mit.
Diana war freundlich zu allen, versuchte Christin, Udo und Max aufzuheitern, aber sie litt darunter, dass Antonio sich nicht bei ihr meldete. Sie war nicht noch einmal ins Hotel Marinara gegangen, um sich erneut nach ihm zu erkundigen. Nachdem er nicht bei ihr anrief, löschte sie seine Nummer auf ihrem Handy und beschloss ihn zu vergessen.

VIERUNDZWANZIG

Diana brachte Christin, Udo und Max zum Flughafen. Sie fuhren mit dem Taxi, das Mietauto war von der Polizei noch nicht freigegeben worden. Aber es hätte auch keine der beiden Frauen fahren wollen.

Der Fahrer hatte sie vor Dianas Wohnung abgeholt.

Die ersten Kilometer saßen sie schweigsam und in sich gekehrt. Der Anschlag auf Dianas Bruder hatte sich in dem kleinen Hafenstädtchen Sóller wie ein Lauffeuer herumgesprochen. Auf ihrem Anrufbeantworter waren Dutzende Anrufe von Freundinnen eingegangen, die ihr Beistand anboten und anfragten, ob sie etwas für sie tun könnten. Sie hatte mehrere Freundinnen zurückgerufen und ihnen alles erzählt. Dass sie zuvor noch fröhlich mit ihrem Bruder getanzt und Pläne für gemeinsame Unternehmungen geschmiedet hatte, kam ihr unwirklich vor. Auch mit dem Erzählen der Ereignisse, blieb das Geschehen irreal. Sie konnte es nicht fassen und fühlte sich steinalt. Es schien Diana, als würde ihr das gesamte Leben aus den Fingern gleiten, als hätte sie nichts, was passierte, mehr selbst in der Hand.

Christin ging es ähnlich, bei ihr kam noch die Sorge hinzu, wie sie den Alltag zuhause meistern sollte.

»Ich weiß gar nicht, ob ich mein Fotoatelier behalten kann. Papa hat so oft Max übernommen, wenn ich am Wochenende einen wichtigen Auftrag hatte. Ohne ihn werde ich es nicht schaffen.«

»Wenn es Udo wieder etwas bessergeht, kann er sicher genauso für Max da sein, wie zuvor. In ein paar Tagen komme ich und helfe euch.«

Diana wollte ihre Familie außer Gefahr wissen, das war ihr wichtiger, als alles andere. In Deutschland wären sie sicherer, als auf der Insel. Aber in ihr brodelte noch immer eine tiefsitzende Wut, die überzulaufen drohte wie kochende Milch.

»Spielst du mit mir im Garten Fußball? Ich habe ein richtiges Tor, genauso groß wie auf einem echten Fußballfeld.« Max Stimme klang zaghaft und belegt. Es war das erste Mal, dass er wieder zusammenhängende Sätze sprach.
Sein andauerndes Schweigen war beängstigend gewesen, aber sein plötzliches Reden verwirrte Diana ebenfalls. Christin war so erschrocken, dass sie einen Laut ausstieß, der sich wie das Wehklagen eines kranken Wolfes anhörte. Tagelang hatten sie darauf gewartet, dass der Junge wieder etwas sagen würde.
Max zuckte zusammen, als er den Schrei seiner Mutter hörte und Diana befürchtete, er würde das Reden auf der Stelle wieder einstellen. Sie versuchte, sich ihre Aufregung nicht anmerken zu lassen und gelassen zu reagieren.
»Klar spiele ich mit dir Fußball. Du musst alle deine Freunde dazu einladen. Denen zeigen wir mal, was deine Tante so draufhat! Und dein Opa kann bestimmt auch bald wieder mit dir spielen.« Sie grinste ihn durch den Rückspiegel an. Er fing ihren Blick auf und lächelte scheu zurück.
»Mama darf aber auch mitspielen!«
»Sie darf nicht nur, sie muss mitspielen.«
Diana schaute kurz nach hinten zu Christin, die aufrecht und angespannt neben ihm saß. Sie sagte keinen Ton und es sah aus, als betrachtete sie aus dem Autofenster die knorrigen Olivenbäume, die rechts und links der Straße vorbeizogen.
Als Christin den Blick Dianas spürte, sagte sie: »Pass auf dich auf. Ich habe gar kein gutes Gefühl, dich hier allein zurück zu lassen. Niemand weiß, wonach diese Verbrecher gesucht haben. Ich habe Angst, dass sie dich ins Visier nehmen, wenn sie nicht gefunden haben, was sie wollten.«
»Ach was, bei mir gibt es nichts zu finden. Und Unkraut vergeht nicht. Mir passiert schon nichts. Sei nicht so ängstlich, freu dich lieber, dass Max wieder mit uns redet.«

Diana versuchte selbstsicher zu klingen, aber ihr war nicht wirklich wohl bei dem Gedanken, allein in ihre Wohnung zurückkehren zu müssen.
Als wäre bei Max ein Damm gebrochen, begann er zu reden wie ein Wasserfall. Er erzählte Diana von seinen Freunden Denis und Jonas, dem Fußballplatz neben dem Kindergarten, von einem Jungen, der mit ihm eine Radtour machen wollte und einem Hund, den er manchmal Gassi führen durfte. Alles wollte er ihr zeigen, wenn sie käme.

Solange Christin und Udo das Gepäck am Schalter aufgaben, suchte Diana in ihrem Geldbeutel nach Münzen für den Getränkeautomaten. Ihre Kehle fühlte sich rau und ausgetrocknet an. Sie brauchte dringend einen Schluck Wasser.
»Diana, ich muss dir was sagen!« Max zog sie an ihrer weiten Bluse und flüsterte verschwörerisch.
»Was ist denn?« Sie hörte auf, in ihrer Geldbörse zu kramen.
»Ein Geheimnis. Du musst mir schwören, dass du es niemandem erzählst.«
»Ich schwöre!« Diana lächelte zu ihm hinunter.
»Ehrenwort?«, hakte er noch einmal nach.
»Ehrenwort! Ich liebe Geheimnisse.« Sie hob die Hand zum Schwur, erinnerte sich, wie gerne sie und ihr Bruder als Kinder Heimlichkeiten miteinander geteilt hatten.
»Marías Papa war dabei.« Max' Stimme war so leise, dass Diana nicht wusste, ob sie ihn richtig verstanden hatte. Was wollte er ihr sagen?
»Wo war Marías Papa dabei?«, wollte sie nun genauer wissen.
Er ging nicht auf ihre Frage ein, sondern fuhr fort. »Ich habe es versteckt, es ist im Bett.«
»Was?«
In diesem Moment kam Christin auf sie zu. Das Einchecken der Koffer war schnell gegangen. Sie sah von einem zum

anderen, erleichtert darüber, dass ihr Sohn endlich wieder redete.
»Was habt ihr beide denn zu flüstern?« Max schaute ängstlich zu Diana.
»Oh, wir haben ein Geheimnis! Nichts, was Mütter wissen sollten.« Sie grinste Max verschwörerisch an und ergänzte. »Wenn ich euch besuchen komme, gehen wir mal ganz allein einen Stadtbummel machen. Aber es wird nichts verraten!«
»Ihr seid mir zwei Geheimniskrämer.«
Christin hakte sich bei Diana und Udo ein. »Lasst uns einen Cappuccino trinken. Vielleicht gibt es in der Cafeteria auch einen Kakao für Max. Wir haben noch eine halbe Stunde Zeit.« Sie suchten sich einen freien Platz in dem Selbstbedienungslokal und holten sich am Tresen ihre Getränke.
»Ich bin froh, dass es dich gibt.« Christin umarmte Diana, als es Zeit wurde, durch die Sicherheitskontrolle und zu ihrem Abflug-Gate zu gehen.
»Du hast uns wirklich sehr geholfen. Allein hätte ich diese letzten Tage nicht durchgestanden. Vielen Dank.«
Ihre Augen schimmerten feucht.
»Ich meine es ernst, dass ich euch besuchen komme. Ich werde euch helfen, bis ihr den Alltag wieder allein auf die Reihe bekommt.« Auch Diana war kurz davor in Tränen auszubrechen.
»Komm, solange du möchtest. Unser Gästezimmer ist zwar klein, aber wir freuen uns auf dich.«
Max umarmte Diana ebenfalls, sein trauriges Gesicht, voller Pusteln und rot geschwollen, sprach Bände. Die Ereignisse auf Mallorca hatten seine allergischen Reaktionen befeuert, anstatt sie zu verbessern. Wieder schweigsam und mit gesenktem Kopf lief er hinter den Erwachsenen durch die Sicherheitsschranke. Erneut überfiel sie heiße Wut, als sie

den kleinen Jungen so unglücklich abfliegen sah. Wer ihm das alles angetan hatte, sollte dafür büßen.

Zwei Stunden später war Diana wieder zurück in ihrer Wohnung. Sie zog die Vorhänge zu und sicherte die Tür mit einem Riegel, der schon immer angebracht war, den sie aber nie benutzt hatte. Bisher hatte sie sich stets geschützt in ihren eigenen vier Wänden gefühlt und nie darüber nachgedacht, dass jemand bei ihr einbrechen könnte. Jetzt jagte ihr die Stille der Wohnung Angst ein.

Das Ehepaar, das neben ihr wohnte, kam immer erst gegen Abend nach Hause, unter ihr hatte sich ein alter Herr aus Hamburg eingemietet, der nur ein paar Wochen im Jahr auf Mallorca lebte. Über ihr wohnte zurzeit überhaupt niemand. Sie wusste nicht einmal genau, wer das Apartment angemietet hatte. Ständig traf sie andere Touristen, meist Engländer, die für ein paar Tage darin wohnten und dann den Schlüssel an andere weitergaben. Ferienvermietungen waren in ihrem Wohnhaus erlaubt. Es hatte sie bisher nie gestört, dass in dem Gebäude viele Fremde ein- und ausgingen, im Gegenteil, sie hielt gerne ein Schwätzchen im Treppenhaus, frischte ihre Englisch- und Spanischkenntnisse bei einem Gespräch auf oder freute sich einfach, unterschiedliche Menschen kennenzulernen. Doch nach den Geschehnissen der letzten Zeit, fühlte sie sich unwohl. Es wäre ihr lieber, zu wissen, wem sie im Treppenhaus begegnete und wer wirklich befugt war, sich im Haus aufzuhalten.

»Du musst cool bleiben, Diana! Seit wann hast du schwache Nerven?« Sie sprach sich selbst laut Mut zu.

Dann ging sie systematisch auf Suche. »Ich habe es im Bett versteckt.« Wenn sie Max richtig verstanden hatte, dann durfte es nicht allzu schwer sein, zu finden, was er entdeckt hatte und was den Anschlag auf ihren Bruder zur Folge gehabt hatte.

Sie zog die Bettwäsche von Kopfkissen und Bettdecke, entfernte das Bettlaken und hob die Matratze an. Akribisch klopfte sie jeden Zentimeter ab, um nichts zu übersehen. Der Bettkasten klemmte und ließ sich nicht herausziehen. Aber sie nahm auch nicht an, dass Max die Kraft hatte den schweren Unterbau des Schlafsofas herauszuziehen. Nach was suchte sie eigentlich? Nachdem sie glaubte, jeden Winkel unter die Lupe genommen zu haben, schenkte sie sich ein Glas Prosecco ein und prostete sich selbst zu.

»Salud, Diana! Mach dir nicht in die Hose wegen eines Geheimnisses deines sechsjährigen Neffen. Der Junge hat wahrscheinlich zu viel TKKG gehört und eine blühende Phantasie entwickelt. Vielleicht ist es seine Art, mit den schrecklichen Geschehnissen fertig zu werden.«

Aber als sie das Glas geleert hatte, begann sie noch einmal von vorn mit der Suche. Wieder ergebnislos. Ihre Hände zitterten.

Sie öffnete die Vorhänge, goss sich ein weiteres Glas ein und setzte sich auf den Balkon. Der azurblaue Himmel und der Blick auf den Yachthafen beruhigten ihre Nerven, das Zittern in ihrem Inneren ließ nach. Sie würde später ihre Freundin Marina anrufen und fragen, ob sie ein paar Tage zu ihr ziehen konnte, um vor der Stille der Wohnung zu fliehen.

Von dem vielen Prosecco wurde sie müde und nickte im Stuhl ein. Es wurde schon dämmrig, als sie mit einem Ruck aufwachte. Sie war nassgeschwitzt von einem Alptraum und hatte einen steifen Hals. Obwohl sie im Freien saß, fühlte sie sich eingeengt. Sie hatte im Traum zu Schreien versucht, es aber nicht fertiggebracht. Jemand, dessen Gesicht sie nicht erkennen konnte, hatte versucht, sie in die Tiefe eines Pools zu ziehen. Und während sie keine Luft mehr bekam, traf sie die schreckliche Erkenntnis, dass alle Menschen, denen sie jemals vertraut hatte, sich gegen sie verschworen hatten. In dem Traum hatte sie Udo, Antonio, ihre Freundin

Marina und Christin beschworen, ihr zu helfen, aber deren Gesichter hatten sich von ihr abgewandt, als würden sie sie nicht kennen. Sie war mit rasendem Herzklopfen erwacht. Auf dem Balkongeländer stritten sich zwei Spatzen um ein paar Brotkrümel.
Ihr Kopf, der im Schlaf vornübergefallen war, fühlte sich an, als hätte sie jemand k. o. geschlagen.
Der Traum hing noch einige Minuten in der Abendluft, wie ein schlechter Geruch löste er sich dann auf und verschwand.
»Warum legst du dich auch nicht auf die Gartenliege?«
Die bunte Stoffliege mit den unzähligen farbig gemusterten Kissen stand einladend unter dem unbenutzten Sonnenschirm. Noch gestern hatte Max stundenlang darauf gelegen und stumm vor sich hingestarrt, dass es Diana und Christin ganz angst geworden war.
Hatte er mit Bett die Liege gemeint? Diana zog sich mühsam aus ihrem Stuhl hoch, reckte die Arme ein paarmal in die Höhe, dann beugte sie sich mit Schwung in den herabschauenden Hund und verharrte eine Weile in der Yoga-Position. Anschließend entspannte sie ihren Rücken in der Haltung der Katze, bevor sie mit einem tiefen Atemzug wieder in die Senkrechte kam.
»So, auf ein Neues!« Mit wieder erwachtem Schwung machte sie sich auf die Suche, wurde aber auf dem Balkon nicht fündig. Noch einmal nahm sie sich das Gästebett vor. Diesmal zerrte sie so lange an dem Bettkasten, bis er sich aufschieben ließ. Ein Beutel hatte sich im Scharnier verklemmt. Es war ein heller Stoffbeutel, in dem ein Plastikbeutel mit weißem Pulver steckte. Rauschgift, war ihr erster Gedanke. Sie wusste nicht wie Heroin, Kokain oder Cannabis aussahen. Diana hatte keinerlei Erfahrungen mit illegalen Drogen. Ihre Kenntnisse beschränkten sich auf Zeitungsartikel, die sie darüber gelesen hatte, Songtexte, wie *Kokain* des Liedermachers Hannes Wader, oder einem Lied von John

Lennon, in dem er seinen Versuch beschrieb, gemeinsam mit Yoko Ono von den Drogen loszukommen.
Sie loggte sich in ihren Computer ein und recherchierte im Internet, was sie zu dem Thema finden konnte. Nach ein paar Minuten staunte sie, was es alles darüber zu lesen gab und ihr wurde klar, dass es sich bei dem Fund sehr wahrscheinlich um Kokain handeln musste. Wenn sie mit ihrer Vermutung richtiglag, dann stellte der Inhalt dieses Beutels einen großen Wert dar. Der Schwarzmarktpreis für Kokain wurde ganz unterschiedlich angegeben. Er schwankte zwischen 40 und 90 Euro pro Gramm in Spanien und Deutschland, wobei man anscheinend zwischen reinem und gestrecktem Kokain unterscheiden musste. Reines Kokain war noch um ein Vielfaches teurer.
Diana holte ihre Küchenwaage, die sie zum Abwiegen ihrer Kuchenzutaten benutzte aus dem Schrank und wog den Beutel. 1664 Gramm zeigte die Waage an. Sie zog ein paar Gramm für den Beutel ab und begann zu rechnen. Wenn sie den geringsten Betrag aus dem Internetbericht ansetzte, dann waren das satte 64.000 Euro. Sollte es sich um reines Kokain handeln, dann war es das Doppelte oder Dreifache der Summe. Sie pfiff leise durch die Zähne und stellte den Fund vor sich auf den Küchentisch. Was sollte sie damit anfangen?
Als ihr Blick auf den Fußball fiel, den Max achtlos in der Ecke des Balkons vergessen hatte, kam ihr eine Idee. Ein paarmal hatte sie ihm geholfen, den Ball wieder mit der Luftpumpe aufzublasen. Er war nicht mehr ganz dicht, hatte an einer Stelle ein winziges Loch, durch das die Luft entweichen konnte. Sie holte ihre Kiste mit den Patchwork-Utensilien aus dem unteren Schrankfach im Schlafzimmer und machte sich an die Arbeit.
Es war schwieriger, als sie gedacht hatte. Aber sie war noch immer geschickt im Umgang mit Nadel und Faden. Ihre Finger hatten die unzähligen Stunden, in denen sie Stoffe

sortiert, zugeschnitten und aneinandergenäht hatte, nicht vergessen. Während sie arbeitete, rasten viele widersprüchliche Gedanken durch ihren Kopf. Soll ich nicht doch lieber mit dem Fund zur Polizei gehen? Was will ich eigentlich mit meinem Tun bezwecken? Ich mache mich strafbar, wenn ich dieses Rauschgift einfach unterschlage.

Aber es gab auch die anderen Gedanken, die schließlich die Überhand gewannen. Ich werde mich an diesem verfluchten Sánchez-Clan rächen. Wer weiß denn, ob die Polizei überhaupt etwas mit dem Drogenfund anfangen könnte, wenn ich damit zum Comisario gehe. Wie soll denn bewiesen werden, dass es eine Verbindung zu dem Überfall gibt, wenn auf dem Beutel nur Fingerabdrücke von Udo, Max und mir zu finden sind?

Damit stand ihr Entschluss fest.

Gewissenhaft trennte sie an der Stelle des Loches die Nähte des Lederballes auf. Sie brauchte eine ziemlich große Öffnung, um ihren Plan umzusetzen. Als sie glaubte, die Größe müsste reichen, stellte sie fest, dass die Menge des weißen Pulvers in dem Säckchen zu groß war. Entschlossen schüttete sie mehr als die Hälfte davon in die Toilette und spülte es gewissenhaft hinunter. Erst nach mehrfachem Nachspülen und anschließender Desinfektion mit einem Reinigungsmittel, war sie zufrieden mit der Vernichtungsaktion. Das restliche Pulver verblieb in dem Beutel. Sie schnürte ihn wieder zusammen und wischte sorgfältig alle Fingerabdrücke mit einem feuchten Lappen ab.

Wie gut, dass ich gerne Krimis schaue, dachte sie grimmig und hoffte, dass sie wirklich alle Maßnahmen mit Umsicht bedacht hatte. Dann nähte sie den Ball mit äußerster Vorsicht wieder zu.

Als sie die Näharbeit fertiggestellt hatte, sah der Ball genauso aus, wie vorher. Nur Luft fehlte ihm noch. Aber Aufpumpen würde sie ihn erst am nächsten Morgen, denn er sollte prall

gefüllt sein, wenn sie ihn brauchte. Dann legte Diana den Ball auf den Balkon, neben Sandspielzeug und Luftmatratze. Hier würde niemand nach Drogen suchen, schon gar nicht in einem achtlos herumliegenden Ball.
Das erste Mal, seit Udos Tod, fühlte sie wieder so etwas wie Zuversicht.
Sie holte eine Flasche Wein aus dem Schrank. Als sie diese gerade öffnen wollte, klingelte ihr Handy. Sie erkannte Antonios Nummer auf dem Display und nahm das Gespräch an.
»Hallo.«
»Ich bin's. Antonio. Kann ich vorbeikommen?«
»Wo warst du so lange?«
»Ich erkläre es dir, wenn ich da bin.«
»Gut. Bis gleich.« Bevor sie noch etwas sagen konnte, hatte er aufgelegt.
Bis er eintraf, ging sie unter die Dusche, spülte Schweiß und aufkeimende Angstgefühle mit lauwarmem Wasser ab. Dann cremte sie sich mit ihrer Lieblings-Bodylotion ein. Sie sprach sich selbst Mut zu.
»Diana Mittermeier, in dir steckt kriminelles Potenzial, an das du vor ein paar Wochen nicht einmal im Traum gedacht hast! Du wirst dich nicht unterkriegen lassen!« Sie goss sich ein Glas Wein ein und sprach einen Toast aus: »Auf dich, Udo. Und auf die Gerechtigkeit!«

Als Antonio klingelte, hatte sie bereits ihr drittes Glas hinunter gekippt.
»Ich bin sehr gespannt, welche Entschuldigung dir einfällt, warum du dich nicht mehr bei mir gemeldet hast.«
Ihr Tonfall war aggressiv und viel zu laut. Sie wich seinem Begrüßungskuss aus.
»Entschuldige, du musst richtig sauer auf mich sein. Ich war eben im Marinara und habe erfahren, was mit deinem Bruder passiert ist. Ich war ein Esel, dass ich mich nicht bei dir

gemeldet habe. Aber bei mir haben sich die Ereignisse auch überstürzt. Ich dachte, du bist mit deiner Familie glücklich und beschäftigt. Wie sollte ich ahnen, dass dein Bruder fast gestorben wäre.«

»Soll das heißen, du wusstest bis gerade eben gar nicht, was passiert ist?«

»Nein. Das heißt, ich habe geahnt, dass etwas nicht stimmt, als ich das Polizeiauto vor deinem Haus gesehen habe. Ehrlich gesagt, habe ich mich nicht getraut zu klingeln, weil die Polizei im Moment nicht so gut auf mich zu sprechen ist.« Er wirkte verlegen.

»Was heißt das genau?« Diana hatte ihn noch nie so kleinlaut und betreten gesehen. Es dauerte eine Weile bis er wieder zu reden begann.

»Ich habe ein paar illegale Geschäfte laufen ...«

»Aha!« Sie schwieg und wartete ab, was noch kommen würde.

»Ich habe verdammt viel Geld beim Spielen im Casino verloren. Genau genommen, alles. Geld, Auto und Wohnung.«

»Wolltest du deshalb mein Auto an dem Abend leihen? Wahrscheinlich wäre es dann mit dir verschwunden. Wolltest du es zu Geld machen?«

»Nein. Ich musste nur dringend nach Palma, um mir bei einem Freund etwas zu verdienen. Du weißt schon ...« Er machte eine bedeutungsvolle Pause. Als Diana nicht reagierte, ergänzte er: »Du hast doch auch schon Wein und Öl bei mir gekauft. Hast du gedacht, ich kaufe die Kisten im Großhandel?«

»Das heißt, du klaust das Zeug und verscherbelst es dann an Freunde und Bekannte?«

»Genau.« Er wirkte erleichtert, dass sie verstanden hatte. »In den letzten vierzehn Tagen war ich nur damit beschäftigt, an Geld zu kommen. Ich hatte keine Sekunde Zeit, um dich anzurufen. Die Arbeit als Kellner wirft absolut nicht genug ab, dass ich meine Schulden bezahlen kann. Ich musste ein paar Tage untertauchen, bis ich wieder flüssig war.«

»Wenn das wahr ist, bist du ein riesengroßer Idiot.« Sie lachte. Es klang schrill und hysterisch in ihren eigenen Ohren. »Ich habe gedacht, du steckst mit diesem Drogen-Clan unter einer Decke, dabei bist du nur ein glückloser Glücksspieler und ein kleiner Gauner.«

»Was?«

»Ach, vergiss es, ich war auch eine Idiotin!«

Er machte einen vorsichtigen Schritt auf sie zu, nahm sie dann ungestüm in den Arm und küsste sie.

»Ich brauche dich!«

Viel später, als sie mit Antonio auf dem Balkon saß, sagte er: »Ich werde nicht viel Zeit haben in den nächsten Wochen.«

»Hast du den Job im Marinara wirklich nur aufgegeben, weil er zu schlecht bezahlt ist?«

»Es war langweilig. Ich muss etwas Neues ausprobieren. Und ich brauche schnell Geld, um meine Schulden zu bezahlen.«

»Steht es so schlimm?«

»Noch schlimmer.«

»Soll ich dir etwas leihen?«

»Vielleicht. Wenn du möchtest.«

Der Nachthimmel war sternenklar. Es ging ein leichter Wind, aber die Hauswand strahlte noch die Wärme des Tages ab. Diana legte ihre weiche Hand auf Antonios Arm.

»Ich habe dich in den letzten beiden Wochen schrecklich vermisst.« Sie war sich nicht sicher, ob er ihr die ganze Wahrheit erzählt hatte, aber sie wollte Antonio nicht verlieren.

»Wieviel brauchst du?« In der Dunkelheit konnte sie seinen Gesichtsausdruck nicht erkennen, aber seine Stimme klang gepresst. Nichts von der Unbeschwertheit, die sonst ihre Unterhaltungen prägte.

»Dreitausend in bar.«

»Ich gehe morgen zur Bank.«
»Danke. Du bekommst es sobald wie möglich zurück.«
»Alles klar. Ich muss für ein paar Wochen nach Deutschland. Wenn ich zurück bin, sehen wir weiter.«
Er nahm ihre Hand in seine, trank einen Schluck aus seinem halb vollen Weinglas und schwieg. Irgendwo schlug eine Uhr. Das Schreien einer Möwe klang laut und klagend in die Stille der Nacht.
»Heute ist der Tag der Rache auf dem Fußballfeld und des schnöden Mammons«, entfuhr es ihr plötzlich. Antonio sah sie entgeistert an.
»Musst du immer diese blöden Gedenktage erfinden?«
»Diesmal ist es die pure Realität.«
»Bist du betrunken?« Antonio schaute sie irritiert an. Sie musste lachen, denn er hatte nicht unrecht.
Sie fühlte sich benebelt und alles drehte sich vor ihren Augen.
»Ja, ich bin betrunken. Aber ich befürchte, du brauchst mich nur, weil ich dir Geld zum Spielen einbringe. Was für ein toller Tag!«
»Das stimmt nicht. Ich liebe dich.«
»Hey, heute ist nicht der 14. Februar. Ich bin nicht in Valentins-Stimmung.« Dianas Stimme klang verwaschen.
Das Lächeln auf seinem Gesicht erstarrte.
»Upps, das habe ich nicht so gemeint.«
»Vergiss es!« Antonio stand auf und begann die Gläser in die Küche zu räumen.
»Scheiße!«, trompetete Diana. »Mir hängt heute diese ganze Insel und alles, was damit zusammenhängt zum Hals raus. Ich bin immerhin zehn Jahre älter als du und du hast dich in den letzten Wochen einen Dreck um mich gekümmert.«
»Du bist betrunken.«
»Sag mir nicht, dass ich zu viel getrunken habe. Ich kann tun und lassen, was ich will.«

Sie nahm ihr Glas und leerte es in einem Zug, dann griff sie zur Flasche und goss sich erneut ein.
»Du hattest wirklich genug. Wir sollten schlafen gehen und morgen weiterreden.« Er nahm ihr das Glas aus der Hand und stand auf.
»Lass mich einfach in Ruhe!« Sie schwankte ins Wohnzimmer, fiel auf das Sofa und schloss die Augen.
»Ich gehe jetzt. Wenn du möchtest, dass ich vorbeikomme, dann ruf mich an.«
Diana sagte nichts. Erst als sich die Wohnungstür hinter ihm schloss, begann sie zu weinen.
Alles fühlte sich falsch an und in ihrem Gehirn richtete der Alkohol, gepaart mit totaler Überforderung, ein Chaos an.

FÜNFUNDZWANZIG

Am nächsten Tag wachte Diana mit einem dicken Kopf auf. Sie hatte schon ihr Handy in der Hand, um Antonio anzurufen, dann legte sie es wieder auf die Seite. Sie verschob den Anruf auf später, duschte, zog sich an und machte sich auf den Weg in die Inselhauptstadt. Ihr Ziel war nicht das Altstadtviertel, sondern Son Banya. Weil sie sich nicht traute, allein in das Drogenviertel zu fahren, stellte sie ihren Roller am Plaza España in Palma ab und stieg am Busbahnhof in die Linie 18. Außer ihr waren noch einige andere Passagiere in dem Bus. Sie brauchten eine halbe Stunde bis zur Endstation Son Banya.

Der Fahrer musterte sie mit hochgezogenen Augenbrauen, als sie ihm sagte, sie wolle bis zur letzten Station fahren.

»Aufenthalt drei Minuten, dann fahre ich zurück. Wenn Sie länger brauchen, müssen Sie dort auf den nächsten warten.«

»Danke.« Diana setzte sich ohne weiteren Kommentar in eine der leeren Reihen, möglichst weit entfernt von den anderen Mitfahrenden, die wenig vertrauenserweckend aussahen. In der Reihe vor ihr saß eine Mutter mit Kind. Die Frau scherzte mit dem kleinen Mädchen und schälte ihr eine Banane. Sie lächelte Diana freundlich an und machte nicht den Eindruck, als würde sie in einem Drogenviertel wohnen. Diana hatte am Morgen im Internet recherchiert und kaum glauben können, dass es wirklich auf der Sonneninsel einen Ort geben sollte, der nur aus Baracken, Müllhalden und Drogenumschlagplätzen bestand. Waren die Berichte aus der Mallorca-Zeitung und dem Insel-Radio ernst zu nehmen oder handelte es sich dabei um reißerische Aufmacher, die eine ganze Gegend verunglimpfen wollten?

Der Bus fuhr in Richtung Son Ferriol, einem Gewerbegebiet von Palma. Dort stieg die Frau mit dem Kind aus, keine

weiteren Passagiere kamen dazu. Diana hatte am Morgen einen bunt gemusterten Leinen-Zweiteiler angezogen, der viel zu elegant für ihr Ausflugsziel war. Sie spürte die Blicke der anderen Fahrgäste auf sich, wusste, dass sie für diese wie ein Paradiesvogel, der sich verflogen hatte, erscheinen musste. Sie bereute ihre Kleiderwahl, angesichts der schmuddeligen Hemden und Hosen der anderen Mitfahrer. Kaum zwei Minuten später änderte sich die Gegend, die Fabrikgebäude verschwanden. Hausruinen, Autowracks und Berge von Müll säumten die Straße, dahinter sah sie heruntergekommene Häuser, von denen man nicht sagen konnte, ob sie bewohnt oder verlassen waren. Als der Bus hielt, stiegen alle Mitfahrenden hastig aus, an der Haltestelle lungerten ein paar Jugendliche in Trainingsanzügen herum und redeten auf die Ankommenden ein. Diana zögerte auszusteigen. Der Anblick des Verfalls ängstigte sie. Niemals hätte sie sich diesen Ort so schlimm vorgestellt. Konnte es wirklich sein, dass Pilar Martinez hier aufgewachsen war und bis vor ein paar Jahren hier gewohnt hatte?
»Wollen Sie gar nicht aussteigen? Hier ist die Endstation. Son Banya. Oder das, was noch davon übrig ist. In ein paar Wochen wird es hoffentlich vollständig abgerissen sein.«
»Ich weiß nicht. Am besten fahre ich wieder mit Ihnen zurück.«
»Das denke ich auch. Sie passen nicht in den Ort. Was suchen Sie denn hier?«
Der Busfahrer musterte sie stirnrunzelnd.
»Kennen Sie Pilar Martinez, die Drogen-Chefin? Ich wollte sehen, wo sie gewohnt hat!«
»Sie lesen zu viele Krimis!« Seine Miene verschloss sich schlagartig.
»Haben Sie Angst darüber zu reden?« Diana versuchte ihn zu provozieren, um ihn zum Sprechen zu bringen, erreichte aber nur das Gegenteil.

»Es gibt Dinge, die gehen mich nichts an. Ich bin Busfahrer, weiter nichts. Ich fahre die Junkies nach Son Banya, wenn sie Stoff brauchen, aber ich transportiere auch jeden anderen, der hierherkommen will. Außerdem achte ich darauf, dass mein Bus clean bleibt. Alles andere ist nicht mein Job.«
Er öffnete die Einstiegstür für einen ersten Fahrgast.
»Wenn Sie mit zurückfahren wollen, dann setzen Sie sich bitte wieder auf Ihren Platz.«
Sein unzugänglicher Blick sagte Diana, dass sie nichts von ihm erfahren würde. Die Siedlung lag wie unter einer Staubschicht, düster und wenig einladend, im Sonnenlicht. Die Bewohner des Ortes würden sicher auch nicht auskunftsfreudiger sein, als der Busfahrer. Sie entschloss sich, wieder zurückzufahren. Nachdenklich starrte sie auf die verfallenen Häuser und spürte unendliches Mitleid mit allen, die in Son Banya lebten, leben mussten, weil sie keine Alternative hatten.
Was hatte Pilar Martinez hier für ein Leben geführt und welches Leben führte sie heute, in das andere keinen Einblick hatten? Sie selbst kannte nur die beherrschte, kühle Fassade, die manchmal bröckelte, aber nichts von ihrem tatsächlichen Leben offenbart hatte.

Es dauerte ein paar Minuten bis alle Passagiere eingestiegen waren. Diana erkannte zwei Männer wieder, die ebenfalls bei der Herfahrt im Bus gesessen hatten. Offensichtlich hatten sie sich nur auf die Schnelle Drogen besorgt und nutzten ihr Ticket, um wieder zurück nach Palma zu kommen. Der Fahrer ermahnte sie schon beim Einsteigen, dass Rauschmittel-Konsum im Bus nicht erlaubt sei.
Dann schloss er die Türen, startete den Bus und fuhr in einer Staubwolke aus dem Ort, den es in keinem Reiseführer gab und den die meisten Mallorquiner auch nicht kennen wollten.

SECHSUNDZWANZIG

Diana saß auf ihrem Roller in der Nähe von Pilar Martinez Haus. Die Begegnungen mit ihr zogen in ihrem Kopf noch einmal vorbei. Am Vortag des Anschlages war sie ihr so nahe gewesen. Und auch Udo hatte sich richtig gut mit ihr verstanden. Diana wünschte sich, alles rückgängig machen zu können, wollte nur zu gerne glauben, dass Pilar Martinez eine Freundin wäre, mit der sie sich an der Strandpromenade treffen und vertraulich plaudern könnte.

Aber so würde es nie mehr sein.

Ihre Herkunft war zu unterschiedlich, Welten lagen zwischen ihren Lebensumständen. Diana mochte Pilar noch immer. Sie versuchte zu verstehen, warum sie sich bedingungslos hinter ihre Familie stellte. Aber sie machte Pilar zum Vorwurf, dass sie ihren Sohn beschützte, obwohl sie wahrscheinlich wusste, dass er ein Mörder war. Wer außer ihm hätte diesen Mann, den man in der Nähe des Parkplatzes gefunden hatte, umbringen sollen? Wenn Max ihr die Wahrheit gesagt hatte, und sie zweifelte keine Sekunde daran, dann war das Alibi falsch, das Pilar ihrem Sohn gegeben hatte. Während der letzten Stunden hatte sich noch mehr eiskalte Wut in ihr gesammelt, die ein Ventil suchte. Wenn Pilar Martinez ihren Familien-Clan über das Leben anderer stellte, dann musste sie die Konsequenzen tragen.

Diana seufzte und blickte hinüber zu dem Haus, in dem Pilar wohnte. Es war eine Villa mit gepflegtem Vorgarten, umgeben von einer Sandsteinmauer. Wie alle Häuser in der Siedlung sah das Haus teuer aus. Niemand war in den Vorgärten zu sehen, der gesamte Vorort wirkte unbewohnt. Dianas Hände in den dünnen Lederhandschuhen krampften sich um die große Tasche. Sie fühlte sich wie gelähmt, gleichzeitig von Ungeduld getrieben. Ihr Handeln würde

sicher von Zufällen abhängig sein, die sie nicht beeinflussen konnte. In den nächsten Minuten würde sich entscheiden, ob ihr Plan aufgehen konnte.
Gerade als sie ihren Roller in der Parkbucht abstellte und den Helm auf dem Rücksitz platzierte, kam ein schwarzer Mercedes in die schmale Straße gefahren, hielt direkt vor der Villa und Pilar Martinez stieg aus. Diana konnte den Fahrer des Wagens nicht erkennen. Er wartete nur, bis sie die Tür zugeschlagen hatte, dann fuhr er sofort weiter. Pilar hob nicht einmal die Hand zum Gruß, sondern ging zielstrebig in Richtung Eingang.
»Hallo Pilar.«
Dianas Stimme ließ sie anhalten und umdrehen. Ihr Gesichtsausdruck wechselte innerhalb von Sekunden von Erstaunen, über Ärger zu Misstrauen. Dann versuchte sie sich in einem Lächeln und ging auf Diana zu.
»Was für eine Überraschung! Ich habe nicht mit dir gerechnet.«
»Das kann ich mir vorstellen.«
Pilar schaute wie hilfesuchend die Straße entlang. Weit und breit war niemand zu sehen. Die Siedlung wirkte noch immer wie ausgestorben.
Beide schwiegen. Diana spürte Schweißtropfen auf ihrer Stirn. Sie wischte unbeholfen mit den dünnen Lederhandschuhen über ihr Gesicht, zog sie aber nicht aus.
»Wir sind alle verwickelt in einem Netz von Menschen und von Geschehnissen. Niemand weiß, wohin wir gehen, wie wir uns entwickeln. Aber einen Anteil daran haben wir schon. Und wir sollten dazu stehen, nicht alles, was wir und andere tun schönreden, Untaten vertuschen.«
»Egal, welche Schuld du meiner Familie an dem Geschehen gibst. Ich werde immer zu ihr stehen.«
Diana nickte.

»Ich dachte mir, dass du genau das sagen wirst. Und ich bin mir sicher, dass du deinem Sohn ein falsches Alibi gegeben hast. Heute ist der Tag der Gerechtigkeit und der Verständigung. Du kennst meine Neigung zu Gedenktagen, ich nehme sie sehr ernst. Ich will jetzt nicht mit dir streiten, auch wenn ich dich nicht verstehen kann. Aber ich habe ein Geschenk von Max für María dabei, dass ich dir übergeben soll. Meine Tochter und ihr Sohn sind bereits abgereist. Er hätte ihr den Ball gern selbst gebracht.« Sie holte aus ihrer Umhängetasche einen Fußball und reichte ihn Pilar. »Als Erinnerung. Die beiden haben sich gemocht. Und wir wollen die Kinder doch nicht wegen der Taten ihrer Eltern leiden lassen.« Die Mallorquinerin sah aus, als hätte sie eher mit einer Waffe gerechnet, die gleich auf sie gerichtet werden würde, aber keinesfalls mit einem Präsent. Sie wirkte überrumpelt und hob abwehrend die Hände.
»Bitte nimm ihn. Ich fliege ebenfalls in ein paar Tagen nach Deutschland. Wir werden uns nicht mehr sehen. Ich habe es Max versprochen!«
Pilar zögerte, griff dann aber nach dem Ball. Sie wirkte wie ein wildes Tier, dass den Feind wittert und fliehen will. Doch Dianas Freundlichkeit machte es ihr unmöglich, das Geschenk nicht anzunehmen.
»Es ist nicht meine Schuld, dass dieses Leben so ist, wie es ist.« Trotz lag in der Stimme von Pilar Martinez.
»Nein, aber es ist unsere Schuld, wenn es so bleibt.«
Die beiden Frauen verharrten in ihren Positionen, als würde die Zeit für einen Moment stillstehen. Diana saß breitbeinig auf dem Roller, mit beiden Füßen auf dem Boden hielt sie das Gleichgewicht. Ihre massige Gestalt hätte lächerlich aussehen können, doch bei Pilar erweckte sie den Eindruck eines Felsen in der Brandung.
»María wird sich freuen.«

Es gab nichts mehr zu sagen. Pilar ging durch das Gartentor in Richtung Haus, während Diana den Motor startete. Als Pilar aufgeschlossen hatte, war sie bereits um die Ecke gebogen und auf die Hauptstraße in Richtung Hafen gefahren. Pilar blieb mit dem Ball an der Tür stehen.
Es war ein perfekter Montag mit strahlend blauem Himmel und seidiger Luft, sauber und klar.
Sie hatte das Gefühl, überhaupt nicht in diesen Tag zu passen. Sie kam sich verbraucht und uralt vor. Und innerlich beschmutzt. Das Wissen von Schuld überspülte sie seit Tagen wie eine Flutwelle, entzog ihr den Boden unter den Füßen. Aber wieso jetzt? Skrupel und Reue hatten nie zu ihrem Leben gehört. Ihr Sohn war genauso, geprägt durch sein Aufwachsen in Son Banya und die Erziehung seiner Eltern. Sollte sie den Ball wirklich ihrer Enkeltochter geben? Oder ihn lieber in den Müll werfen, alles entsorgen, was mit diesem Vorfall zu tun hatte?
Sie zögerte kurz, dann öffnete sie den Deckel der Mülltonne und warf ihn hinein. Bevor sie die Haustür öffnete, sah sie noch einmal die Straße hinunter, als müsse sie sich vergewissern, dass keine Gefahr lauerte. In der Diele schlüpfte sie aus ihren hochhackigen schwarzen Lederschuhen und lief barfuß ins Bad, um zumindest den äußerlichen Schmutz abzuspülen.

Diana Mittermeier fuhr nicht weit. Sie hielt in der Parkbucht, gegenüber des Vier-Sterne-Hotels Es Port, zog ihre dünnen Handschuhe aus, ging hinein und wählte die Nummer von Comisario Casas von einem Hotel-Telefon aus. Er meldete sich sofort.
»Sie werden in der Wohnung von Pilar Martinez in Port Sóller eine größere Menge Kokain finden!«
»Wer spricht denn bitte?«
»Das tut nichts zur Sache.«

»Anonymen Anrufen gehen wir nicht nach.«
»Das sollten Sie aber tun. Es lohnt sich!«
»Diana?« Er hatte natürlich ihre Stimme erkannt. Sie klang, als würde sie weinen.
»Bitte lass mich aus dem Spiel, wenn es geht.«
Er wollte fragen warum. Aber sie legte auf, ohne ihm die Chance zu geben, noch etwas zu erfahren. Für einen Moment überlegte er, ob er den Anruf einfach ignorieren sollte. Doch dann griff er erneut zum Telefon. Vielleicht war jetzt endlich seine Chance gekommen. Wenn er erst nachfragte und seinen Chef informieren würde, kämen sie bestimmt zu spät. Entschlossen ordnete er eine Durchsuchung an.
»Gefahr in Verzug. Ich übernehme die Verantwortung!«, bellte er in den Hörer.
Als er sein Büro verließ, pfiff er leise vor sich hin.

Das Klingeln an der Haustüre löste bei Pilar sofort das Gefühl aus, in der Falle zu sitzen. Trotzdem gab sie sich gelassen und kühl, als sie öffnete und vier Polizisten am Eingang standen.
»Senora Martinez?« Sie bejahte und fragte betont freundlich nach dem Grund des Besuches.
Sie zeigten einen Durchsuchungsbefehl und begannen unverzüglich und systematisch mit der Arbeit, während Pilar einen Anwalt anrief, ohne den sie nichts sagen würde.
Als ein weiteres Auto mit Drogenspürhunden vorfuhr, ahnte sie, dass sie Diana unterschätzt hatte, ihr Blick irrte in Richtung der Mülltonne. Es dauerte keine fünf Minuten bis einer der gut ausgebildeten Tiere fündig wurde. Laut bellend sprang er an der Tonne hoch.
»Vorsicht, keine Spuren verwischen!«
Comisario Casas überwachte mit Argusaugen Fund und Sicherstellung des Balles.
»Gehört der Ball Ihnen oder Ihrer Enkeltochter, Senora Martinez?«

»Ich bin nicht mehr in dem Alter, in dem man Fußball spielt.« Ihre Stimme war emotionslos, aber das Zucken des linken Augenlids verriet sie.

»Wir werden ihn auf Fingerabdrücke untersuchen. Sagen Sie das auch Ihrem Sohn. Bitte halten Sie sich zu unserer Verfügung. Noch sind Sie nicht verhaftet, aber sie dürfen die Insel nicht verlassen.«

Der Comisario wartete nicht ab, bis die Durchsuchung zu Ende war. Er war sich sicher, dass er genau das Beweismittel gefunden hatte, um Pilar Martinez erneut für einige Zeit hinter Gittern zu bringen.

SIEBENUNDZWANZIG

Am Abend saß Diana lange am Sandstrand unten im Hafen von Port Sóller. Anfangs wurde sie abgelenkt von Kindern, die sich nicht von der kühlen Luft abschrecken ließen und im Wasser herumtollten. Als diese von ihren Eltern gerufen wurden und widerwillig den Heimweg antraten, wurde es still. Nur ein paar vereinzelte Spaziergänger liefen noch vorbei, ein Entenpaar suchte in ihrer Nähe nach Essensresten und Möwen zogen ihre Kreise über den einfahrenden Fischerbooten. Nachdenklich lauschte sie auf das schwappende Geräusch der Wellen, wenn sie sich am Ufer brachen, beobachtete, wie sich der Himmel erst rot im letzten Sonnenlicht färbte, dann dunkel wurde und schließlich vereinzelt Sterne auftauchten. Nein, sie würde nicht in Deutschland bleiben. Wenn ihr Bruder wieder gesund war, würde sie zurückfliegen auf die Insel. Hier fühlte sie sich heimisch. Sie wollte nirgendwo anders auf Dauer leben.

Am frühen Nachmittag waren viele Polizeiautos der Guardia Civil aus Palma gekommen. Außerdem waren immer wieder Polizisten der Policia Local an der Strandpromenade Streife gefahren. Ob ihre Fußball-Aktion bewirkt hatte, dass der Sánchez-Clan gestellt worden war, wusste sie nicht. Aber Ärger würden sie bekommen, dafür hatte sie gesorgt.

Bei ihr hatte sich niemand gemeldet und für sie war damit das Kapitel »Rache« abgeschlossen. Sie war zu müde, um darüber zu grübeln, welche Konsequenzen ihr Handeln für sie selbst haben könnte. Was hatte Pilar mit dem Fußball getan? Hatte sie ihn schon ihrem Sohn übergeben? Oder vielleicht an María? Bei dem Gedanken an die Mallorquinerin und deren Enkeltochter spürte sie Tränen aufsteigen. Hätten sie unter anderen Umständen richtige Freundinnen werden können?

Sie stand schwerfällig auf, schüttelte sich den Sand aus der Kleidung und lief in Richtung des Hotels Marinara. Es war seltsam zu wissen, dass Antonio nicht mehr dort arbeitete. Trotzdem setzte sie sich an einen der freien Tische und bestellte sich einen Aperol Spritz.

Sie bemerkte Antonio erst, als er direkt vor ihrem Platz stand.

»Hola. Ich nehme an, du hast nichts dagegen, wenn ich mich dazusetze.« Seine Begrüßung fiel merklich kühl aus. Nicht der übliche Kuss, sondern ein abwartendes Stehenbleiben.

Diana fühlte sich unbeholfen, sie nickte zustimmend.

»Natürlich.« Er lächelte ihr zu.

»Was wollen wir jetzt miteinander reden? Soll es ein endgültiger Abschied oder ein Neuanfang werden?«

»Antonio, es tut mir leid. Ich war ziemlich betrunken.«

»Und was wird mit uns beiden?«

»Wenn du möchtest, dann lassen wir alles so, wie es war.« Sie zog einen Umschlag aus der Tasche und legte ihn auf den Tisch. »Das Geld ist ein Geschenk. Wenn du es nicht zurückzahlen kannst, ist es auch in Ordnung.«

»Nein. Du bekommst es zurück. Ehrenwort.«

Er machte eine Pause. »Es gibt so vieles, was wir nicht voneinander wissen.« Wieder schwieg er für eine Weile. Diana schaute ihn ruhig an und wartete, dass er weitersprach. Er schluckte ein paar Mal und räusperte sich. »Ich mag dich wirklich. Es ist nicht dein Geld. «

»Alles klar!«

»Ich schwöre, es ist hundertfünfzigprozentig wahr.«

»Musst du immer so übertreiben? Hundertprozent würde mir auch schon reichen!« Sie schüttelte leicht vorwurfsvoll den Kopf.

»Hast du gewusst, dass heute der Tag des Übermaßes und der ewigen Liebe ist?«

»Nein, aber ich bewundere dich dafür, dass du ihn gerade erfunden hast.«

»Ewige Liebe ist vielleicht ein bisschen übertrieben, sagen wir verwegene Liebe.«

Sie versuchte den bitteren Beigeschmack der Unterhaltung wegzulächeln.

Er umarmte sie. Für den Moment fühlte es sich gut an. Diana verschwendete keinen weiteren Gedanken an die Zukunft und was der nächste Tag bringen würde. Leben im Hier und Jetzt sollte ihre Devise bleiben.

ENDE

4,50
SÒLLER FL
ZUMO DE NARANJA, HELA
VAINILLA Y NARANJA, SAL

DIANAS LIEBLINGSREZEPTE

CONEJO ASADO

Kaninchenpfanne, die Diana für Comisario Casas und seine Frau zubereiten wollte!

Zutaten:

4	Kaninchenkeulen oder ein Kaninchen
3-4	Zwiebeln
1-2 Zehen	Knoblauch
4 EL	Olivenöl
1 Zweig	Thymian, Rosmarin, Oregano
	1 Glas Rotwein – halbtrocken
½ l	Gemüsebrühe
3-4	Tomaten
1 kleine	Zucchini
1 kleine	rote Paprika
	ca. 20 schwarze Oliven, entsteint
	Saft einer Zitrone
	Salz und Pfeffer

Zubereitung:
Die Zwiebeln und den Knoblauch schälen und würfeln. Das Kaninchen in mehrere Teile zerkleinern. Olivenöl in einem großen Bräter erhitzen und die Fleischteile von allen Seiten darin anbraten, dann herausnehmen und mit Salz und Pfeffer würzen.
Zwiebeln und Knoblauch im Bratfett glasig dünsten, dann die Kräuter zugeben und mit der Gemüsebrühe und dem Rotwein ablöschen.
In der Zwischenzeit Tomaten, Paprika und Zucchini in kleine Würfel schneiden und zugeben.
Dann die Kaninchenteile in den Bräter dazugeben und die Oliven darüber verteilt.
Das Ganze im geschlossenen Bräter circa eine Stunde im vorgeheizten Backofen schmoren lassen.
Erst kurz vor dem Servieren gibt man den frisch gepressten Zitronensaft über das Essen und schmeckt noch einmal mit Salz und Pfeffer ab.
Dazu passt hervorragend Reis oder frisches Weißbrot.

**Die Zutatenmengen sind jeweils für vier Personen berechnet.*

CAZUELA DE BERENJENAS

Auberginen-Auflauf,
der nicht nur Antonio in Versuchung führt.

Zutaten:

Für die Tomatensoße:

2-3 EL	Olivenöl
1	Zwiebel
2 Zehen	Knoblauch
5-6	sonnenreife Tomaten
	Salz und Pfeffer nach Geschmack
1 Prise	Zucker
	Rosmarin, Basilikum
2	mittelgroße Auberginen
	Salz
4-5 EL	Olivenöl
250 g	Mozzarella in dünne Scheiben geschnitten

Zubereitung: Fleischbällchen:

Die Zwiebel und den Knoblauch schälen und fein würfeln. Die Tomaten waschen und ebenfalls in kleine Würfel schneiden.

Das Öl für die Tomatensoße in einem mittelgroßen Topf erhitzen und die Zwiebeln und den Knoblauch darin goldgelb andünsten, dann die Tomaten zugeben und alles ein paar Minuten köcheln lassen. Nach und nach die Kräuter und Gewürze zugeben. Nach ca. 15-20 Minuten sollten die Tomaten weich sein. Dann ist die Soße fertig.

Die Auberginen, während des Köchelns der Tomaten, in circa 1cm dicke Scheiben schneiden, auf einem Schneidbrett

nebeneinanderlegen, salzen und ungefähr eine halbe Stunde ziehen lassen. Anschließend mit einem Küchentuch trockentupfen.
Olivenöl in einer Pfanne erhitzen und die Auberginenscheiben nach und nach von beiden Seiten darin anbraten.
Die fertigen Auberginenscheiben werden abwechselnd mit der Tomatensauce und dem Mozzarella in eine Auflaufform geschichtet.
Im vorgeheizten Backofen ist der Auflauf bei einer Temperatur von ca. 180-200 Grad (Ober- und Unterhitze) in einer halben Stunde fertig.
Dazu passen ungesalzenes Weißbrot und ein trockener Weißwein.

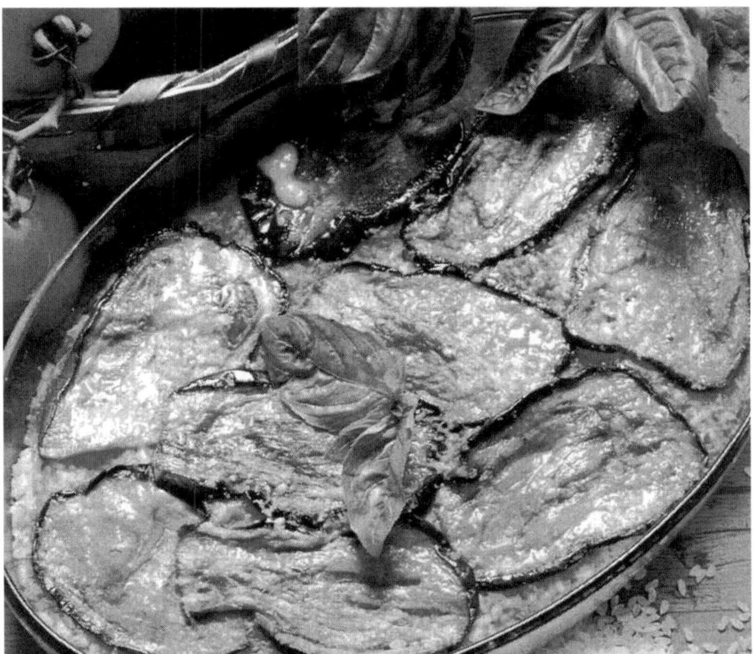

PAELLA

Erprobt von der Autorin dieses Romans!

Zutaten:

300 g	Gambas, tiefgefroren
300 g	Muscheln, tiefgefroren
300g	Fischfilet, in Würfel geschnitten
1	rote Paprikaschote
1	gelbe Paprikaschote, gewaschen, geputzt und fein gewürfelt
5-6	Tomaten, gewaschen und fein gewürfelt
1-2	Zwiebeln, geschält und gehackt
3	Knoblauchzehen, fein gehackt
100 g	Erbsen, tiefgefroren oder frisch
1 l	Gemüsebrühe
1 TL	Kurkuma
	Salz, Pfeffer
½	Tasse Olivenöl
2	Zitronen
2	Tassen Reis

Zubereitung:

Den Fisch würfeln und mit Öl, Pfeffer und Salz marinieren. In einer vorgeheizten Pfanne scharf anbraten und beiseitestellen.

Die Zwiebeln in einer Paellapfanne (alternativ eine hohe Bratpfanne) in Olivenöl anbraten. Den Reis zufügen und kurz darin anschwitzen, dann mit einem Teil der Brühe aufgießen und die Tomaten und Paprika zufügen. Den Knoblauch, die Erbsen und die Gewürze dazugeben und alles bei schwacher Hitze ca. 15 Minuten köcheln lassen. Ab und zu Brühe nachgießen. Die kleinen Gambas und die Muscheln zufügen und weitere 5-10 Minuten köcheln lassen. Dann den Fisch dazugeben.

Eine Zitrone auspressen und kurz vor dem Ende der Kochzeit zufügen. Die andere Zitrone in Spalten schneiden und zum Dekorieren verwenden.

Natürlich können Sie alle Meeresfrüchte auch frisch im Fachgeschäft kaufen, dann ist das Gericht zwar arbeitsintensiver, schmeckt aber ganz sicher noch besser!

GOFRES

Waffeln mit Orangenmarmelade und Sahne – gut gegen jede Form von Trübsinn.

Zutaten:

250 g	Butter
100 g	Puderzucker
1 Packung	Vanillezucker
1 Prise	Salz
5-6	Eier
125 ml	Creme fraiche oder Sahne
200 g	Mehl
50 g	gemahlene Mandeln
¼ TL	Zimt
ca. 50 g	Marzipan
zum Füllen:	
150 ml	Sahne, geschlagen
100 ml	Orangenmarmelade

Zubereitung:

Butter schmelzen und mit dem Puderzucker, dem Vanillezucker, Zimt und dem Salz zu einer schaumigen Masse verrühren. Dann die Eier nach und nach zugeben, Creme fraiche und Marzipan unterrühren. Zuletzt das Mehl zugeben und weiterrühren, bis eine glatte Masse entsteht.
Die Waffeln portionsweise im Waffeleisen backen.

Die Sahne mit der Orangenmarmelade zwischen zwei gebackene Waffeln füllen.
Als Variante bietet sich natürlich auch selbstgemachte oder aus dem Urlaub mitgebrachte Zitronenmarmelade an.

ORANGENMARMELADE

Zutaten:

2 kg	frische Bio-Orangen
und Orangen	für ca. 300 ml Orangensaft zum Auspressen
oder	300 ml Orangensaft
1 Stück	Ingwer – walnussgroß
1 kg	Gelierzucker 2:1

Zubereitung:

Die Orangen waschen und von 3-4 Stück Zesten abschälen (Achtung: Nichts Weißes abschälen, sondern nur die orange Schale!) und beiseitestellen.

Den Ingwer schälen und in feinste Würfelchen schneiden.

Die Orangen schälen und in Würfel schneiden.

Die Orangenwürfel zusammen mit dem Saft in einen großen Topf geben und mit dem Pürierstab grob pürieren.

Anschließend den Gelierzucker, die Zesten und den Ingwer zugeben. Alles 3-4 Minuten (je nach Gelierzuckeranleitung) kochen lassen. Heiß in die vorbereiteten Gläser füllen.

Ergibt ungefähr 6-8 Gläser.

Variante: Wenn man es etwas herber liebt, kann man einen Teil des Orangensaftes auch durch Zitronen- oder Grapefruitsaft ersetzen.

CAVA-ORANGENCREME

Ein Nachtisch, der Comisario Casas schwach werden lässt.

Zutaten:

½ l	Orangensaft aus frisch gepressten Orangen
1	Packung Vanille-Puddingpulver
2-3 EL	Zucker
1	Packung Vanillezucker
1/8l	Cava (Spanischer Sekt)
250 ml	Schlagsahne

Zum Dekorieren: Orangen-Spalten, einige Blättchen Zitronenmelisse oder Pfefferminze

Zubereitung:
Den Pudding nach Anleitung zubereiten, allerdings anstelle von Milch Orangensaft und Cava nehmen. Abkühlen lassen. Die Schlagsahne mit dem Vanillezucker steif schlagen und vorsichtig unter die abgekühlte Creme heben.
In Schälchen füllen und mit den Orangenscheiben und der Zitronenmelisse verzieren

Von der Autorin empfohlene Gastronomie in Sóller und Umgebung:

Restaurante Sa Foradada
Son Marroig, Deiá
Tel:+34 616087499

Restaurante Luna 36
07100 Sóller
Calle Lluna 36
Tel: +34 971942179

Beach House
Passeig de sa Platja 2
07108 Port de Sóller
Tel.: +34677435448

Beach House
Placa Constitucio 9
07100 Sóller

Restaurante Es Passeig
Paseo de la Playa
07108 Port de Sóller
Tel: +34971630217

Finca Son Mico
07100 Sóller
(Auf dem Wanderweg GR221 von Sóller nach Deiá)
Tel: +34971 634271

Restaurant Café Sóller
Placa Constitutio 13
07100 Sóller
Tel: +34971630010

Mallorca

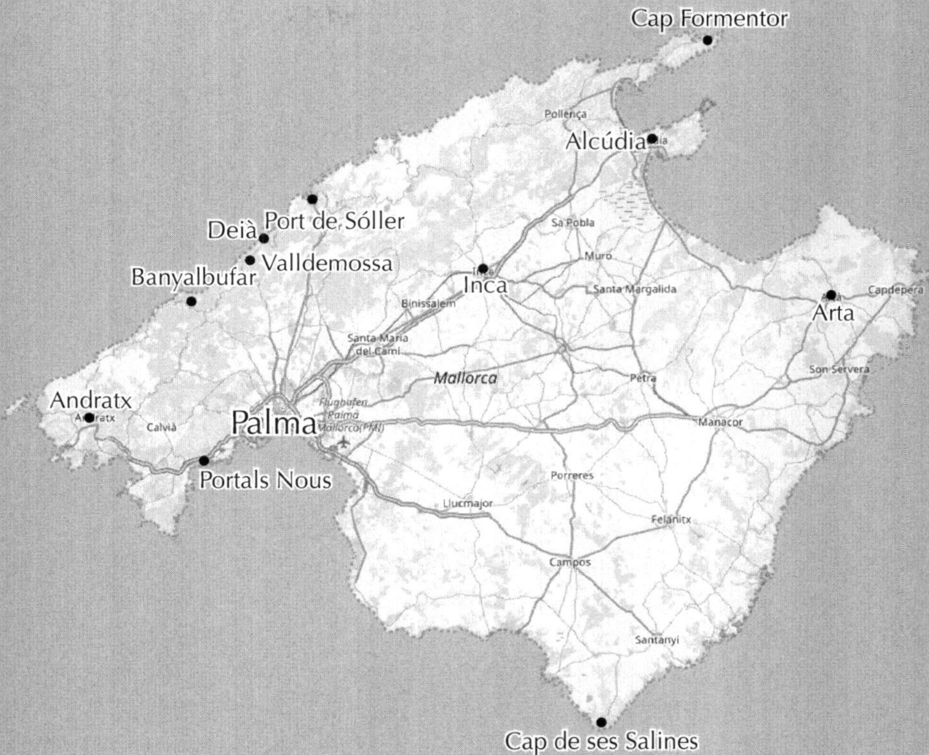

Landkarte von Mallorca und den wichtigsten Orten der Handlung (Quelle: OpenStreetMap)

NACHWORT

Manche Dinge kann man erst glauben, wenn man sie mit eigenen Augen gesehen hat. Im Juni 2019 fuhr ich mit meinem Mann nach Son Banya, weil ich bezweifelte, dass die Berichte und Bilder, die mir das Internet von diesem Ort zeigten, wirklich echt waren. Ich dachte sie wären in reißerischer Art überzogen und manipuliert. Doch die ausgebrannten Autowracks am Straßenrand, die Berge von Müll und die Barracken und Häuserruinen erzählten mir, dass es diese Welt der Drogen wirklich gibt.

Auch wenn alle Handlungen und Personen in diesem Roman frei erfunden sind, so berichten sie doch von einer existierenden Realität, vor der viele Touristen die Augen verschließen oder verschließen wollen.

Ich hoffe die spanische Regierung findet bald eine Lösung,

damit diese vom Leben vergessenen Menschen bald ein neues, menschenwürdiges Zuhause finden, dass Drogenclans zerschlagen werden und dass mit den Drogen einhergehendes Leid von der Sonneninsel Mallorca verschwindet.
Wahrscheinlich ist mein Wunsch hoffnungslos optimistisch, aber Wünsche und Träume brauchen wir, um die Welt zu ändern!

Weitere Titel von Heidi Fischer

Der verlorene Mann
Roman, ISBN: 978-3-7650-9117-9
280 Seiten, 14,90€

2:45 Uhr am Morgen. Elisabeth Wagners Telefon reißt sie aus dem Schlaf. »I'm really sorry, but your husband got lost«, tönt es vom anderen Ende der rauschenden Leitung. Husband? Verschlafen begreift sie, dass ihr Ehemann Norbert gemeint sein muss. Der mehr auf Reisen, als zu Hause ist. Und der jetzt auch noch ein Kind von seiner neuen Partnerin erwartet. Gerade ist er mit Discover Nepal-Tours im Himalaya unterwegs.
Ein spannender Roman über die Suche nach Liebe, Glauben und dem eigenen Ich.

Wer später stirbt, ist länger alt
Erzählungen, ISBN: 978-3-7650-9106-3
128 Seiten, 9,90€

Menschen, die sehr alt werden, sind wunderlich und weise, humorvoll und verbittert, böse und liebenswert, lebensfroh und depressiv, naiv und raffiniert, glücklich und genervt – die Bandbreite ist unerschöpflich, wie das Leben selbst. Das Ehepaar, das mit der Alzheimer Krankheit des Mannes klar kommen muss; die Frau, die ihren Ehemann als Reinkarnation wiederfindet; die Mörderin, die nach zwanzig Jahren aus der Haft entlassen wird; der einsame Witwer, der noch einmal sein bestes Stück stehen sehen will; die Freundinnen, die sich zum Plaudern auf dem Friedhof treffen.

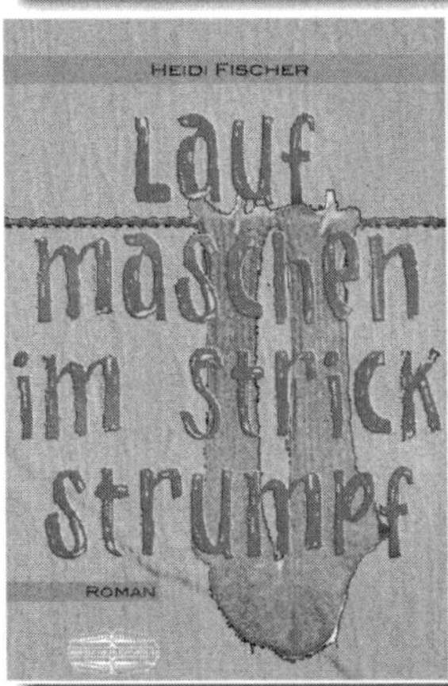

Laufmaschen im Strickstrumpf
Roman, ISBN: 978-3-942637-39-8
336 Seiten, 12,00€

Eine überforderte Büchereiangestellte, ein frustrierter Lehrer, eine lesbische Volkshochschuldozentin, ein gelangweilter Frührentner, eine schwangere Flugbegleiterin – was haben sie gemeinsam? Nicht viel, außer einer 87-jährigen, die dement und pflegebedürftig ist und einem Vater, der sich immer mehr zu einem nörgelnden Unsympathen entwickelt. Familienbande, aber auch das Auseinanderfallen der Familie, zwingen alle in ungewollte Bahnen.